生 生 死 死

生生死死

周作人 魯迅 梁實秋 等
陳平原 編

香港城市大學出版社
City University of Hong Kong Press

項目統籌	陳小歡
實習編輯	陳泳淇（香港城市大學中文及歷史學系四年級） 黃瑋進（香港城市大學翻譯及語言學系三年級） 關穎琳（香港城市大學中文與歷史學系二年級）
書籍設計	蕭慧敏

國際統一書號：978-962-937-382-5

出版
> 香港城市大學出版社
> 香港九龍達之路
> 香港城市大學
> 網址：www.cityu.edu.hk/upress
> 電郵：upress@cityu.edu.hk

Life and Death

(in traditional Chinese characters)

ISBN: 978-962-937-382-5

Published by
> City University of Hong Kong Press
> Tat Chee Avenue
> Kowloon, Hong Kong
> Website: www.cityu.edu.hk/upress
> E-mail: upress@cityu.edu.hk

Printed in Hong Kong

目錄

編輯說明

本「課堂外的讀本系列」由陳平原、錢理群、黃子平教授分別編選。

為了尊重原作，除了個別標點及明顯的排印錯誤外，本叢書的一些習慣用法及其措辭均依舊原文排印，其中個別不符合當下習慣者，請讀者諒解。

收聽有聲書方法

本書每篇文章均提供免費錄音，讀者可選擇以下其中一種方法收聽：

方法一： 以智能手機掃描文章右上角之二維碼（QR code），即可收聽該篇文章之錄音。

方法二： 登入 Youtube.com 網站

  i. 搜尋 "CityUPressHK"；

  ii. 然後點擊 CityUPressHK 頻道；

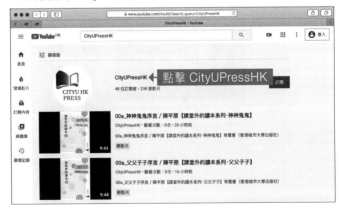

iii. 進入 CityUPressHK 頻道後，點擊「播放清單」，然後選擇
【課堂外的讀本系列・生生死死】，收聽有關文章的錄音。

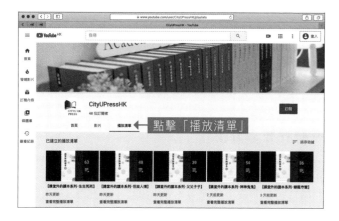

方法三： 直接登入【課堂外的讀本系列・生生死死】播放清單網頁：

https://www.youtube.com/watch?v=DPqpJBP8zIM&list=PL7Jm9R068Z3u-_GFBSGt4hjFrv5DOOHu7

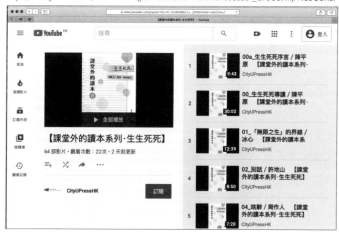

序言

陳平原

　　據説，分專題編散文集我們是始作俑者，而且這一思路目前頗能為讀者接受，這才真叫「無心插柳柳成蔭」。當初編這套叢書時，考慮的是我們自己的趣味，能否暢銷是出版社的事，我們不管。並非故示清高或推卸責任，因為這對我們來説純屬「玩票」，不靠它賺名聲，也不靠它發財。説來好玩，最初的設想只是希望有一套文章好讀、裝幀好看的小書，可以送朋友，也可以擱在書架上。如今書出得很多，可真叫人看一眼就喜歡，願把它放在自己的書架上隨時欣賞把玩的卻極少。好文章難得，不敢説「野無遺賢」，也不敢説入選者皆「字字珠璣」，只能説我們選得相當認真，也大致體現了我們對二十世紀中國散文的某些想法。「選家」之事，説難就難，説易就易，這點如魚飲水，冷暖自知。

　　記得那是一九八八年春天，人民文學出版社約我編《林語堂散文集》。此前我寫過幾篇關於林氏的研究文章，編起來很容易，可就是沒興致。偶然説起我們對二十世紀中國散文的看法，以及分專題編一套小書的設想，沒想到出版社很欣賞。這樣，一九八八年暑假，錢理群、黃子平和我三人，又重新合作，大熱天悶在老錢那間十平方米的小屋裏讀書，先擬定體例，劃分專題，再分頭選文；讀到出乎意料之外的好文章，當即「奇文共欣賞」；不過也淘汰了大批徒有虛名的「名作」。開始以為遍地黃金，撿不勝撿；可沙裏淘金一番，才知道好文章實在並不多，每個專題才選了那麼幾萬字，根本不夠原定的字數。開學以後又泡圖書館，又翻舊期刊，到一九八九年春天才初步編好。接着就是撰寫

各書的導讀，不想隨意敷衍幾句，希望能體現我們的趣味和追求，而這又是頗費斟酌的事。一開始是「玩票」，愈做愈認真，變成撰寫二十世紀中國散文史的準備工作。只是因為突然的變故，這套小書的誕生小有周折。

對於我們三人來說，這遲到的禮物，最大的意義是紀念當初那愉快的學術對話。就為了編這幾本小書，居然「大動干戈」，臉紅耳赤了好幾回，實在不夠灑脫。現在回想起來，確實有點好笑。總有人問，你們三個弄了大半天，就編了這幾本小書，值得嗎？我也說不清。似乎做學問有時也得講興致，不能老是計算「成本」和「利潤」。唯一有點遺憾的是，書出得不如以前想像的那麼好看。

這套小書最表面的特徵是選文廣泛和突出文化意味，而其根本則是我們對「散文」的獨特理解。從章太炎、梁啟超一直選到汪曾祺、賈平凹，這自然是與我們提出的「二十世紀中國文學」概念密切相關。之所以選入部分清末民初半文半白甚至純粹文言的文章，目的是借此凸現二十世紀中國散文與傳統散文的聯繫。魯迅說五四文學發展中「散文小品的成功，幾乎在小說戲曲和詩歌之上」（〈小品文的危機〉），原因大概是散文小品穩中求變，守舊出新，更多得到傳統文學的滋養。周作人突出明末公安派文學與新文學的精神聯繫（〈雜拌兒跋〉和《中國新文學的源流》），反對將五四文學視為歐美文學的移植，這點很有見地。

但如以散文為例，單講輸入的速寫（sketch）、隨筆（essay）和「阜利通」（feuilleton）[1] 固然不夠，再搭上明末小品的影響也還不夠；魏晉的清談、唐末的雜文、宋人的語錄，還有唐宋八大家乃至「桐城謬種選學妖孽」，都曾在本世紀的中國散文中產生過遙遠而深沉的回音。

　　面對這一古老而又生機勃勃的文體，學者們似乎有點手足無措。五四時輸出「美文」的概念，目的是想證明用白話文也能寫出好文章。可「美文」概念很容易被理解為只能寫景和抒情；雖然由於魯迅雜文的成就，政治批評和文學批評的短文，也被劃入散文的範圍，卻總歸不是嫡系。世人心目中的散文，似乎只能是風花雪月加上悲歡離合，還有一連串莫名其妙的比喻和形容詞，甜得發膩，或者借用徐志摩的話：「濃得化不開」。至於學者式重知識重趣味的疏淡的閒話，有點苦澀，有點清幽，雖不大容易為入世未深的青年所欣賞，卻更得中國古代散文的神韻。不只是逃避過分華麗的辭藻，也不只是落筆時的自然大方，這種雅致與瀟灑，更多的是一種心態、一種學養，一種無以名之但確能體會到的「文化味」。比起小說、詩歌、戲劇，散文更講渾然天成，更難造假與敷衍，更依賴於作者的才情、悟性與意趣——因其「技術性」不強，很容易寫，但很難寫好，這是一種「看似容易成卻難」的文體。

---

1. 阜利通：英文 feuilleton 的音譯，指短篇小品文。

選擇一批有文化意味而又妙趣橫生的散文分專題彙編成冊，一方面是讓讀者體會到「文化」不僅凝聚在高文典冊上，而且滲透在日常生活中，落實為你所熟悉的一種情感，一種心態，一種習俗，一種生活方式；另一方面則是希望借此改變世人對散文的偏見。讓讀者自己品味這些很少「寫景」也不怎麼「抒情」的「閑話」，遠比給出一個我們認為準確的「散文」定義更有價值。

當然，這只是對二十世紀中國散文的一種讀法，完全可以有另外的眼光、另外的讀法。在很多場合，沉默本身比開口更有力量，空白也比文字更能說明問題。細心的讀者不難發現我們淘汰了不少名家名作，這可能會引起不少人的好奇和憤怒。無意故作驚人之語，只不過是忠實於自己的眼光和趣味，再加上「漫說文化」這一特殊視角。不敢保證好文章都能入選，只是入選者必須是好文章，因為這畢竟不是以藝術成就高低為唯一取捨標準的散文選。希望讀者能接受這有個性有鋒芒因而也就可能有偏見的「漫說文化」。

一九九二年九月八日於北大

導讀

陳平原

一

　　不知天下是否真有齊死生因而超死生的至人；即便此等與造化為一的至人，恐怕也無法完全不考慮死生問題。「生而不說，死而不禍，知終始之不可故也」（《莊子‧秋水》），也還是因知覺生命而順應生命。怕不怕死是一回事，想不想死、說不說死又是一回事。古今中外確實真有因各種原因而不怕死者，可除了傻瓜，有誰從不考慮死生問題？「死去何所道，托體同山阿」（陶淵明），「生時不須歡，死時不須哭」（王梵志），此類哲人詩句固是極為通脫豁達，只是既如是，又何必老把生死掛在嘴上？可見說是忘卻生死，其實談何容易。

　　畢竟死生事大，人類最難擺脫的誘惑，或許就是生的慾望和死的冥想。而這兩者又是如此緊密地聯繫在一起，以至談生不忘說死，說死就是談生。死生殊途，除了寓言家和詩人，誰也不會真的把死說成生或把生當作死。問題是死必須用生來界說，生也只有靠死才能獲得定義。在物理意義上，既生則非死，既死則非生；可在哲學意義上，卻是無生即無死，無死即無生。因此，了解生就是了解死，反之亦然。故孔子曰：「未知生，焉知死」（《論語‧先進》）；程子曰：「知生之道，則知死矣」（《二程集‧粹言‧論道篇》）。

人掌握不了死，可掌握得了生，這是一方面；人不可能知道生之所來，可清醒地意識到死之將至，這又是一方面。依據前者，應着重談生；依據後者，則不妨論死。實際結果則是談生中之死（死的陰影、死的足音）與死中之生（生之可愛、生之美麗）。

　　單純讚頌青春之美麗、生命之可貴，當然也可以；不過，只有在面對死亡的威脅時，這一切的意義才真正顯示出來。死促使人類認真思考生命的價值以及人作為人的本質規定。一個從不思考死的人，不可能真正理解人生，也不可能獲得深刻的啟悟。所有的宗教家、哲學家、文學家，在他們思考世界、思考存在時，都不可能不直面「死亡」這一無情的事實，有時這甚至就是思考的基點和靈感。在此意義上，「死」遠比「生」深刻。不妨顛倒孔夫子的名言：未知死，焉知生？

　　文人多感傷，在生死話題上，自然更偏於後者。像何其芳那樣稱「我能很美麗地想着『死』」者（〈獨語〉），或者像梁遇春那樣頗為幽默地將「人生觀」篡改為「人死觀」者（〈人死觀〉），在文人中並不罕見。只是喜歡談論死神那蒼白而淒美的面孔者，未必真頹廢，也未必真悲觀。把人的一生說成是不斷地逃避死神的追逐，固然殘忍了些；可比起幻想白日飛升長生不老，或者靠「萬全的愛，無限的結合」來超越生死（冰心〈「無限之生」的界線〉），還是更能為常人所接受。重要的是如何擺脫恐怖，在那神秘的叩門聲傳來之前，盡情享受人生的樂趣。在這裏，

作家們的妙語，有時與宗教家的禱告、心理分析家的談語很難區分清楚：都不過是提供一種精神慰藉。只是話可能說得漂亮些，且更帶情感色彩。

　　「生」的價值早為常人所確認，需要論證的是「死」的意義。不是「殺身成仁」或者「捨身飼虎」的倫理意義，而是作為生命自然終止的「死」的正面價值。在肯定生的同時肯定死，表面似乎有點邏輯矛盾；其實不然，之所以肯定死原是因其有利於生。不過如今真信不死藥者已不多，即便達官貴胄，也只能如齊景公臨國城而流涕：「奈何去此堂堂之國而死乎？」（《晏子春秋》）正因為死亡不可避免，方才顯示生命之可貴可愛。倘若真能長生不老，恐怕世人將會加倍憎惡生之單調乏味空虛無聊——神仙境界也未必真的那麼值得羨慕。周作人曾引十四世紀的日本和尚兼好法師的雋語：「人生能夠常住不滅，恐世間將更無趣味。人世無常，或者正是很妙的事罷」（〈笠翁與兼好法師〉）；而十八世紀的中國文人錢詠也有過類似的說法：「生而死，死而生，如草木之花，開開謝謝，才有理趣。」（《履園叢話·神仙》）用一種超然的眼光來觀賞人生，才能領略生死交替中的「趣味」與「理趣」。

　　人生一世，當然不只是鑑賞他人和自己的生生死死，更不是消極地等待死神的來臨。就像唐弢筆下那死亡之國裏不屈的靈魂，「我不怕死」，可我更「執着於生」；只要生命之神「還得繼續給予人類以生命」，「我要執着於生」（〈死〉）。在死亡威脅的背景下執着於生，無疑頗有一

種悲壯的色彩，也更能激動人心振奮鬥志，故郁達夫將此歸結為死亡的正面價值：「因感到了生也有涯，而知也無涯之故，加緊速力去用功做事業的人也不在少數，這原是死對人類的一種積極的貢獻。」（〈說死以及自殺情死之類〉）

話是這麼說，世人還是怕死的多。對於常人，沒必要探究怕死到底是貪戀快樂還是捨不得苦辛，也沒心思追問死後到底是成仙還是做鬼，只是記得這一點就夠了：「大約我們還只好在這容許的時光中，就這平凡的境地中，尋得必須的安閒悅樂，即是無上幸福。」（周作人〈死之默想〉）

二

正因為生命是如此美好、如此值得留戀，人類才如此看重死亡，看重關於死亡的儀式。生命屬於我們只有一次，同樣，死亡屬於我們也只有一次，實在不容等閒視之。古人講禮，以喪祭為重點，不是沒有道理的；正是在喪祭二禮中，生死之義得到最充分的表現。故荀子曰：「禮者，謹於治生死者也。」（《荀子·禮論》）

死人有知無知，死後是鬼非鬼，這於喪祭二禮其實關係不大。墨翟批評儒家「執無鬼而學祭祀」（《墨子·公孟》），恰恰說到了儒家的好

處。照儒家的説法，生人注重喪禮和祭禮，並非為了死者的物質享受，而是為了生者的精神安慰。既不忍心祖先或親友就這樣永遠消失，靠喪祭來溝通生死人鬼，使生命得到延伸；也不妨理解為借喪祭標明生死之大限，提醒生者珍惜生命，完成生命。就好像佛教主張護生，實是為了護心；儒家主張重死，實是為了重生。「事死如生，事亡如存」（《荀子・禮論》），關鍵在於生者的感覺，死者並沒有什麼收益。説喪祭之禮是做給生人看，雖語含譏諷，卻也是大實話。只是喪祭之禮之所以不可廢，一是「人情而已矣」（《禮記・問喪》），一是「慎終追遠，民德歸厚矣」（《論語・學而》）。借用毛澤東《為人民服務》中的話，一是「用這樣的方法寄託我們的哀思」，一是「使整個人民團結起來」。前者注重其中個體的感受，後者則突出其在群體生活中的意義。後世談喪祭者，也多從這兩方面立論。

　　儒家由注重喪祭之禮而主張厚葬，這固然可使個體情感得到滿足，卻因此「多埋賦財」，浪費了大量人力物力，影響了社會生產力的發展。墨子有感於儒家的「厚葬靡財而貧民」，故主張「節財薄葬」（《淮南子・要略》），雖有利於物質生產，可似乎過分輕視了人的精神感受。將厚葬薄葬之爭歸結為「反映階級之分而外，還表現了唯心與唯物這兩種世界觀的對立」（廖沫沙〈身後事該怎麼辦？〉），難以令人完全信服。現代人容易看清厚葬以及關於喪祭的繁文縟節的荒謬，落筆行文不免語

帶嘲諷；可難得體察這些儀式背後隱藏的頗為深厚的「人情」。夏丏尊譏笑送殯歸途即盤算到哪裏看電影的友人，真的應了陶淵明的説法「親戚或餘悲，他人亦已歌」（〈送殯的歸途〉）；袁鷹則挖苦披麻戴孝「泣血稽顙」的兒女們，「有點悲傷和淒惶是真的，但又何嘗不在那兒一邊走一邊默默地計算着怎樣多奪點遺產呢」（〈送葬的行列〉）。至於燒冥屋、燒紙錢及各種紙製器物的習俗，則被茅盾和葉聖陶作為封建迷信批判，以為如此「多方打點，只求對死者『死後的生活』有利」，未免愚昧荒唐（〈冥屋〉、〈不甘寂寞〉）。其實古人早就意識到死後生活的虛妄，之所以還需要這些象徵性的生活用具，只不過是用來表達生者的願望和情感。《禮記·檀弓》稱：「孔子謂為明器者，知喪道矣，備物而不可用也。」「備物」見生者之感情，「不可用」見生者之理智。反之，「不備物」則死者長已生者無情，「備物而可用」則生者徒勞死者無益。

當然，世人中真正領悟這些喪祭儀式的精神內涵者不多，黎民百姓頗有信以為真或逢場作戲者。千載以下，更是儀式徒存而人心不古。在接受科學思想不信鬼神的現代人看來，不免徒添笑料。可是，我以為，可以嘲笑愚昧麻木的儀式執行者，而不應該責備儀式本身——在種種現代人眼中荒誕無稽的儀式後面，往往蘊藏着先民們的大慈悲，體現真正的人情美。也就是周作人説的：「我們知道這是迷信，我確信這樣虛幻的迷信裏也自有美與善的分子存在。」（〈唁辭〉）體驗這一切，需要同

情心，也需要一種距離感。對於執着於社會改造者，民眾之不覺悟與葬儀之必須改革，無疑更是當務之急，故無暇考慮儀式中積澱的情感，這完全可以理解。不過，頌揚哲人風度，提倡豁達的生死觀，並不意味着完全不要喪祭之禮。具體的儀式當然應該改革，可儀式背後的情感卻不應該丟失。胡適主張刪除「古喪禮遺下的種種虛偽儀式」和「後世加入的種種野蠻迷信」，這樣做的目的不是完全忘卻死者，而是建立一種「近於人情，適合現代生活狀況的喪禮」（〈我對於喪禮的改革〉）。

　　對於那些辛苦一場然後飄然遠逝的先人們，生者難道不應該如李健吾所描述的，「為了獲得良心上的安息，我們把虔敬獻給他們的魂靈」？（〈大祭〉）表達感情或許還在其次，更重要的是生者借此理解人類的共同命運並獲得一種真正的慈悲感與同情心。當年馮至在異國山村記錄的四句墓碣詩，其實並不如他説的那般「簡陋」，甚至可以作為整個人類喪祭禮儀的象徵：

> 一個過路人，不知為什麼
> 走到這裏就死了
> 一切過路人，從這裏經過
> 請給他作個祈禱
>
> 　　　　　　　　　　　　（《山村的墓碣》）

三

　　將人生比作旅途，將死亡作為旅行的終結，這比喻相當古老。既然死亡的陰影始終籠罩着整個旅行，可見死不在生之外，而是貫穿於生之中。因此，當我們熱切希望了解應該如何去「生」時，就不能不涉及怎樣去「死」。

　　人們來到世間的途徑千篇一律，離開世間的方法卻千差萬別。這不能不使作家對死亡的方式感興趣。周作人把世間死法分為兩類，一曰「壽終正寢」，包括老熟與病故；一曰「死於非命」，包括槍斃、服毒等等（〈死法〉）。兩相比較，自是後者更值得文人費口舌。因前者早在意料之中，就好像蹩腳的戲劇一樣，還沒開幕，已知結局，沒多少好說的；後者則因其猝不及防，打斷現成思路，頗有點陌生化效果。還有一點，前者乃人類的共同命運，超越時空的限制：唐朝人這麼死，現代人也這麼死；西洋人這麼死，中國人也這麼死。最多用壽命的長短或死前苦痛與否來論證醫學的發展，此外還能說什麼？後者可就不一樣了，這裏有歷史的、民族的、文化的各種因素，足可作一篇博士論文。

　　在「死於非命」中，又可分出自殺與他殺兩類。從魯迅開始，現代小說家喜歡描寫殺人及看殺人的場面，尤其突出愚昧的世人在欣賞他人痛苦中流露出來的嗜血慾望。現代散文中也有此類控訴與批判，像周作

人的〈關於活埋〉、聶紺弩的〈懷《柚子》〉、靳以的〈處決〉，都表示了對人性喪失的憂慮。五四新文化運動的一個主要理論成果就是人的覺醒，可心靈的麻痹、感情的粗暴豈是幾篇文章就能扭轉的？但願能少一點「愛殺人的人」，也少一點「愛看殺人的人」，則中華民族幸甚！

「他殺」如果作為一種文化現象，理論價值不大。因被殺者的意願不起作用，主要考察對像是殺人者。這主要是個政治問題，作家沒有多少發言權。不若「自殺」，既有環境的因素，又有自身的因素，可以作為一種真正的文化現象來考察。這就難怪現代作家多對後者感興趣。

自殺之值得研究，不在於其手段的多樣（吞金服毒、上吊自沉等等），而在於促成自殺的原因複雜以及評價的分歧。對於絕大多數苟活於世間的人來說，自是願意相信自殺是一種罪惡，這樣可以減輕自身忍辱負重的痛苦，為繼續生存找到根據。對於以拯救天下生靈為己任的宗教家來說，自殺起碼也是人生的歧途。倘若人人都自行處理生命，還要他救世主幹嗎？而對於社會改革家來說，自殺體現了意志薄弱：「我們既然預備着受種種痛苦，經種種困難，又為什麼要自殺呢？」（瞿秋白〈林德揚君為什麼要自殺呢？〉）當然，也有另一種聲音，強調自殺作為人與生俱來的權利，將理想的實現置於個體生存之上，主張「不自由毋寧死」，而鄙視「好死不如賴活着」。

不過，在二十世紀的中國，儘管也有文人禮讚自殺，可仔細辨認，都帶有好多附加條件。瞿秋白稱「自由神就是自殺神」，因為自殺「這要有何等的決心，何等的勇敢，又有了何等的快樂」；有此念頭，就不難「在舊宗教，舊制度，舊思想的舊社會裏殺出一條血路」(〈自殺〉)。李大釗稱青年自殺的流行「是青年覺醒的第一步，是迷亂社會頹廢時代裏的曙光一閃」，但結論還是希望青年「拿出自殺的決心，犧牲的精神，反抗這頹廢的時代文明，改造這缺陷的社會制度，創造一種有趣味有理想的生活」(〈青年厭世自殺問題〉)。瞿、李二君實際上都是借自殺強調人的精神價值，是一種反抗社會的特殊姿態，乃積極中之積極，哪裏談得上厭世？

　　在本世紀的中國，發生過好些次關於自殺的討論；其中分別圍繞三個自殺者（陳天華、梁巨川、阮玲玉）而展開的討論尤其值得注意。討論中既有相當嚴謹的社會學論文（如陶履恭的〈論自殺〉和陳獨秀的〈自殺論——思想變動與青年自殺〉），也有不拘一格的散文小品——由於本書的體例關係，後者更使我感興趣。

　　一九〇五年底，留日學生陳天華鑒於國事危急而民眾麻木，為「使諸君有所警動」，毅然投海自盡。死前留下〈絕命辭〉一通，期望民眾因而「堅忍奉公，力學愛國」。其時輿論普遍認為陳氏自殺是一種悲烈的壯舉，整個知識界都為之震動，對喚起民眾確實起了很大作用，故成為近代史上一件大事。

一九一八年深秋，六十老人梁巨川留下〈敬告世人書〉，在北京積水潭投水而死。遺書稱其自殺既殉清朝也殉道義，希望以此提倡綱常名教，救濟社會墮落。此事也曾轟動一時。因其自言「係殉清朝而死也」，遺老遺少們自是拍手叫好；新文化陣營裏則大多持批評態度。不過，也有像陳獨秀那樣，否定其殉清，但肯定其以身殉道的精神（〈對於梁巨川先生自殺之感想〉）。

一九三五年，電影明星阮玲玉自殺身亡，遺書中沒有以一死喚醒民眾的豪句，而只是慨嘆「人言可畏」。因其特殊身份，阮氏自殺更是成為特大新聞。在一片喧騰聲中，不乏小市民「觀豔屍」的怪叫和正人君子「自殺即偷安失職」的討伐。於是，魯迅等人不得不站出來為死者辯護，反對此類專門袒護強權而欺負弱者的「大人先生」。

從世紀初梁啟超稱「凡能自殺者，必至誠之人也」（《飲冰室自由書·國民之自殺》），到對陳天華自殺的眾口稱頌，再到對梁巨川自殺的評說紛紜，再到對阮玲玉自殺的橫加指責，再到七十年代統稱一切自殺為「自絕於人民」、「死有餘辜」，幾十年間中國人對自殺的看法變化何其迅速。這一變化蘊涵的文化意義確實發人深思。說不清是中國人日益重視生命的價值呢，還是中國人逐漸喪失選擇的權利。近年雖有不少詩文小説為特殊政治環境下的自殺平反；可作為一種精神文化現象，自殺仍然沒有得到很好的研究。

四

用斷然的手段自行終止生命，在一般情況下自是不宜提倡。人生雖說難免一死，生命畢竟還是如此蒼涼而又如此美麗。一味欣賞「死」當然是病態，只會讚嘆生則又嫌稚氣。不說生死齊觀，只要求用一種比較超然的眼光鑒賞生也鑒賞死。而這，似乎更吻合中年人的心態。在青年人那裏，生的意志佔絕對優勢，基本不考慮死的問題。在老年人那裏，死的冥想佔絕對優勢，儘管生的願望仍很強烈。只有在中年人那裏，「生」、「死」打了個平手，故態度比較客觀。

比起宋元明清文人，這個世紀的中國作家確實多點青春氣息。不說推崇少年讚美青春的諸多名篇，也不說老夫聊發少年狂，自把八十當十八的「豪言壯語」，最值得注意的還是由已屆中年的作家寫作的描述中年人心態的文章。因為「一個生命會到了『只是近黃昏』的時節，落霞也許會使人留戀、惆悵」（冰心〈霞〉），再豁達的人也無法為之辯解。硬要說「既不知『老去』，也不必『悲秋』」（王了一〈老〉），總覺得有點矯情。而古往今來，騷人墨客關於老死的吟詠，也就那麼幾句話，顛來倒去，變不出什麼新花樣。

中年可就不一樣，古人對人生這一盛衰交界的重要階段似乎不大在意。杜牧詩云「只言旋老轉無事，欲到中年事更多」（《樊川外集‧書

懷》），金聖嘆文曰「人生三十而未娶，不應更娶；四十而未仕，不應更仕」（《第五才子書施耐庵水滸傳・序》），都只是朦朧意識到中年乃是人生轉折點，卻並未加以認真界定和論述。有一點值得注意，豐子愷等人關於中年人心態的描述，是在西方文化背景下展開的。還不是指文中徵引「人生四十才開始」之類的西諺，而在於沒有晚清以來新學之士之頌揚青春與生命，並抨擊中國人的早衰心態，就沒有現代作家筆下充滿詩意的「中年」。

缺乏少年的朝氣，也缺乏老人的智慧，可中年人的平淡，中年人的憂鬱，中年人的寬容與通達，都自有一種獨特的魅力。一切都顯得那麼和諧，那麼從容不迫，以至你一不留神，幾乎覺察不到它的存在，似乎人生就這樣從青年急轉直下，一夜之間進入老年。說消極點，中年是人生必不可少的緩衝帶，使生命的變化顯得更為理智更可理解，免得情感上接受不了那突如其來的衰老。說積極點，則中年兼有青年與老年的長處，是人生最成熟的階段。作家們不約而同地用秋天來比喻中年，實在是再恰當不過的了。以四季喻人生，中年確實「沒有春天的陽氣勃勃，也沒有夏天的炎烈迫人，也不像冬天之全入於枯槁凋零」。故林語堂稱其偏愛秋是因為「秋是代表成熟，對於春天之明媚嬌豔，夏日之茂密濃深，都是過來人，不足為奇了」（〈秋天的況味〉）。只是話不能說得太滿，不能靠抑春夏來揚秋冬。還是蘇雪林說得實在些：「踏進秋天園林，

只見枝頭累累，都是鮮紅，深紫，或黃金色的果實，在秋陽裏閃着異樣的光。……但你說想欣賞那榮華絢爛的花時，哎，那就可惜你來晚了一步，那只是春天的事啊！」（〈中年〉）在蘇雪林以及豐子愷、俞平伯、葉聖陶、梁實秋談論中年的文章裏，都取一種低調，略帶自我調侃的味道，確實講出了中年人的可愛又可悲，可敬又可憐的秋天般的心境。

又是一個不約而同，不少作家把人生比作登山，中年就是登上山頂略事休息徘徊的那一剎那。此前是「快樂地努力地向前走」，此後則「別有一般滋味」的「想回家」（俞平伯〈中年〉）；此前是「路上有好多塊絆腳石，曾把自己磕碰得鼻青臉腫」，此後則「前面是下坡路，好走得多」（梁實秋〈中年〉）。「下坡路」也罷，「想回家」也罷，都是一種過來人的心態。一切都不過如此，沒什麼稀奇的，不值得大驚小怪，也不值得苦苦追求。「到了這樣年齡，什麼都經歷過了，什麼味都嘗過了，什麼都看穿看透了。現實呢，滿足了。希望呢，大半渺茫了。」（蘇雪林〈中年〉）如此說來，中年人的平淡豁達，其實也蘊涵着幾分無可奈何的頹唐。

與其硬着頭皮為「中年」爭分數，不如切實冷靜地分析人到中年生理上、心理上、情感上、理智上發生的一系列變化。既能賞識其已經到來的成熟，也不掩蓋其即將出現的衰老。若如是，對人生真義或許會有較為深入的領悟。

一九九○年七月二日於京西暢春園

「無限之生」的界線

冰心

　　我獨坐在樓廊上，凝望着窗內的屋子。淺綠色的牆壁，赭色的地板，幾張椅子和書桌；空沉沉的，被那從綠罩子底下發出來的燈光照着，只覺得淒黯無色。

　　這屋子，便是宛因和我同住的一間宿舍。課餘之暇，我們永遠是在這屋裏說笑，如今宛因去了，只剩了我一個人了。

　　她去的那個地方，我不能知道，世人也不能知道，或者她自己也不能知道。然而宛因是死了，我看見她病的，我看見她的軀殼埋在黃土裏的，但是這個軀殼能以代表宛因麼！

　　屋子依舊是空沉的，空氣依舊是煩悶的，燈光也依舊是慘綠的。我只管坐在窗外，也不是悲傷，也不是悚懼；似乎神經麻木了，再也不能邁步進到屋子裏去。

　　死呵，你是一個破壞者，你是一個大有權威者！世界既然有了生物，為何又有你來摧殘他們，限制他們？無論是帝王，是英雄，是……一遇見你，便立刻撇下他一切所有的，屈服在你的權威之下。無論是驚才，絕豔，豐功，偉業，與你接觸之後，不過只留下一抔黃土！

　　我想到這裏，只覺得失望，灰心，到了極處！——這樣的人生，有什麼趣味？縱然抱着極大的願力，又有什麼用處？又有什麼結果？到頭也不過是歸於虛空，不但我是虛空，萬物也是虛空。

漆黑的天空裏，只有幾點閃爍的星光，不住的顫動着。樹葉楂楂槭槭的響着。微微的一陣槐花香氣，撲到闌邊來。

我抬頭看着天空，數着星辰，竭力的想慰安自己。我想：——何必為死者難過？何必因為有「死」就難過？人生世上，勞碌辛苦的，想為國家，為社會，謀幸福；似乎是極其壯麗宏大的事業了。然而造物者憑高下視，不過如同一個螞蟻，辛辛苦苦的，替他同伴駄着粟粒一般。幾點的小雨，一陣的微風，就忽然把他渺小之軀，打死，吹飛。他的工程，就算了結。我們人在這大地上，已經是像小蟻微塵一般，何況在這萬星團簇，縹緲幽深的太空之內，更是連小蟻微塵都不如了！如此看來，……都不過是曇花泡影，抑制理性，隨着他們走去，就完了！何必……

想到這裏，我的腦子似乎脹大了，身子也似乎起在空中。勉強定了神，往四圍一看：——我依舊坐在闌邊，樓外的景物，也一切如故。原來我還沒有超越到世外去，我苦痛已極，低着頭只有嘆息。

一陣衣裳的聲音，彷彿是從樹杪下來，——接着有微渺的聲音，連連喚道：「冰心，冰心！」我此時昏昏沉沉的，問道：「是誰？是宛因麼？」她說：「是的。」我竭力的抬起頭來，借着微微的星光，仔細一看，那白衣飄舉，蕩蕩漾漾的，站在我面前的，可不是宛因麼！只是她全身上下，顯出一種莊嚴透徹的神情來，又似乎不是以前的宛因了。

我心裏益發的昏沉了，不覺似悲似喜的問道：「宛因，你為何又來了？你到底是到哪裏去了？」她微笑說：「我不過是越過『無限之生的界線』就是了。」我說：「你不是……」她搖頭說：「什麼叫做『死』？我同你依舊是一樣的活着，不過你是在界線的這一

邊，我是在界線的那一邊，精神上依舊是結合的。不但我和你是結合的，我們和宇宙間的萬物，也是結合的。」

我聽了她這幾句話，心中模模糊糊的，又像明白，又像不明白。

這時她朗若曙星的眼光，似乎已經歷歷的看出我心中的癥結，便問說：「在你未生之前，世界上有你沒有？在你既死之後，世界上有你沒有？」我這時真不明白了，過了一會，忽然靈光一閃，覺得心下光明朗澈，歡欣鼓舞的說：「有，有，無論是生前，是死後，我還是我，『生』和『死』不過都是『無限之生的界線』就是了。」

她微笑說：「你明白了，我再問你，什麼叫作『無限之生』？」我說：「『無限之生』就是天國，就是極樂世界。」她說：「這光明神聖的地方，是發現在你生前呢？還是發現在你死後呢？」我說：「既然生前死後都是有我，這天國和極樂世界，就說是現在也有，也可以的。」

她說：「為什麼現在世界上，就沒有這樣的地方呢？」我彷彿應道：「既然我們和萬物都是結合的，到了完全結合的時候，便成了天國和極樂世界了，不過現在……」她止住了我的話，又說：「這樣說來，天國和極樂世界，不是超出世外的，是不是呢？」我點了一點頭。

她停了一會，便說：「我就是你，你就是我，你我就是萬物，萬物就是太空：是不可分析，不容分析的。這樣——人和人中間的愛，人和萬物，和太空中間的愛，是曇花麼？是泡影麼？那些英雄，帝王，殺伐爭競的事業，自然是虛空的了。我們要奔赴到那『完全結合』的那個事業，難道也是虛空的麼？去建設『完全結合』

的事業的人，難道從造物者看來，是如同小蟻微塵麼？」我一句話也說不出來，只含着快樂信仰的珠淚，抬頭望着她。

她慢慢的舉起手來，輕裾飄揚，那微妙的目光，悠揚着看我，琅琅的說：「萬全的愛，無限的結合，是不分生——死——人——物的，無論什麼，都不能抑制摧殘他，你去罷，——你去奔那『完全結合』的道路罷！」

這時她慢慢的飄了起來，似乎要乘風飛舉。我連忙拉住她的衣角說，「我往哪裏去呢？那條路在哪裏呢？」她指着天邊說，「你迎着他走去罷。你看——光明來了！」

輕軟的衣裳，從我臉上拂過。慢慢的睜開眼，只見地平線邊，漾出萬道的霞光，一片的光明瑩潔，迎着我射來。我心中充滿了快樂，也微微的隨她說道：「光明來了！」

一九二○年九月四日

（選自《冰心文集》第三卷，上海：上海文藝出版社，1984 年）

別話

許地山

素輝病得很重，離她停息的時候不過是十二個時辰了。她丈夫坐在一邊，一手支頤，一手把着病人底手臂，寧靜而懇摯的眼光都注在她妻子底面上。

黃昏底微光一分一分地消失，幸而房裏都是白的東西，眼睛不至於失了它們底辨別力。屋裏底靜默，早已佈滿了死底氣色；看護婦又不進來，她底腳步聲只在門外輕輕地踱過去，好像告訴屋裏底人說：「生命底步履不望這裏來，離這裏漸次遠了。」

強烈的電光忽然從玻璃泡裏底金絲發出來。光底浪把那病人底眼瞼衝開。丈夫見她這樣，就回復他底希望，懇摯地說：「你——你醒過來了！」

素輝好像沒聽見這話，眼望着他，只說別的。她說：「噯，珠兒底父親，在這時候，你為什麼不帶她來見見我？」

「明天帶她來。」

屋裏又沉默了許久。

「珠兒底父親哪，因為我身體軟弱、多病的緣故，教你犧牲許多光陰來看顧我，還阻礙你許多比服事我更要緊的事。我實在對你不起。我底身體實不容我……」

「不要緊的，服事你也是我應當做的事。」

她笑，但白的被窩中所顯出來的笑容並不是歡樂底標識。她說：「我很對不住你，因為我不曾為我們生下一個男兒。」

「哪裏的話！女孩子更好。我愛女的。」

淒涼中底喜悅把素輝身中預備要走的魂擁回來。她底精神似乎比前強些，一聽丈夫那麼說，就接着道：「女的本不足愛：你看許多人——連你——為女人惹下多少煩惱！ ……不過是——人要懂得怎樣愛女人，才能懂得怎樣愛智慧。不會愛或拒絕愛女人的，縱然他沒有煩惱，他是萬靈中最愚蠢的人。珠兒底父親，珠兒底父親哪，你佩服這話麼？」

這時，就是我們——旁邊底人——也不能為珠兒底父親想出一句答辭。

「我離開你以後，切不要因為我就一輩子過那鰥夫底生活。你必要為我的緣故，依我方才的話愛別的女人。」她說到這裏把那只幾乎動不得的右手舉起來，向枕邊摸索。

「你要什麼？我替你找。」

「戒指。」

丈夫把她底手扶下來，輕輕在她枕邊摸出一隻玉戒指來遞給他。

「珠兒底父親，這戒指雖不是我們訂婚用的，卻是你給我的；你可以存起來，以後再給珠兒底母親，表明我和她的連屬。除此以外，不要把我底東西給她，恐怕你要當她是我；不要把我們底舊話說給她聽，恐怕她要因你底話就生出差別心，說你愛死的婦人甚於愛生的妻子。」她把戒指輕輕地套在丈夫左手底無名指上。丈夫隨

着扶她的手與他底唇邊略一接觸。妻子對於這番厚意，只用微微睜開的眼睛看着他。除掉這樣的回報，她實在不能表現什麼。

丈夫說：「我應當為你做的事，都對你說過了。我再說一句，無論如何，我永久愛你。」

「咦，再過幾時，你就要把我底屍體扔在荒野中了！雖然我不常住在我底身體內，可是人一離開，再等到什麼時候，在什麼地方才能互通我們戀愛底消息呢？若說我們將要住在天堂的話，我想我也永無再遇見你的日子，因為我們底天堂不一樣。你所要住的，必不是我現在要去的。何況我還不配住在天堂？我雖不信你底神，我可信你所信的真理。縱然真理有能力，也不為我們這小小的緣故就永遠把我們結在一塊。珍重罷，不要愛我於離別之後。」

丈夫既不能說什麼話，屋裏只可讓死底靜寂佔有了。樓底下恍惚敲了七十日鳴鐘。他為尊重醫院底規則，就立起來，握着素輝底手說：「我底命，再見罷，七點鐘了。」

「你不要走，我還和你談話。」

「明天我早一點來，你累了，歇歇罷。」

「你總不聽我底話。」她把眼睛閉了，顯出很不願意的樣子。丈夫無奈，又停住片時，但她實在累了，只管躺着，也沒有什麼話說。

丈夫輕輕躡出去。一到樓口，那腳步又退後走，不肯下去。他又躡回來，悄悄到素輝床邊，見她顯着昏睡的形態。枯澀的淚點滴不下來，只掛在眼瞼之間。

（選自《許地山選集·上卷》，北京：人民文學出版社，1982 年）

死之默想

周作人

四世紀時希臘厭世詩人巴拉達思作有一首小詩道：

（Polla laleis, anthrope-Palladas）
你太饒舌了，人呵，不久將睡在地下；
住口罷，你生存時且思索那死。

這是很有意思的話。關於死的問題，我無事時也曾默想過，（但不坐在樹下，大抵是在車上）可是想不出什麼來，——這或者因為我是個「樂天的詩人」的緣故吧。但其實我何嘗一定崇拜死，有如曹慕管君，不過我不很能夠感到死之神秘，所以不覺得有思索十日十夜之必要，於形而上的方面也就不能有所饒舌了。

竊察世人怕死的原因，自有種種不同，「以愚觀之」可以定為三項，其一是怕死時的苦痛，其二是捨不得人世的快樂，其三是顧慮家族。苦痛比死還可怕，這是實在的事情。十多年前有一個遠房的伯母，十分困苦，在十二月底想投河尋死，（我們鄉間的河是經冬不凍的，）但是投了下去，她隨即走了上來，說是因為水太冷了。有些人要笑她痴也未可知，但這卻是真實的人情。倘若有人能夠切實保證，誠如某生物學家所說，被猛獸咬死癢酥酥地很是愉快，我想一定有許多人裹糧入山去投身飼餓虎的了。可惜這一層不能擔保，有些對於別項已無留戀的人因此也就不得不稍為躊躇了。

顧慮家族，大約是怕死的原因中之較小者，因為這還有救治的方法。將來如有一日，社會制度稍加改良，除施行善種的節制以外，大家不問老幼可以各盡所能，各取所需，凡平常衣食住，醫藥教育，均由公給，此上更好的享受再由個人的努力去取得，那麼這種顧慮就可以不要，便是夜夢也一定平安得多了。不過我所說的原是空想，實現還不知在幾十百千年之後，而且到底未必實現也說不定，那麼也終是遠水不救近火，沒有什麼用處。比較確實的辦法還是設法發財，也可以救濟這個憂慮。為得安閒的死而求發財，倒是很高雅的俗事；只是發財大不容易，不是我們都能做的事，況且天下之富人有了錢便反死不去，則此亦頗有危險也。

　　人世的快樂自然是很可貪戀的，但這似乎只在青年男女才深切的感到，像我們將近「不惑」的人，嘗過了凡人的苦樂。此外別無想做皇帝的野心，也就不覺得還有捨不得的快樂。我現在的快樂只是想在閒時喝一杯清茶，看點新書（雖然近來因為政府替我們儲蓄，手頭只有買茶的錢），無論他是講蟲鳥的歌唱，或是記賢哲的思想，古今的刻繪，都足以使我感到人生的欣幸。然而朋友來談天的時候，也就放下書卷，何況「無私神女」（Atropos）的命令呢？我們看路上許多乞丐，都已沒有生人樂趣，卻是苦苦的要活着，可見快樂未必是怕死的重大原因；或者捨不得人世的苦辛也足以叫人留戀這個塵世罷。講到他們，實在已是了無牽掛，大可「來去自由」，實際卻不能如此，倘若不是為了上邊所說的原因，一定是因為怕河水比徹骨的北風更冷的緣故了。

　　對於「不死」的問題，又有什麼意見呢？因為少年時當過五六年的水兵，頭腦中多少受了唯物論的影響，總覺得造不起「不死」

這個觀念來，雖然我很喜歡聽荒唐的神話。即使照神話故事所講，那種長生不老的生活我也一點兒都不喜歡。住在冷冰冰的金門玉階的屋裏，吃着五香牛肉一類的麟肝鳳脯，天天遊手好閒，不在松樹下着棋，便同金童玉女廝混，也不見得有什麼趣味，況且永遠如此，更是單調而且困倦了。又聽人説，仙家的時間是與凡人不同的，詩云「山中方七日，世上已千年，」所以爛柯山下的六十年在棋邊只是半個時辰耳，哪裏會有日子太長之感呢？但是由我看來，仙人活了二百萬歲也只抵得人間的四十春秋，這樣浪費時間無裨實際的生活，殊不值得費盡了心機去求得他；倘若二百萬年後劫波到來，就此溘然，將被五十歲的凡夫所笑，較好一點的還是那西方鳳鳥（Phoinix）的辦法，活上五百年，便爾蛻去，化為幼鳳，這樣的輪迴倒很好玩的，——可惜他們是只此一家，別人不能仿作。大約我還只好在這被容許的時光中，就這平凡的境地中，尋得些須的安閒悦樂，即是無上幸福；至於「死後，如何？」的問題，乃是神秘派詩人的領域，我們平凡人對於成仙做鬼都不關心，於此自然就沒有什麼興趣了。

（選自《雨天的書》，長沙：岳麓書社，1987 年）

唁辭

周作人

　　昨日傍晚，妻得到孔德學校的陶先生的電話，只是一句話，說：「齊可死了——」齊可是那邊的十年級學生，聽說因患膽石症（？）往協和醫院乞治，後來因為待遇不親切，改進德國醫院，於昨日施行手術，遂不復醒。她既是校中的高年級生，又天性豪爽而親切，我家的三個小孩初上學校，都很受她的照管，好像是大姊一樣，這回突然死別，孩子們雖然驚駭，卻還不能了解失卻他們老朋友的悲哀，但是妻因為時常往學校也和她很熟，昨日聞信後為茫然久之，一夜都睡不着覺，這實在是無怪的。

　　死總是很可悲的事，特別是青年男女的死，雖然死的悲痛不屬於死者而在於生人。照常識看來，死是還了自然的債，與生產同樣地嚴肅而平凡，我們對於死者所應表示的是一種敬意，猶如我們對於走到標竿下的競走者，無論他是第一着或是中途跌過幾交而最終走到。在中國現在這樣的狀況之下，「死之讚美者」（Peisithanatos）的話未必全無意義，那麼「年華雖短而憂患亦少」也可以說是好事，即使尚未能及未見日光者的幸福。然而在死者縱使真是安樂，在生人總是悲痛。我們哀悼死者，並不一定是在體察他滅亡之苦痛與悲哀，實在多是引動追懷，痛切地發生今昔存歿之感。無論怎樣地相信神滅，或是厭世，這種感傷恐終不易擺脫。日本詩人小林一茶在《俺的春天》裏記他的女兒聰女之死，有這幾句：

……她遂於六月二十一日與菶華同謝此世。母親抱着死兒
的臉荷荷的大哭，這也是難怪的了。到了此刻，雖然明知逝水
不歸，落花不再返枝，但無論怎樣達觀，終於難以斷念的，正
是這恩愛的羈絆。詩曰，

　　　露水的世呀，

　　　雖然是露水的世，

　　　雖然是如此。

　　雖然是露水的世，然而自有露水的世的回憶，所以仍多哀感。
美㦅林克在《青鳥》上有一句平庸的警句曰「死者生存在活人的記
憶上。」齊女士在世十九年，在家庭學校，親族友朋之間，當然留
下許多不可磨滅的印象，隨在足以引起悲哀，我們體念這些人的心
情，實在不勝同情，雖然別無勸慰的話可說。死本是無善惡的，但
是它加害於生人者卻非淺鮮，也就不能不說它是惡的了。

　　我不知道人有沒有靈魂，而且恐怕以後也永不會知道，但我
對於希冀死後生活之心情覺得很能了解。人在死後倘尚有靈魂的存
在如生前一般，雖然推想起來也不免有些困難不易解決，但因此不
特可以消除滅亡之恐怖，即所謂恩愛的羈絆也可得到適當的安慰。
人有什麼不能滿足的願望。輒無意地投影於儀式或神話之上，正如
表示在夢中一樣。傳說上李夫人楊貴妃的故事，民俗上童男女死後
被召為天帝侍者的信仰，都是無聊之極思，卻也是真的人情之美的
表現：我們知道這是迷信，我確信這樣虛幻的迷信裏也自有美與善
的分子存在。這於死者的家人親友是怎樣好的一種慰藉，倘若他們
相信——只要能夠相信，百歲之後，或者乃至夢中夜裏，仍得與已
死的親愛者相聚，相見！然而，可惜我們不相應地受到了科學的灌

洗，既失卻先人可祝福的愚蒙，又沒有養成畫廊派哲人（Stoics）的超絕的堅忍，其結果是恰如牙根裏露出的神經，因了冷風熱氣隨時益增其痛楚。對於幻滅的現代人之遭逢不幸，我們於此更不得不特別表示同情之意。

我們小女兒若子生病的時候，齊女士很惦念她；現在若子已經好起來，還沒有到學校去和老朋友一見面，她自己卻已不見了。日後若子回憶起來時，也當永遠是一件遺恨的事吧。

（選自《雨天的書》，長沙：岳麓書社，1987 年）

笠翁與兼好法師

周作人

　　章實齋是一個學者，然而對於人生只抱着許多迂腐之見，如在《婦學篇書後》中所說者是。李笠翁當然不是一個學者，但他是了解生活法的人，決不是那些樸學家所能企及（雖然有些重男輕女的話也一樣不足為訓）。《笠翁偶集》卷六中有這一節：

　　　　人問，「執子之見，則老子不見可欲使心不亂之説不幾謬乎？」

　　　　予曰，「正從此説參來，但為下一轉語：不見可欲使心不亂，常見可欲亦能使心不亂。何也？人能屏絕嗜欲，使聲色貨利不至於前，則誘我者不至，我自不為人誘。──苟非入山逃俗，能若是乎？使終日不見可欲而遇之一旦，其心之亂也十倍於常見可欲之人，不如日在可欲中與此輩習處，則司空見慣渾閒事矣，心之不亂不大異於不見可欲而忽見可欲之人哉！老子之學，避世無為之學也；笠翁之學，家居有事之學也。」……

　　這實在可以説是性教育的精義。「老子之學」終於只是空想，勉強做去，結果是如聖安多尼的在埃及荒野上胡思亂想，夢見示巴女王與魔鬼，其心之亂也十倍於常人。余澹心在《偶集》序上説，「冥心高寄，千載相關，深惡王莽王安石之不近人情，而獨愛陶元亮之閒情作賦，」真是極正確的話。

兼好法師是一個日本的和尚，生在十四世紀前半，正當中國元朝，作有一部隨筆名《徒然草》，其中有一章云：

倘若阿太志野之露[1]沒有消時，鳥部山[2]之煙也無起時，人生能夠常住不滅，恐世間將更無趣味。人世無常，或者正是很妙的事罷。

遍觀有生，唯人最長生。蜉蝣及夕而死，夏蟬不知春秋。倘若優遊度日，則一歲的光陰也就很是長閒了。如不知厭足，那麼雖過千年也不過一夜的夢罷。在不能常住的世間，活到老醜，有什麼意思？「壽則多辱。」即使長命，在四十以內死了，最為得體。過了這個年紀，便將忘記自己的老醜，想在人群中胡混，到了暮年還愛戀子孫，希冀長壽得見他們的繁榮：執着人生，私欲益深，人情物理都不復了解，至可嘆息。」

這位老法師雖是説着佛老的常談，卻是實在了解生活法的。曹慕管是一個上海的校長，最近在《時事新報》上發表一篇論吳佩孚的文章，這樣説道：

關為後人欽仰，在一死耳。……吳以上將，位居巡帥，此次果能一死，教育界中拜賜多矣。

死本來是眾生對於自然的負債，不必怎樣避忌，卻也不必怎樣欣慕。我們贊成兼好法師老而不死很是無聊之説，但也並不覺得活滿四十必須上吊，以為非如此便無趣味。曹校長卻把死（自然不是

---

1. 阿太志野是墓地之名。
2. 鳥部山為火葬場所在地。

壽終正寢之類）看得珍奇，彷彿只要一個人肯「殺身成仁」，什麼政治教育等事都不必講，便能一道祥光，立刻把人心都擺正，現出一個太平世界。這種死之提倡，實在離奇得厲害。查野蠻人有以人為犧牲祈求豐年及種種福利的風俗，正是同一用意。然在野蠻人則可，以堂堂校長而欲犧牲吳上將以求天降福利於教育界，則「將何以訓練一般之青年也乎，將何以訓練一般之青年也乎！」

（選自《雨天的書》，長沙：岳麓書社，1987 年）

人死觀

梁遇春

　　恍惚前二三年有許多學者熱烈地討論人生觀這個問題，後來忽然又都擱筆不說，大概是因為問題已經解決了罷！到底他們的判決詞是怎麼樣，我當時也有些概念，可惜近來心中總是給一個莫名其妙不可思議的煩悶罩着，把學者們拼命爭得的真理也忘記了。這麼一來，我對於學者們只可面紅耳熱地認做不足教的蠢貨；可是對於我自己也要找些安慰的話，使這仿徨無依黑雲包着的空虛的心不至於再加些追悔的負擔。人生觀中間的一個重要問題不是人生的目的麼？可是我們生下來並不是自己情願的，或者還是萬不得已的，所以小孩一落地免不了嬌啼幾下。既然不是出自我們自己意志要生下來的，我們又怎麼能夠知道人生的目的呢？湘鄂的土豪劣紳給人拿去遊街，他自己是毫無目的，並且他也未必想去明白遊街的意義。小河是不得不流自然而然地流着，它自身卻什麼意義都沒有，雖然它也曾帶瓣落花到汪洋無邊的海裏，也曾帶愛人的眼淚到他的愛人的眼前。勃浪寧把我們比做大匠輪上滾成的花瓶。我客廳裏有一個假康熙彩的大花瓶，我對它發呆地問它的意義幾百回，它總是呆呆地站着，說不出一句話來。但是我卻知道花瓶的目的同用處。人生的意義，或者只有上帝才曉得吧！還有些半瘋不瘋的哲學家高唱「人生本無意義，讓我們自己做些意義。」夢是隨人愛怎麼做就怎麼做的，不過我想夢最終脫不了是一個夢罷，黃粱不會老煮不熟的。

生不是由我們自己發動的，死卻常常是我們自己去找的。自然在世界上多數人是「壽終正寢」的，可是自殺的也不少，或者是因為生活的壓迫，也有是怕現在的快樂不能夠繼續下去而想借死來消滅將來的不幸，像一對夫婦感情極好卻雙雙服毒同盡的（在嫖客娼妓中間更多），這些人都是以口問心，以心問口商量好去找死的。所以死對他們是有意義的，而且他們是看出些死的意義的人。我們既然在人生觀這個迷園裏走了許多，何妨到人死觀來瞧一瞧呢。可惜「君子見其生不忍見其死」，所以學者既不搖旗吶喊在前，高唱各種人死觀的論調，青年們也無從追隨奔走在後。「天下興亡，匹夫有責」，因此我做這部人死觀，無非出自拋磚引玉的野心，希望能夠動學者的心，對人死觀也在切實研究之後，下個放之四海而皆準的判斷。

　　若使生同死是我們的父母──不，我們不這樣說，我們要征服自然──若使生同死是我們的子女，那麼死一定會努着嘴抱怨我們偏心，只知道「生」不管「死」，一心一意都花在生上面。真的，不止我們平常時都是想着生。Hazlitt 死時候說「好吧！我有過快樂的一生。」（well, I've had a happy life.）他並沒想死是怎麼一回事。Charlotte Bronte 臨終時候還對她的丈夫說：「呵，我現在是不會死的，我會不會嗎？上帝不至於分開我們，我們是這麼快樂。」（Oh! I am not going to die, am I? He will not separate us, we have been so happy.）這真是不到黃河心不死。為什麼我們這麼留戀着生，不肯把死的神秘想一下呢？並且有時就是正在冥想死的偉大，何曾是確實把死的實質拿來咀嚼，無非還是向生方面着想，看一下死對於生的權威。做官做不大，發財發不多，打戰打敗仗，於是乎嘆一口氣說：「千古英雄同一死！」和「自古皆有死，莫不飲恨而吞聲，

任他生前何等威風赫赫，死後也是一樣的寂寞」。這些話並不是真的對於死有什麼了解，實在是懷着嫉妒，心怗着生，說風涼話，解一解怨氣。在這裏生對死，是借他人之紙筆，發自己之牢騷。死是在那裏給人利用做抓爆栗子的貓腳爪，生卻嬉皮涎臉地站在旁邊受用。讓我翻一段 Sir W. Raleigh 在《世界史》（*The History of the World*）裏的話來代表普通人對於死的觀念罷。

> 只有死才能夠使人了解自己，指示給驕傲人看他也不過是個普通人，使他厭惡過去的快樂；他證明富人是個窮光蛋，除擁塞在他口裏的沙礫外，什麼東西對他都沒有意義；當他舉起他的鏡在絕色美人面前，她們看見承認自己的毛病同腐朽。呵！能夠動人，公平同有力的死呀，誰也不能勸服的你能夠說服；誰也不敢想做的事，你做了；全世界所諂媚的人，你把他擲在世界以外，看不起他；你曾把人們的一切偉大，驕傲，殘忍，雄心集在一塊，用小小兩個字「躺在這裏」蓋盡一切。

這裏所說的是平常人對於死的意見，不過用伊利沙伯時代文體來寫壯麗點，但是我們若使把它細看一番，就知道裏頭只含了對生之無常同生之無意義的感慨，而對着死國裏的消息並沒有絲毫透露出來。所以倒不如叫做生之哀辭，比死之冥想還好些。一般人口頭裏所說關於死的思想，剝蕉抽繭看起來，中間只包了生的意志，那裏是老老實實的人死觀呢。

庸人不足論，讓我們來看一看沉着聲音，兩眼渺茫地望着青天的宗教家的話。他們在生之後編了一本《續編》，天堂地獄也不過如此如此。生與死給他們看來好似河岸的風景同水中反映的影景一

樣，不過映在水中的經過綠水特別具一種縹緲空靈之美。不管他們說的來生是不是鏡花水月，但是他們所說死後的情形太似生時，使我們心中有些疑惑。因為若使死真是不過一種演不斷的劇中一會的閉幕，等會笛鳴幕開，仍然續演，那麼死對於我們絕對不會有這麼神秘似的，而幽明之隔，也不至於到現在還沒有一線的消息。科學家對死這問題，含糊說了兩句不負責任的話，而科學家卻常常仍舊安身立命於宗教上面。而宗教家對死又是不敢正視，只用着生的現象反映在他們西洋鏡，做成八寶樓台。說來說去還在執着人生觀，用遁辭來敷衍人死觀。

還有好多人一說到死就只想將死時候的苦痛。George Gissing 在他的《草堂隨筆》(*The Private Papers of Henry Ryecroft*) 說生之停止不能夠使他恐怖，在床上久病卻使他想起會害怕。當該薩 Caesar 被暗殺前一夕，有人問那種死法最好，他說「要最倉猝迅速的。」(That which should be most sudden!) 疾病苦痛是生的一部分，同死的實質滿不相干。以上這兩位小竊軍閥說的話還是人生觀，並不能對死有什麼真了解。

為什麼人死觀老是不能成立呢？為什麼誰一說到死就想起生，由是眼睛注着生嚕嚕囌囌說一陣遁辭，而不抓着死來考究一下呢？約翰生 (Johnson) 曾對 (Beswell) 說：「我們一生只在想離開死的思想。」(The whole of life is but keeping away the thought of death.) 死是這麼一個可怕着摸不到的東西，我們總是設法迴避它，或者將生死兩個意義混起，做成一種騙自己的幻覺。可是我相信死絕對不是這麼簡單乏味的東西。Andreyev 是窺得點死的意義的人。他寫 Lazarus 來象徵死的可怕，寫《七個縊死的人》(*The Seven who were*

Hanged）來表示死對於心理的影響。雖然這兩篇東西我們看着都會害怕，它們中間都有一段新奇耀目的美。Christina Rossetti, Edgar Allan Poe, Ambrose Bierce 同 Lord Dunsang 對着死的本質也有相當的了解，所以他們著作裏面說到死常常有種淒涼灰白色的美。有人解釋 Andreyev，說他身旁四面都被圍牆圍着，而在好多牆之外有一個一切牆的牆——那就是死。我相信在這一切牆的牆外面有無限的風光，那裏有說不出的好境，想不來的情調。我們對生既然覺得二十四分的單調同乏味，為什麼不勇敢地放下一切對生留戀的心思，深深地默想死的滋味。壓下一切懦弱無用的恐怖，來對死的本體睇着細看一番。我平常看到骸骨總覺有一種不可名言的痛快，它是這麼光着，毫無所怕地站在你面前。我真想抱着它來探一探它的神秘，或者我身裏的骨，會同它有共鳴的現象，能夠得到一種新的發現。骸骨不過是死宮的門，已經給我們這種無量的歡悅，我們為什麼不漫步到宮裏，看那千奇萬怪的建築呢。最少我們能夠因此遁了生之無聊 ennui 的壓迫，De Quincey 只將「猝死」、「暗殺」……當作藝術看，就現出了一片瑰奇偉麗的境界。何況我們把整個死來默想着呢？來，讓我們這會死的凡人來客觀地細玩死的滋味；我們來想死後靈魂不滅，老是這麼活下去，沒有了期的煩惱；再讓我們來細味死後什麼都完了，就歸到沒有了的可哀；永生同滅絕是一個極有趣味的 dilemma，我們盡可和死親暱着，讚美這個 dilemma 做得這麼完美無疵，何必提到死就兩對牙齒打戰呢？人生觀這把戲，我們玩得可厭了，換個花頭吧，大家來建設個好好的人死觀。

在 Carlyle 的 *The Life of John Sterling* 中有一封 Sterling 在病快死時候寫給 Carlyle 的信，中間說：

它（死）是很奇怪的東西，但是還沒有旁觀者所覺得的可悲的百分之一。

It is all very strange, but not one hundredth part so sad as it seems to the standers-by.

十六年八月三日於福州 Sweet Home

（選自《春醪集》，上海：上海北新書局，1930 年）

獨語

何其芳

　　設想獨步在荒涼的夜街上，一種枯寂的聲響固執地追隨着你，如昏黃的燈光下的黑色影子，你不知該對它珍愛還是不能忍耐了：那是你腳步的獨語。

　　人在孤寂時常發出奇異的語言，或是動作。動作也是語言的一種。

　　決絕地離開了綠蒂的維特[1]，獨步在陽光與垂柳的堤岸上，如在夢裏。誘惑的彩色又激動了他作畫家的慾望，遂決心試卜他自己的命運了。他從衣袋裏摸出一把小刀子，從垂柳裏擲入河水中。他想：若是能看見它的落卜他就將成功一個畫家，否則不。那寂寞的一揮手使你感動嗎？你了解嗎？

　　我又想起了一個西晉人物，他愛驅車獨遊，到車轍不通之處就痛哭而返。

　　絕頂登高，誰不悲慨地一長嘯呢？是想以他的聲音填滿宇宙的寥闊嗎？等到追問時怕又只有沉默地低首了。我曾經走進一個古代的建築物，畫檐巨柱都爭着向我有所訴説，低小的石欄也發出聲息，像一些堅忍的深思的手指在上面呻吟，而我自己倒成了一個化石了。

---

1. 這實際是指歌德。下面的故事是從一本歌德的傳記裏讀到的。

或是昏黃的燈光下，放在你面前的是一冊傑出的書，你將聽見裏面各個人物的獨語。溫柔的獨語，悲哀的獨語，或者狂暴的獨語。黑色的門緊閉着：一個永遠期待的靈魂死在門內，一個永遠找尋的靈魂死在門外。每一個靈瑰是一個世界，沒有窗戶。而可愛的靈魂都是倔強的獨語者。

我的思想倒不是在荒野上奔馳。有一所落寞的古老的屋子，畫壁漫漶，階石上鋪着白蘚，像期待着最後的腳步：當我獨自時我就神往了。

真有這樣一個所在，或者是在夢裏嗎？或者不過是兩章宿昔嗜愛的詩篇的糅合，沒有關聯的奇異的糅合：幔子半掩，地板已掃，死者的床榻上長春藤影在爬；死者的魂靈回到他熟悉的屋子裏，朋友們在聚餐，嬉笑，都說着「明天明天」，無人記起「昨天」。

這是頹廢嗎？我能很美麗地想着「死」，反不能美麗地想着「生」嗎？

我何以又太息：「去者日以疏，生者日以親」？是慨嘆着我被人忘記了，還是我忘記了人呢？

「這裏是你的帽子」，或是「這裏是你的紗巾，我們出去走走吧」，我還能說這些慣口的句子。而我那有溫和的沉默的朋友，我更記起他：他屋裏有一個古怪的抽屜，精緻的小信封，裝着丁香花，或是不知名的扇形的葉子，像為着分我的寂寞而展示他溫柔的記憶。牆上是一張小畫片，翻過背面來，寫着「月的漁女」。

唉。我嘗自忖度：那使人類溫暖的，我不是過分缺乏了它就是充溢了它。兩者都足以致病的。

印度王子出遊，看見生老病死，遂發自度度人的宏願。我也倒想有一樹菩提之蔭，坐在下面思索一會兒。雖然我要思索的是另外一個題目。

於是，我的目光在窗上徘徊了。天色像一張陰晦的臉壓在窗前，發出令人窒息的呼吸。這就是我抑鬱的緣故嗎？而又，在窗格的左角，我發現一個我的獨語的竊聽者了。像一個鳴蟬蛻棄的軀殼，向上蹲伏着，嗼默地。嗼默地，和着它一對長長的觸鬚，三對屈曲的瘦腿。我記起了它是我用自己的手描畫成的一個昆蟲的影子，當它遲徐地爬到我窗紙上，發出孤獨的銀樣的鳴聲，在一個過逝的有陽光的秋天裏。

一九三四年三月二日

（選自《何其芳文集》2卷，北京，人民文學出版社　1982年）

門與叩者

陸蠡

　　你想到過世界上自有許多近似真理的矛盾麼？譬如說一座宅第的門。門是為了出入而設的，為了「開」的意義而設的，而它，往往是「關」着的時候居多。往時我經過一個舊邸第，那雙古舊的門上獸環銹綠了，朱漆剝脫，蛛網結在門角上，罅縫裏封滿塵土。當時我曾這樣想：「才奇怪！人們造了門，往往喬皇而莊嚴的，卻為的是關着？」

　　人是在屋頂底下，門之內生活着的。人愛把自己關在門裏。門保證了孤獨和安全，門姑息了神秘和寂寞，門遮攔住照露現實的陽光，門掩蔽起在黑暗中化生的幻想。人在門裏希望，在門外失敗；在門裏休息，在門外工作；在門裏生活，墳墓則在門外。門隔開兩個不同的世界：己和群的世界，私和公的世界，幻想和現實的世界，生和死的世界。門檻是兩世界的邊緣，象徵兩種不同領域的陲疆。人生便是跨進和跨出門與戶檻；跨進和跨出希望與失望的門與戶檻，跨進和跨出理想和現實的門與戶檻；等到有一天，他跨了出去，不再回來時，他已經完成有生的義務，得到了靈魂的平安。

　　啊，我的文章本來不是論「門與人生的關係」。當我落筆的時候，願想寫出兩個矛盾：門是為開啟而設的，而它往往關着；既然常關着，而人，又每每巴望它的開啟。這矛盾不難體驗：譬如說有一個日午——一個長長的夏午吧——時鐘走得慢了（擺錘受熱延

漲了），太陽也爬得慢了（因為它爬上了回歸線的頂端），聲浪的波動也震顫得慢了（你聽蟬聲是那麼低沉，拉長，而無力），生命的發酵也來得慢了（動物都失去喧鬧，到陰處覓睡去了），人們自己，也會覺得呼吸和脈搏都慢了，一種單調的厭倦落在人身上，那種擺不脫的，無名的厭倦。他失去可以傾吐愫惆的語言的機能，因為得不到對談者；他失去可以舒發幽情的思想的機能，因為思想找不到附着點，如同水蒸氣的凝聚必得有一個附着點。打不破的單調緊緊裹着他，如同屍布緊裹一個屍身。這時，他渴望能有一點變化，一件事故……而當他偶把眼光移上屏掩着的門時，便自然而然地希望它能有一次開啟，給他帶來一個未知的幸福，愛情，甚至於一個不幸的消息，總之，一個驚異。而他便預先構起幻想，想像門的那邊將是一些什麼，便預為快樂，預為興奮，以至預為悲戚了。

生活在門裏的人是寂寞的。願意聽一個門的故事麼？我那故事中門裏的主人是寂寞的，我那故事中門裏的主人也是矛盾的。他已經有了中年以上的年紀，戶外流泊的生活於他不再感到興趣，英勇和冒險的生活不再引起他的熱情，於是從一個時候起他便把自己關在門裏。拜訪是絕對地少，他也不愛出去。好像世界遺忘了他，他也遺忘了世界。歲月平滑地流過去了，歲月有如一道河，在屏着的門前悄悄地流過。門裏的主人好像是忘了這麼一回事，忘了歲月了。伴着他留在門裏的，是寂寞和回憶。

有一天一顆不安的種子落入他的心田，好像一顆野草的種子落在泥土，生根萌發。起先是覺察不到的，到後來漸漸滋長了，引起他自己的注意了。「啊！這門多時不曾開啟過了！為什麼不開啟一次呢？」他自己問自己。「我希望有一個拜訪。我願意聽到一聲叩環的聲音。垂着的銅環啞默得有點近於冷清呢！」

這不安漸漸顯露，漸漸加深。我的故事中門裏的主人的心的平靜給擾亂，好像在平靜的潭底溜過一尾魚，被扇起的浪動是極微極微的，但整個潭水都傳遍，全部水族都覺得。

「門為什麼不開啟一次呢？」嘘出了一聲祈求和願望。

恍同神意的感召，怎麼想，便怎麼顯現：

「嗒！」金屬的門環響了。

「什麼？叩門麼？」這在門內的主人是視同奇跡了。

「嗒，嗒。」連續的金屬的低沉的寂寞的聲音。

「啊！機緣！」

聽哪，聽！又是一聲低啞的「嗒！」

無疑地是有人推動那沉重的銅環！

還得仔細辨認！

「嗒」地又是一聲。

我們門內的主人感到惶亂了（這聲音於他太生疏）。但是鈍滯的動作永遠掩飾起這情緒。他緩慢地悄悄地立起身，曳開步子，緩慢地悄悄地走向門邊，緩慢地悄悄地把門打開。在門旁出現的是一個陌生的面臉。

「找誰啦？」舒緩而低沉地問。

「找一個朋友。」

「是不是一個瓜子臉的，黑眸子的，烏頭髮的，紅嘴唇的，苗條身材的？ ……聽說她在某一天——在我還不是這屋子的主人以前——從這門出去，不曾回來。以後人們都沒有她的消息。」

「我找的不是她。」

「是不是一個清癯臉的，窄腰身的，削肩膀的，尖鼻子的，薄嘴唇的，憂心忉怛的，沉默寡言的？聽説他在某一年——在我還不是這屋子的主人以前——從這門出去，進入了墓地⋯⋯」

「我找的是另一位。」

「我敢保證你是找錯了。我來這屋子時，是蕪穢荒落，闃無人居。除了那兩人以外，人們沒有告訴我第三者。」

陌生的面臉無表情地在門邊消失了。門輕輕地被掩上。這樣輕輕地，連從偶爾被風吹落在門臼裏的野草的種子萌生出來的柔嫩芽苗，也不曾為之輾碎。

我的故事中門裏的主人從門邊退了回來，重新裹在無形的寂寞的氅衣裏。這拜訪多無由啊！但環被叩過了，門開啓過了。我們故事裏的主人又恢復了他的平靜。

歲月平滑地流過。過了多少時日呢？連他自己也不知道。我們故事裏的主人又覺得不安了。猶如冬季被野火燔燒的野草，逢春萌發。這不安的萌蘖又在我們故事中的主人心裏芽苗了。人是矛盾的：在囂逐中緬思寂寞，寂寞中盼待變化，門啓時歡喜掩上，門掩後又希望開啓。我的故事中主人又在渴望一聲「嗒」的金屬的叩環聲音了。這不是強烈的企待，卻是固執的企待。而當這企待成為一種精神的感召時，神意又顯示了。「嗒」的聲音又在門環上震響了，這輕微而清脆的聲音。門裏的主人又起了震栗，好像這聲音敲醒他的回憶。我們的故事中的主人又無表情地緩慢地悄悄地站起，曳開步子，緩慢地悄悄地走近門邊，緩慢地悄悄地把門栓打開。這番出現的是似曾相識的熟稔面臉，一個手挽着孩子的中年婦人。

「找誰啦？」不假思索地隨口問。

（發見了似曾相識，片刻的沉默，各人在搜尋久遠的記憶。）

「啊！是你！

（兒時的朋友。成長的容顏裏仍然認得出幼年的形貌。）

「是你啊！

（驚愕使他覓不出語言。）

「怎麼來的？

（遲暮的感覺。）

「這是你的孩子麼？你幾時嫁人的？生活幸福麼？丈夫依順體貼麼？孩子乖麼？ ⋯⋯

（一串殷勤的問候。）

「感謝你叩上這寂寞的銅環。」

（無端的感謝使她驚愕了。）

寒暄是短暫的。不久這婦人和孩子在門邊消失了。門又輕輕地掩上。這樣輕輕地，連停在門上的蠅虎（夏季的動物哪）都不曾驚動。

我的故事中門裏的主人又從門邊退了回來，裹在寂寞的無形的氅衣裏。門被叩過了，開啟過了，他又恢復平靜了。以後，他怎樣呢？以後他又不安了，隨後門又開啟了，一個熟稔的或陌生的面臉在他眼前閃過了，隨後門又掩上了⋯⋯終於，最後一次地，他聽到叩環的聲音，最後一次他延見了門外的叩者，那是「她」。是他所盼待的，用黑紗裹着面臉的，穿着黑衣的，他隨着她跨出這個門。

以後就沒人看見他回來了。代替他掩上這雙門的，將是另一雙手。

（選自《陸蠡集》，杭州：浙江文藝出版社，1984 年）

生死

柯靈

一位朋友的夫人去世了，是生肺病死的。得到消息，趕去弔唁，卻已在前一天草草殯殮。房間裏和平恬靜，一如往昔。兩個失去了母親的孩子，正在自在地嬉戲。

朋友平靜地敍述他夫人臨終的情景：黃昏時還笑談自如，夜半咳醒，幾口鮮血，就此奄奄地長眠了。「她一放手也就算了」，他說，「可是把責任都交給了我，你看，這兩個孩子。我得兼做母親的事了。」

他沒有流淚，眼角卻已經分明泫然。朋友是堅強的，我知道他的悲戚埋在心底。「死者長已矣，生者長惻惻」，這朋友將負着他夫人留下的悲苦的擔子，獨自向人生邁步。

我想起魯迅先生逝世那一天的情景來。

是早上聽見的噩耗，下午跟朋友跑了去。魯迅先生安詳如生地仰臥在床上，一生戰鬥，如今算是息了肩。景宋先生忙忙碌碌，照料一切，雖然眼皮紅腫，緊張的神情似乎比悲戚還多。有一個六七歲的孩子，大約因為家裏驟然的熱鬧，高興得樓上樓下地亂跑，桌上桌下地爬跳，那是海嬰。

這印象使我感動，至今不易忘卻。現在又添上了朋友的家裏的一幕。

默默地工作，默默地戰鬥，默默地盡着自己的好人的責任，拳頭一捏，眼睛一閉，「一放手也就算了」，把悲哀和責任同時遺留給後死者。這悲哀是沉重的，它可以把弱者壓倒；然而堅強的人卻把眼淚嚥向肚裏，慢慢地消受，他們先接受了死者留下的責任。

　　人世哀樂，瑣瑣凡情，往往使我感動至於下淚。因為這樣的人物，總是比什麼人都多情，也比什麼人都健實，假如他們在戰場上，也許不是叱咤風雲的英雄，卻是前仆後繼默然用命的鬥士。

一九三九年十月

（選自《遙夜集》，北京：作家出版社，1956 年）

死

唐弢

——死有重於泰山
　有輕於鴻毛

夜深時——

月色顯得朦朧，原野的風吹着，纖弱，無力，催一切都入昏睡，卻又並不以寧靜為滿足。它隱藏於無邊的黑暗裏，挑動着竊竊的淫笑，使人煩膩。天那角，星在顫抖，搖搖欲墜。

時間也倦怠了，它在懷念着海的嘯，森林的憤怒。

一個靈魂悄悄地出了竅。

像一片落葉，它飄着，在樹梢，在草根，隨着纖弱的風。

天那角，星在顫抖，搖搖欲墜。

它飄蕩於無邊的空虛裏。

經過人海，經過地獄，也經過阿修羅道。它飄着，輕盈，無形，像一聲嘆息離開人口。

在死亡之國裏，它碰到生命之神，矗立在無數蠢動着的靈魂中間。它想騰躍，奔離，但又抵抗不了那吸力，立刻，像荷葉上的小露珠並入大水點一樣，這靈魂歸了隊。

「呀！你還在掙扎，你怕死，但你終於死了。」一個靈魂說。

「不！我不怕死！」新來的一個回答。

「你不樂於死？」

「不！於死，我無所知。」

「那末，你一定是留戀着生，丟不開親昵，丟不開享受，多可恥的俗物！」

「……」

不久，靈魂的隊伍裏起了騷動。

這不是臨陣決戰，因為在這裏已經泯沒了敵我；這不是遊行示威，因為在這裏已經漫滅了貧富；這不是大出喪，因為在這裏，「人們」已無法賣弄其勢利。

這只是一個小小的演講會——昭示後來，述說自己。

肩着痛苦，浴着血腥，它們一個個飄上講壇。原野的風吹着，剛健，憤怒，使一切都起呼號。

故事壯烈地展開。浩氣，很快的填滿了宇宙。

夜深時——

死亡之國裏重溫着人世的舊夢：

在戰場上，

在愛河裏，

在真理的旗幟下，

在屈辱與光榮之際，

——慷慨地獻出了它們的生命。

蕭蕭，是悲風，夜月無色。

這新來的一個嗚嗚地哭着。

「為什麼剝奪了我的生命。」他向生命之神問。

「在沒有給予你生命以前，我已經把它剝奪了。因為我決定你一定得死。」

不知道經過多少年月，不知道是久是暫，死亡之國裏又來了一個新的靈魂，它想騰躍，奔離，但又抵抗不了那吸力，立刻，像荷葉上的小露珠並入大水點一樣，這靈魂歸了隊。

「呀！你還在掙扎，你怕死，但你終於死了。」一個靈魂說。

「不！我不怕死！」新來的一個回答。

「你不樂於死？」

「不！於死，我無所知。」

「那末，你一定是留戀着生，丟不開親昵，丟不開享受，多可恥的俗物！」

「不！我不貪圖，也無所留戀。」

「那末……」

「我執着於生！」

這新來的一個跑到生命之神的面前。

「你為什麼執着於生的呀？」生命之神問。

「恕我先問一句，你為什麼生我的呢？」

生命之神閉上了眼睛。

「當這理由還不曾泯滅，當你還得繼續給予人類以生命之前，我要執着於生。你為什麼生我的呢？不回答嗎？我可以這樣反問：我為什麼而生的？這任務存在着，我就得生下去，執着於生！」

這一回，靈魂的隊伍裏真的起了騷動。

一九三九年四月七日為泰山與鴻毛論爭作

（選自《鴻爪集》，福州：海峽文藝出版社，1985 年）

忘形

在外國讀書時，曾經買過一本《死者面型集》（這本書和許多旁的書籍一樣都封存在北平的書箱裏，祝它們平安！），裏邊是幾十幅死者的面型，十之八九是著名的政治家、思想家、藝術家、詩人，人們在他們死後從他們的面上用蠟或石膏脫製下來的。這些面型保留着每個死者在臨死時最後一瞬間面上的表情，我們不難從這上邊尋索出死者曾經怎樣與死的痛苦搏鬥，終歸怎樣死的手下降服。其中有兩幅面型使我常常想起，它們融容自得，彷彿與死和解了。一個是巴斯卡爾（Pascal）的，這個十七世紀法國的哲人，在生前他的思想明透得像是結晶體，他死後留給人間的面型也十分明雋，有如智慧的象徵，使人們覺得他不但深刻地理解了生，卻也聰穎地支配了死。另一個是一個無名少女的，她因為一件不幸的遭遇投入巴黎的賽納河裏，臉上泛出美好的微笑，好像告訴我們說死是溫柔的，沒有一點恐怖。十年前我曾為她寫過一篇散文《賽納河畔的無名少女》。

人在死時，有的死得很溫柔，有的很粗暴，有的很痛苦；有的在最後一瞬還神志清明，有的長時間已昏迷不醒。所以死後的面貌有的像前面所說的兩個那樣美，有的卻顯得很庸俗、很痛苦，或是很醜陋，甚至五官都挪動了地位。但是這些面型對我們有一個共同的啟示：就是人類應該怎樣努力去克制身體的或精神的痛苦，即

使在最後一瞬也要保持一些融容的態度。在歷史上有多少聖賢在臨死時就這樣完成他們生命裏最完美的時刻。這需要深沉的修養與堅強的意志。我們不能要求人人在死前都能如此自持，但我們卻不願意看見一個健康的人，並不是在死前，而是在生活中偶遇不幸，便弄得忘形失態。忘形，在某種情形下本來是很可愛的，「忘形到爾汝」，正是朋友坦露胸懷的時刻；在戀愛，在戰鬥，在為某種事業積極努力時，總不免有時要忘形的。這是自然情感的流露，在某瞬間——也只限在某瞬間——是很可貴的。可是在這多變的時代，忽然得意的人很多，忽然失意的人更多；這些忽然得意，忽然失意的人往往愛在大庭廣眾中忘形，這種忘形可就不但不可貴，而且有些可憐或可憎了。我們常常在比較生疏的聚會裏見到這樣的人，目空一切，覺得天下事易如反掌，所有人間的痛苦都與他無關；他們不是剛駛着卡車從洋貨薈萃的某地方回來，就是剛坐着飛機從人文薈萃的某地方回來，得意的神情無形中泄露出他們以前從未經驗過的他們方才所經驗的事。不過這也是自然的流露，人在自覺得意時，怎麼能勉強作出一副淡漠的神情，好像沒有那麼一回事呢。人家說這樣的人「得意忘形」，含有一些責備或諷刺的意思，略加吟味，這話無非表示這個得意的人沒有涵養，輕浮淺薄，而他得意的樣子使不得意的人有些難以擔當。

最引人不快的是失意忘形。得意忘形至多不過使人難以擔當，失意忘形卻每每是自己表現出醜陋的姿態。忘形的失意者愛把自己當作一個世上最不幸的人，可以例外看待，一般人行為裏的節制他也無須遵守；同時他並不自省，他的失意是否這樣深，縱使這樣深，他更不了解應該怎樣擔當這樣的失意。因此自己的不幸就被看作是人間最大的不幸，在這最大的不幸的籠罩下，他就為所欲為

了。在閭巷間常常看見一群人圍着一個失意的女人，她不是坐在一座石墩上亂罵，就是躺在地上打滾；有些多年的朋友，一旦吵起架來，便彼此攻訐陰私，使些不相干的人互相談講；更有腰纏累萬，一夜紙牌便不翼而飛，沮喪中取出手槍，裝腔作勢，讓許多人圍着勸導；也有失戀青年，一夜泥醉，哭哭啼啼，尋死覓活，使朋友們在旁邊擔心坐守；還有一部分專家學者，一向飲則咖啡，坐則沙發，不料數年來幾個筋斗，便自覺是天下最窮的窮人，彷彿連腦子裏裝着的一些專門知識也跟着貧窮起來，到處訴窮，毫無選擇，巴不得從富商大賈的筵席間分得一些殘杯冷羹。這種種，絲毫引不起人的同情，只表露出自己的醜態。

豈只引不起人的同情，其實有些人似乎專門喜歡看一個失意人在他們面前忘形。所以滿地打滾的女人總是被一群人圍繞着，互相攻訐的陰私總是被人歡迎着，以及某某賭場的手槍，某某失戀青年的狂亂，某某學者的訴窮，都會成為不關痛癢的人們談話的資料。還有更殘忍的事，就是犯人臨刑前的遊街示眾，這無異給大家一個好機會，去賞玩一個臨刑的人怎樣由於神經錯亂而忘形失態。那犯人呼叫得越厲害，觀眾越為喝彩；他若一言不發，觀眾也就索然無味了。

人之可貴，不在於任情地哭笑，而在於怎樣能加深自己的快樂，擔當自己的痛苦，那些臨死時還能保持優越姿態的人，有如嵇叔夜最後一曲的《廣陵散》，我們只有景仰讚嘆。但是稍一失意，便忘其所以，作出種種的醜態，實在是對於人的可貴的意志的一個大侮蔑。

一九四三年十月

（選自《馮至選集》2 卷，成都：四川文藝出版社，1985 年）

關於死
抄抄摘摘之一

宋雲彬

弘一法師於本年（一九四二年）十一月十三日圓寂於福建泉州。臨命終前書「悲欣交集」四字，並遺夏丏尊先生一書，其文曰：

> 丏尊居士文席：朽人已於九月初四日遷化。曾賦二偈，附錄於後：
>
> 君子之交，其淡如水。
> 執象而求，咫尺千里。
> 問余何適，廓爾忘言。
> 華枝春滿，天心月圓。

在一般的人看來，「死」至少是可以厭惡的，弘一法師卻把它看得這樣自然而美麗。佛家承認一個人於今生之後，還有來生，但以生死輪迴為苦，故教人修行以出離生死。弘一法師是一位高僧，他在精神上已經到達了超生死的境界，對於「死」，自然無所用其畏懼或厭惡。

最近又看到馮友蘭先生的〈論生死〉一文，他認為有一種「在天地境界及道德境界中的人」，是不受死的威脅的。他旁徵博引地說了許多話，最後的結論是：

所以在天地境界中的人，無所謂怕死不怕死，有意於不怕死者，乃是對於死尚有芥蒂。伊川云：「邵堯夫臨終時，只是諧謔，須臾而去，以聖人觀之，則猶未是，蓋猶有意也，比之常人，甚懸絕矣。」他疾革，頤往視之，因警之曰：「堯夫平日所學，今日無事否？」他氣微不能答。次日見之，卻有聲如絲來，答曰：「你道生薑樹上生，我亦只得依你說。」伊川疾革，門人進曰：「先生平日所學，正今日要用。」伊川曰：「道着用便不是。」「道着用」亦是有意。所謂有意，亦謂對於死尚有芥蒂。在天地境界中的人，不有意地不怕死，亦不有意地玩視生。道家中有些人對於人生中的事，多所玩視，如所謂「以生為附贅懸疣，以死為決疣潰癰」者，是只了解死為順化，而未了解生亦為順化。了解生亦為順化，則於人生中所應作的事，亦為順化。所以在天地境界中的人所作的事，亦正是在道德境界中的人所作的事。對於作這些事，他亦是「存吾順事，沒吾寧也」。

　　馮先生這個結論，在他的哲學理論上，可以說是一貫的，而且是很圓滿的。就這個結論來說，不但邵堯夫輩對於「死」猶有芥蒂，弘一法師的臨命終前的「悲欣交集」，亦未免猶有芥蒂了。其實欲求如馮先生所說的「在天地境界及道德境界中的人」，是不可多得的。聖人如孔子，他感覺到快要死了的時候，慨嘆地說，「泰山其頹乎，梁木其壞乎，哲人其萎乎」，則是對於「死」未免「蓋猶有意也」。所以我友 Y 君，歡喜讚嘆於弘一法師的臨命終前的「悲欣交集」，以為「悲見有情，欣證禪悅」云。

　　古語有云：「死生亦大矣。」往古來今，多少聖智賢哲，努力求這個大問題的解決，但很少圓滿的理論或辦法。據我們想，這恐

怕要跟社會制度一起來解決的吧。假定在一個合理的社會裏,集體意識代替了個人主義,科學知識代替了玄學幻想,那麼,個人生存着的時候,只是大眾中的一個人,個人所作的事,也就是大眾的事,作事是為了大眾,不僅僅是「順化」。社會合理,則橫死或枉死的機會很少了,到了相當年齡,不能不死的時候,真所謂「沒吾寧也」,也就無所謂威脅或恐懼了。不過這種說法太理想,而在馮先生看來,未免墮入功利境界了。

這裏我附帶抄一節馮先生的文章,而提出我的異議。馮先生說:

> 《禮記·檀弓》記子張將死之言,說:君子死是終。在道德境界中的人,是此所謂君子。死對於他是盡倫盡職的結束。所以死對於他亦是終。終即是結束之義。

按《禮記·檀弓》記子張將死之言,說:「君子曰終,小人曰死。」底下還有一句:「吾今日其庶幾乎。」如果用現代語翻出來,便是:「君子的死叫做終,小人的死叫做死,我現在大概要死了。」本未含有什麼「哲理」在裏面。封建社會嚴等差、別上下,所以對於一個人的死,也因其身份之不同,而有特定的名稱。例如天子死曰崩,諸侯死曰薨,大夫死曰卒,庶人曰死(均見《禮記·曲禮》)。終即卒也。君子者,大夫士也。小人者,庶人也。宋儒以義理解經,往往穿鑿附會;馮先生多讀古書,又很理解古書,乃亦從而附會之,甚矣古書之難讀也!

一九四三年

(選自《宋雲彬雜文集》,北京:三聯書店,1985 年

三過鬼門關
改正之後（之五）

蕭乾

我小時，我們住的北京東北角那一帶，房子大都年久失修。一下雨就到處倒塌，每回總得砸死幾口子。知道房漏了，可又修不起，就在屋瓦漏處搭上塊破席頭，上面壓幾塊磚。

大概是上私塾的時候，我在路上有過一次險遇。我喜歡擦牆根兒走路。那一天，一塊壓席頭的磚不知怎地哧溜下來了。是個夏天，我裸着上身。那塊磚是緊擦着我的身子墜地的，把我的腦門和胸脯都擦破了皮。現在回想起來，只差上幾分，我就可能嗚呼哀哉了。

哎呀，我那苦命的寡婦媽可後怕死了。她噙着淚水摟着我，孩子長孩子短地不知叫了多少聲，初一十五還去土地廟燒香叩頭。街坊大爺們摸着我後腦勺，用祝賀的口吻説：「這孩子命硬。」

這句話在我一生起過難以言説的鎮定作用。一九四○年經歷希特勒大轟炸時，一九四四年坐在滿載黃色炸藥箱的卡車上向萊茵河挺進時，甚至每次上飛機時，我都對自己説：「不怕，你命硬。」

一九八○年十二月，我就是默唸着這句符咒被推進手術室的。從那以後，直到一九八三年，我動過兩次大手術，三次小手術。五次進出手術室，我的心都是寧靜的。

先説説我為什麼要動手術。

我對醫學一竅不通，缺乏起碼的常識。然而我對腎結石卻有了點認識。腎，就是下水道的入口。淤塞了，它就會長結石。因此，為了防止長結石，第一條就得每天把水喝足。

一九五八年至一九六一年在柏各莊農場時，我同十幾個人合睡一條大炕。我起過一兩次夜，每次都得驚動睡在兩旁的人，感到十分不方便。誰不是白天累得要命，天一亮又得爬起來幹活！而且由於沒有電筒，有一回起夜回來時，摸錯了地方，挨了好一通臭罵。於是，我想了個絕招：過午滴水不進。果然很靈。從那以後再也不必起夜了。

當然，喝什麼水也有關係。在湖北鹹寧，我們是把向陽湖的湖水用柴油泵打上來喝。湖裏不但經常有幾十口子在洗澡，還泡着更多的小川，並且隨意方便着。朴十裏發現一塊半塊牛糞，一點也不新鮮。

我的結石大約就是這麼形成的。

但是中醫總說我腎虧。還是一次作腹部拍照時，偶然發現了它的影子。已經快有栗子那麼大了。

這是在一九七八年年底。轉年，政治上我就得到了「改正」。於是，思想上就從「此生休矣」轉變為仍要在事業上有點作為。

出訪美國之前，我就站在十字路口上了。幾位大夫都勸我不要動手術，說倘若結石只有米粒那麼小，倒真可怕；因為一旦掉進尿管，能把人疼暈過去。我那塊最大的結石，少說也有二十年了。它

位於腎盂口上，剛好擋住了其他小塊結石，所以絕不會發生結石掉進尿管的問題。而我又已交七十歲，大可帶着它去火化場了。現在回想，他們說的很有道理。

在美國逗留的四個月中間，我一直在考慮這麼個問題：現在好不容易才又能寫作了，可是蹲在北京怎麼寫？寫些什麼？題材、素材，全在基層。一九五六年還不是由於下去幾趟，才寫出點東西麼！然而帶着這顆定時炸彈去礦山或農村總不是辦法，還不如乾脆把這個隱患除掉再下去的好。

動手術就是這麼決定下來的。

手術前，潔若告訴我說，醫院要她在一張開列着我可能遇到的五種死亡的單子上簽字。她一再勸我多考慮一下。我說，你簽吧，我命硬。

結石取出後，尿道不通，只好帶一根腎管。那八個月可受了大罪。一九八一年八月，決定乾脆把左腎切掉。切除後，由於帶過腎管，縫的線不為肌肉所容，傷口總也不能愈合。於是先後又開了三次小刀，在不打麻醉藥的情況下，硬把線頭一根根地勾了出來。

帶腎管的那八個月，在日夜隨時告急中，我譯完了《培爾‧金特》，並開始編那四卷《選集》。

除了初中時得過一次傷寒，我一生幾乎沒住過醫院。七十歲上住起院來，不免會想到死亡問題。

對於死亡，以前倒是有過恐懼。我早年見過不少死人。我媽媽是我摟着咽的氣。最後釘棺材蓋時，還有人扶着我站在一隻高凳

上向她說了一句永別的話。到了墓地，也是由我這個孝子先抓一把土，攘進穴口。我嘗盡了死別的痛苦。

那時，許多習俗都把死亡神秘化、恐怖化了。上學的路上，每天必走過棺材店和壽衣舖。一到陰曆七月十五，就辦起盂蘭盆會，說是鬼節。紙糊的船上站了各種等待超度的冤鬼，有縊死的無常，有呲牙咧嘴的夜叉，好不怕人。

每次去東嶽廟，我總對那個瞪着眼睛翻看生死簿的判官不服氣。憑什麼由他來決定人的壽數！當我譯《培爾·金特》時，就把劇中那個鑄鈕扣的人同我早年所不服氣的判官聯繫起來了。然而鑄鈕扣的並沒武斷地決定培爾的命運。他還容許培爾做出自己的努力。

如果有人問我的人生哲學，我想用四個字來概括：事在人為。我從不相信先天注定的壽數。小時我就想，壽數再高，要是把身子橫臥在火車鐵軌上，也照樣軋成兩段。我一面準備死亡隨時光臨，一面自己加強鍛煉；有病及早治，儘量推遲它的到來。

說來也怪，八十年代我面對死亡的勇氣，恰好來自一九六六年的紅八月裏我服的那瓶安眠藥。倘若隆福醫院按照當時通常的做法不收我這個「階級敵人」，或者收而敷敷衍衍，不給好好洗一下腸子，我也早就化為灰燼了。

那其間，在交代「黑思想」時，我說過這麼一條：一個知識分子在新中國得個善終可真不易！那是因為我聽到看到那麼多科學家、教育家和作家，有跳樓摔死的，也有活活被打死的。那陣子我成天都在琢磨着自己怎麼死法。

直到那幫人徹底倒了台，我對自己的死才有了自信：我會善終的。

一九八〇年十二月，動手術的前一晚，當醫生來驗明次晨開刀的部位，護士為我剃毛時，我猛然感到自己離死亡近了一步。可那晚我睡得很平穩，很熟。當潔若帶點愁苦告訴我那五種死亡的可能性時，我還她一句：一九六六年那次要死不也就死了嗎！如今，看到了歹徒的滅亡，又領到了「改正證書」，還不該知足！

由於開導她，我倒開導了自己。

多少人——多少比我聰明，能幹，比我好的人，都沒能看到那幫人的滅亡，而我看到了，這是多麼僥幸啊！現在，我覺得每活一天，就是白賺一天，白饒上的一天。得好好利用它。

住院後期，我堅持每晨散步一個小時。我總是從病房出發，一直走到太平間，然後再折回。一趟趟地總那麼走。太平間——鬼門關，對我不再可怕了。那是遲早必然的歸宿。重要的，應該為之動腦筋的，還是怎樣利用被抬進去之前這段日子。

我希望我千萬別腦軟化，別成為植物人。最希望的是一旦不能料理自己的生活時，就突然死去——更好的是悠然而死，比如在睡眠中，或伏案工作時。

我掌握不了自己如何死法，但我能掌握自己如何活法。

我自知當不了闖將，我從來就不是。我也不特別勤奮。但無論教書、當記者或編刊物，還是從事寫作，我都還能力所能及地踏踏實實做點事。我就將這麼做下去，做到非停下來不可的一天。

「未知生，焉知死。」孔子真是位講實際的人。生——這是每個人都擁有的、內容各自不同的一本書。這裏有成功也有失敗，有

歡樂也有悲哀，有值得自豪的，也有足以悔恨的。我希望有一天我能鼓起勇氣，把自己這本整個地翻一翻。現在還不去翻它，因為還在寫着它。可又怕停筆時來不及翻它了。

因此，我在找個訣竅：一邊寫着它，一邊翻它。

一九八五年四月五日於北京遠望樓

（選自《負笈劍橋》，北京：三聯書店，1987 年）

我對於喪禮的改革

胡適

去年北京通俗講演所請我講演「喪禮改良」，講演日期定在十一月二十七日。不料到了十一月二十四日，我接到家裏的電報，說我的母親死了。我的講演還沒有開講，就輪着我自己實行「喪禮改良」了！

我們於二十五日趕回南。將動身的時候，有兩個學生來見我，他們說：「我們今天過來，一則是送先生起身；二則呢，適之先生向來提倡改良禮俗，現在不幸遭大喪，我們很盼望先生能把舊禮大大的改革一番。」

我謝了他們的好意，就上車走了。

我出京之先，想到家鄉印刷不便，故先把訃帖付印。訃帖如下式：

> 先母馮太夫人於中華民國七年十一月
> 二十三日病歿於安徽績溪上川本宅。
> 敬此訃聞。
>
> 胡適^覺 謹告。

這個訃帖革除了三種陋俗：一是「不孝□□等罪孽深重，不自殞滅，禍延顯妣」，一派的鬼話。這種鬼話含有兒子有罪連帶父

母的報應觀念，在今日已不能成立；況且現在的人心裏本不信這種野蠻的功罪見解，不過因為習慣如此，不能不用，那就是無意識的行為。二是「孤哀子□□等泣血稽顙」的套語。我們在民國禮制之下，已不「稽顙」，更不「泣血」，又何必自欺欺人呢？三是「孤哀子」後面排着那一大群的「降服子」，「齊衰期服孫」，「期」，「大功」，「小功」……等等親族，和「抆淚稽首」，「拭淚稽首」……等等有「譜」的虛文。這一大群人為什麼要在訃聞上佔一個位置呢？因為這是古代宗法社會遺傳下來的風俗如此。現在我們既然不承認大家族的惡風俗，自然用不着列入這許多名字了。還有那從「泣血稽顙」到「拭淚頓首」一大串的階級，又是因為什麼呢？這是儒家「親親之殺」的流毒。因為親疏有等級，故在紙上寫一個「哭」字也要依着分等級的「譜」。我們絕對不承認哭喪是有「譜」的，故把這些有譜的虛文一概刪去了。

我在京時，家裏電報問「應否先殮」，我覆電說「先殮」。我們到家時，已殮了七日了，衣衾棺材都已辦好，不能有什麼更動。我們徽州的風俗，人家有喪事，家族親眷都要送錫箔，白紙，香燭；講究的人家還要送「盤緞」，紙衣帽，紙箱擔等件。錫箔和白紙是家家送的，太多了，燒也燒不完，往往等喪事完了，由喪家打折扣賣給店家。這種糜費，真是無道理。我到家之後，先發一個通告給各處有往來交誼的人家。通告上說：

> 本宅喪事擬於舊日陋俗略有所改良。倘蒙賜弔，只領香一炷或輓聯之類。此外如錫箔，素紙，冥器，盤緞等物，概不敢領，請勿見賜。伏乞鑒原。

這個通告隨着訃帖送去，果然發生效力，竟沒有一家送那些東西來的。

和尚，道士，自然是不用的了。他們怨我，自不必說。還有幾個投機的人，預算我家親眷很多，定做冥器盤緞的一定不少，故他們在我們村上新開一個紙紮舖，專做我家的生意。不料我把這東西都廢除了，這個新紙紮舖只好關門。

我到家之後，從各位長輩親戚處訪問事實（因為我去國日久，事實很模糊了），做了一篇「先母行述」。我們既不「寢苫」，又不「枕塊」，自然不用「苫塊昏迷，語無倫次」等等誑語了。「棘人」兩字，本來不通，故也不用了。我做這篇「行述」，抱定一個說老實話的宗旨，故不免得罪了許多人。但是得罪了許多人，便是我說老實話的證據。文人做死人的傳記，既怕得罪死人，又怕得罪活人，故不能不說謊，說謊便是大不敬。

訃聞出去之後，便是受弔。弔時平常的規矩是：外面擊鼓，裏面啟靈幃，主人男婦舉哀，弔客去了，哀便止了。這是作偽的醜態。古人「哀至則哭」，哭豈是為弔客哭的嗎？因為人家要用哭來假裝「孝」，故有大戶人家弔客多了，不能不出錢雇人來代哭，我是一個窮書生，哪有錢來雇人代我們哭？所以我受弔的時候，靈幃是開着的，主人在幃裏答謝弔客，外面有子侄輩招待客人；哀至即哭，哭不必做出種種假聲音，不能哭時，便不哭了，決不為弔客做出舉哀的假樣子。

再說祭禮。我們徽州是朱子、江慎修、戴東、原胡培翬的故鄉，代代有禮學專家，故祭禮最講究。我做小孩的時候，也不知看

了多少次的大祭小祭。祭禮很繁，每一個祭，總得要兩三個鐘頭；祠堂裏春分冬至的大祭，要四五點鐘。我少時聽見秀才先生們説，他們半夜祭春分冬至，跪着讀祖宗譜，一個人一本，讀「某某府君，某某孺人」，燭光又不明，天氣又冷，石板的地又冰又硬，足足要跪兩點鐘！他們為了祭包和胙肉，不能不來鬼混唸一遍。這還算是宗法社會上一種很有意味的儀節。最怪的，是人家死了人，一定要請一班秀才先生來做「禮生」，代主人做祭。祭完了，每個禮生可得幾尺白布，一條白腰帶，還可吃一桌「九碗」或「八大八小」。大戶人家，停靈日子長，天天總要熱鬧，故天天須有一個祭。或是自己家祭，或是親戚家「送祭」。家祭是今天長子祭，明天少子祭，後天長孫祭……送祭是那些有錢的親眷，遠道不能來，故送錢來託主人代辦祭菜，代請禮生。總而言之，哪裏是祭？不過是做熱鬧，裝面子，擺架子！　——哪裏是祭！

我也初想把祭禮一概廢了，全改為「奠」。我的外婆七十多歲了，她眼見一個兒子兩個女兒死在她生前，心裏實在悲慟，所以她聽見我要把祭全廢了，便叫人來説，「什麼事都可依你，兩三個祭是不可少的」。我仔細一想，只好依她，但是祭禮是不能不改的。我改的祭禮有兩種：

（一）本族公祭儀節：（族人親自做禮生）序立。就位。參靈，三鞠躬。三獻。讀祭文。（祭文中列來祭的人名，故不可少。）辭靈。禮成。

（二）親戚公祭。我不要親戚「送祭」。我把要來祭的親戚邀在一塊，公推主祭者一人，讚禮二人，餘人陪祭，一概不請

外人作禮生。同時一奠，不用「三獻禮」。向來可分七八天的祭，改了新禮，十五分鐘就完了。儀節如下：序立。主祭者就位。陪祭者分列就位。參靈，三鞠躬。讀祭文。辭靈。禮成。謝奠。

我以為我這第二種祭禮，很可以供一般人的採用。祭禮的根據在於深信死人的「靈」還能享受。我們既不信死者能受享，便應該把古代供獻死者飲食的祭禮，改為生人對死者表示敬意的祭禮。死者有知無知，另是一個問題。但生人對死者表示敬意，是在情理之中的行為，正不必問死者能不能領會我們的敬意。有人說，「古禮供獻酒食，也是表示敬意，也不必問死者能不能飲食」，這卻有個區別。古人深信死者之靈真能享用飲食，故先有「降神」，後有「三獻」，後有「侑食」，還有「望燎」，還有「舉哀」，都是見神見鬼的做作，便帶着古宗教的迷信，不單是表示生人的敬意了。

再論出殯。出殯的時候，「銘旌」先行，表示誰家的喪事；次是靈柩，次是主人隨行，次是送殯者。送殯者之外，沒有別樣排場執事。主人不必舉哀，哀至則哭，哭不必出聲。主人穿麻衣，不戴帽，不執哭喪杖，不用草索束腰，但用白布腰帶。為什麼要穿麻衣呢？我本來想用民國服制，用乙種禮服，袖上蒙黑紗。後來因為來送殯的男人女人都穿白衣，主人不能獨穿黑，只好用麻衣，束白腰帶。為什麼不戴帽呢？因為既不用那種俗禮的高粱孝子冠，一時尋不出相當的帽子，故不如用表示敬意的脫帽法。為什麼不用杖呢？因為古人居父母的喪要自己哀毀，要做到「扶而後能起，杖而後能行」的半死樣子，故不能不用杖。我們既不能做到那種半死樣子，又何必拿那根杖來裝門面呢？

我們是聚族而居的，人死了，該送神主入祠。俗禮先有「題主」或「點主」之法，把「神主牌」先請人寫好，留着「主」字上的一點，再去請一位闊人來，求他用硃筆蘸了雞冠血，把「主」字上一點點上。這就是「點主」。點主是喪事裏一件最重要的事，因為他是一件最可裝面子擺架子的事。你們回想當年袁世凱死後，他的兒子孫子們請徐世昌點主的故事，就可曉得這事的重要了。

　　那時家裏人來問我要請誰點主。我說，用不着點主了。為什麼呢？因為古禮但有「請善書者書主」。（《朱子家禮》與《温公書儀》同）這是恐怕自己不會寫好字，故請一位寫好字的寫牌，是鄭重其事的意思。後來的人，要借死人來擺架子，故請頂闊的人來題主。但是闊人未必會寫字。也許請的是一位督軍，連字都不認得。所以主人家先把牌子上的字寫好，單留「主」字上的一點，請「大賓」的大筆一點。如此辦法，就是不識字的大帥，也會題上了！我不配借我母親來替我擺架子，不如行古禮罷。所以我請我的老友近仁把牌位連那「主」字上的一點一齊寫好。出殯之後把神主送進宗祠，就完了事。

　　未出殯之前，有人來說，他有一穴好地，葬下去可以包我做到總長。我說，我也看過一些堪輿書，但不曾見那部書上有「總長」二字；還是請他留上那塊好地自己用罷。我自己出去，尋了一塊墳地，就是在先父鐵花先生的墳的附近。鄉下的人以為我這個「外國翰林」看的風水，一定是極好的地，所以我的母親葬下之後，不到十天，就有人抬了一口棺材，擺在我母親墳下的田裏。人來對我說，前面的棺材擋住了後面的「氣」。我說，氣是四方八面都可進來的，沒有東西可擋得住，由他擋去罷。

以上記喪事完了。

再論我的喪服。我在北京接到凶電的時候，那有仔細思想的心情？故糊糊塗塗的依着習慣做去，把緞子的皮袍脫了，換上布棉袍，布帽，帽上還換了白結子，又買了一雙白鞋。時表上的鏈子是金的，鍍金的，故留在北京。眼鏡腳也是金的，但是來不及換了，我又不能離開眼鏡，只好戴了走。裏面的棉襖是綢的，但是來不及改做布的，只好穿了走，好在穿在裏面，人看不見！我的馬褂袖上還加了一條黑紗。這都是我臨走的一天，糊糊塗塗的時候，依着習慣做的事。到了路上，我自己回想，很覺慚愧。何以慚愧呢？因為我這時候用的喪服制度，乃是一種沒有道理的大雜湊。白帽結，布袍，布帽，白鞋，是中國從前的舊禮。袖上蒙黑紗是民國元年定的新制。既蒙了黑紗，何必又穿白呢？我為什麼不穿皮袍呢？為什麼不敢穿綢緞呢？為什麼不敢戴金色的東西呢？綢緞的衣服上蒙上黑紗，不仍舊是民國的喪服嗎？金的不用了，難道用了銀的就更「孝」了嗎？

我問了幾個「為什麼」，自己竟不能回答。我心裏自然想着孔子「食夫稻，衣夫錦，於汝安乎」的話，但是我又問：我為什麼要聽孔子的話？為什麼我們現在「食稻」（吃飯）心已安了？為什麼「衣錦」便不安呢？仔細想來，我還是脫不了舊風俗的無形的勢力，——我還是怕人說話！

但是那時我在路上，趕路要緊，也沒有心思去想這些「細事小節」。到家之後，更忙了，便也不曾想到服制上去。喪事裏的喪服，上文已說過了。喪事完了之後，我仍舊是布袍，布帽，白帽結，白棉鞋，袖上蒙了一塊黑紗。穿慣了，我更不覺得這種不中不

西半新半舊的喪服有什麼可怪的了。習慣的勢力真可怕！

今年四月底，我到上海歡迎杜威先生，過了幾天，便是五月七日的上海國民大會。那一天的天氣非常的熱，諸位大概總還有人記得。我到公共體育場去時，身上穿着布的夾袍，布的夾褲還是絨布裏子的，上面套着線緞的馬褂。我要聽聽上海一班演說家，故擠到台前，身上已是汗流遍體。我脫下馬褂，聽完演說，跟着大隊去遊街，從西門一直走到大東門，走得我一身衣服從裏衣濕透到夾袍子。我回到一家同鄉店家，邀了一位同鄉帶我去買衣服更換，因為我從北京來，不預備久住，故不曾帶得單衣服。習慣的勢力還在，我自然到石路上小衣店裏去尋布衫子，羽紗馬褂，布套袴之類。我們尋來尋去，尋不出合用的衣褲，因為我一身濕汗，急於要換衣服，但是布衣服不曾下水是不能穿的。我們走完一條石路，仍舊是空手。我忽然問我自己道：「我為什麼一定要買布的衣服？因為我有服在身，穿了綢衣，人家要說話。我為什麼怕人家說我的閒話？」我問到這裏，自己不能回答。我打定主意，去買綢衣服，買了一件原當的府綢長衫，一件實地紗馬褂，一雙紗套袴，借了一身襯衣褲，方才把衣服換了。初換的時候，我心裏還想在袖上蒙上一條黑紗。後來我又想：我為什麼一定要蒙黑紗呢？因為我喪期沒有完。我又想：我為什麼一定要守這三年的服制呢？我既不是孔教徒，又向來不贊成儒家的喪制，為什麼不敢實行短喪呢？我問到這裏，又不能回答了，所以決定主意，實行短喪，袖上就不蒙黑紗了。

我從五月七日起，已不穿喪服了。前後共穿了五個月零十幾天的喪服。人家問我行的是什麼禮？我說是古禮。人家又問，那一代的古禮？我說是《易傳》說的太古時代「喪期無數」的古禮。我以

為「喪期無數」最為有理。人情各不相同，父母的善惡各不相同，兒子的哀情和敬意也不相同。《檀弓》上說：

> 子夏既除喪而見，予之琴，和之不和，彈之而不成聲，作而曰：「哀未忘也，先王制禮而弗敢過也。」子張既除喪而見，予之琴，和之而和，彈之而成聲，作而曰，「先王制禮，不敢不至焉。」

這可見人對父母的哀情各不相同，子張、宰我嫌三年之喪太長了，子夏、閔子騫又嫌三年太短了。最好的辦法是「喪期無數」，長的可以幾年，短的可以三月，或三日，或竟無服。不但時期無定，還應該打破古代一定等差的喪服制度。我以為服制不必限於自己的親屬：親屬值得紀念的，不妨為他紀念成服；朋友可以紀念的，也不妨為他穿服；不值得紀念的，無論在幾服之內，盡可不必為他穿服。

我的母親是我生平最敬愛的一個人，我對她的紀念，自然不止五六個月，何以我一定要實行短喪的制度呢？我的理由不止一端：

> 第一，我覺得三年的喪服在今日沒有保存的理由。顧亭林說，「三代聖王教化之事，其僅存於今日者，唯服制而已。」（《日知錄》卷十五）這話說得真正可憐！現在居喪的人，可以飲酒食肉，可以干政籌邊，可以嫖賭納妾，可以作種種「不孝」的事，卻偏要苦苦保存這三年穿素的「服制」！不能實行三年之「喪」，卻偏要保存三年的「喪服」！這真是孟子說的「放飯流歠而問無齒決，是之謂不知務」了！

> 第二，真正的紀念父母，方法很多，何必單單保存這三年服制？現行的服制，乃是古喪禮的皮毛，乃是今人裝門面自欺

欺人的形式。我因為不願意用這種自欺欺人的服制來做紀念我母親的方法，所以我決意實行短喪。我因為不承認「穿孝」就算「孝」，不承認「孝」是拿來穿在身上的，所以我決意實行短喪。

第三，現在的人居父母之喪，自稱為「守制」，寫自己的名字要加上一個小「制」字，請問這種制是誰人定的制？是古人遺傳下來的制呢？還是現在國家法律規定的制呢？民國法律並不曾規定喪期。若說是古代遺制，則從斬衰三年到小功，緦，都是「制」，何以三年之喪單稱為「制」呢？況且古代的遺制到了今日，應該經過一番評判的研究，看那種遺制是否可以存在，不應該因為他是古制就糊糊塗塗的服從他。我因為尊重良心的自由，不願意盲從無意識的古制，故決意實行短喪。

第四，現在的服制實際上有許多行不通的地方。若說素色是喪服，現在的風尚喜歡素色衣裳，素色久已不成為喪服的記號了。若說布衣是喪服，綢緞不是喪服，那麼，除了絲織的材料之外，許多外國的有光的織料是否算是布衣？有光的洋貨織料可以穿得，何以本國的絲織物獨不可穿？蠶絲織的綢緞既不能穿，何以羊毛織的呢貨又可以穿得？還有羊皮既可以穿得，何以狐皮便穿不得？銀器既可以戴得，金器和鍍金器何以又戴不得？──諸如此類，可以證明現在的服制全憑社會的習慣隨意亂定，沒有理由可說，沒有標準可尋；顛倒雜亂，一無是處。經濟上的困難且丟開不說，就說這心理上的麻煩不安，也很夠受了。我也曾想採用一種近人情，有道理，有一貫標準的喪服，竟尋不出來，空弄得精神上受無數困難慚愧。因此，我索性主張把服喪的期限縮短，在這短喪期內，無論穿何種織料

的衣服，無論布的，綢緞的，呢的，絨的，紗的，只要蒙上黑紗，依民國的新禮制，便算是喪服了。

以上記我實行短喪的原委和理由。

我把我自己經過的喪禮改革，詳細記了下來，並不是說我所改的都是不錯的，也並不敢勸國內的人都依着我這樣做。我的意思，不過是想表示我個人從一次生平最痛苦的經驗裏面得來的一些見解，一些感想；不過想指點出現在喪禮的種種應改革的地方和將來改革的大概趨勢。我現在且把我對於喪禮的一點普通見解總括寫出來，做一個結論。

結論

人類社會的進化，大概分兩條路子：一邊是由簡單的變為複雜的，如文字的增添之類；一邊是由繁複的變為簡易的，如禮儀的變簡之類。近來的人，聽得一個「由簡而繁，由渾而畫」的公式，以為進化的秘訣全在於此了。卻不知由簡而繁固然是進化的一種，由繁而簡也是進化的一條大路。即如文字固是逐漸增多，但文法卻逐漸變簡。拿英文和希臘拉丁文比較，便是文法變簡的進化。漢文也有逐漸變簡的痕跡。古代的代名詞，「吾」「我」有別，「爾」「汝」有別，「彼」「之」有別。現代變為「我」「你」「他」，「我們」「你們」「他們」，使主次賓次變為一律，使多數單數的變化也歸一律，這不是一大進化嗎？古代的字如馬兩歲叫做「駒」，三歲叫做「駣」，八歲叫做「馴」；又馬高六尺為「驕」，七尺為「騋」。這都是很不規則的變化，現在都變簡易了。

我舉這幾個例，來證明由繁而簡也是進化。再舉禮儀的變遷，更可以證明這個道理。我們試請一位孔教會的信徒，叫他把一部《儀禮》來實行，他做得到嗎？何以做不到呢？因為古人生活簡單，那些一半祭司一半貴族的士大夫，很可以玩那「一獻之禮賓主百拜」的把戲兒。後來生活複雜了，誰也沒有工夫來幹這揖讓周旋的無謂繁文。因此，自古以來，禮儀一天簡單一天，雖有極頑固的復古家，勢不能恢復那「禮儀三百，威儀三千」的盛世規模。故社會生活變複雜了，是一進化。同時禮儀變簡單了，也是一進化。由我們現在的生活，要想回到茹毛飲血，穴居野處的生活，固是不可能；但是由我們現在簡單禮節，要想回到那揖讓周旋賓主百拜的禮節，也是不可能。

　　懂得這個道理，方才可以談禮俗改良，方才可以談喪禮改良。

　　簡單說來，我對於喪禮問題的意見是：

　　（一）現在的喪禮比古禮簡單多了，這是自然的趨勢，不能說是退化。將來社會的生活更複雜，喪禮應該變得更簡單。

　　（二）現在喪禮的壞處，並不在不行古禮，乃在不曾把古代遺留下來的許多虛偽儀式刪除乾淨。例如不行「寢苫枕塊」的禮，並不是壞處；

　　但自稱「苫塊昏迷」，便是虛偽的壞處。又如古禮，兒子居喪，用種種自己刻苦的儀式，「水漿不入於口者三日，杖而後能起」，所以必須用杖。現在的人不行這種野蠻的風俗，本是一大進步，並不是一種壞處；但做「孝子」的仍舊拿着哭喪棒，這便是作偽了。

（三）現在的喪禮還有一種大壞處，就是一方面雖然廢去古代的繁重禮節，一方面又添上了許多迷信的，虛偽的，野蠻風俗。例如地獄天堂，輪迴果報等等迷信，在喪禮上便發生了和尚唸經超度亡人，棺材頭點「隨身燈」，做法事「破地獄」，「破血盆湖」……等等迷信的風俗。

（四）現在我們講改良喪禮，當從兩方面下手。一方面應該把古喪禮遺下的種種虛偽儀式刪除乾淨，一方面應該把後世加入的種種野蠻迷信的儀式刪除乾淨。這兩方面破壞工夫做到了，方才可以有一種近於人情，適合於現代生活狀況的喪禮。

（五）我們若要實行這兩層破壞的工夫，應該用什麼做去取的標準呢？我仔細想來，沒有絕對的標準，只有一個活動的標準，就是「為什麼」三個字。我們每做一件事，每行一種禮，總得問自己：我為什麼要做這件事？為什麼要行那種禮？（例如我上面所舉「點主」一件事）能夠每事要尋一個「為什麼」，自然不肯行那些說不出為什麼要行的種種陋俗了。凡事不問為什麼要這樣做，便是無意識的習慣行為。那是下等動物的行為，是可恥的行為！

原載《新青年》六卷六號

（選自《胡適文存》1 集，上海：亞東圖書館，1921 年）

回喪與買水

周作人

英國茀來則博士著《普許嘿之工作》（F. G. Frazer *Psyche's Task*）第五章云，野蠻人送葬歸，懼鬼魂復返，多設計以阻之。通古斯人以雪或木塞路。緬甸之清族則以竹竿橫放路上。納巴耳之曼伽族葬後一人先返，集棘刺堆積中途，設為障礙，上置大石，立其上，一手持香爐，送葬者悉從石上香煙中過，云鬼聞香逗留，不至乘生人肩上越棘刺而過也。《顏氏家訓》卷二云，「偏傍之書，死有歸殺，子孫逃竄，莫肯在家，畫瓦書符，作諸厭勝。喪出之日，門前燃火，戶外列灰，被送家鬼，章斷注連。凡如此比，不近有情，乃儒雅之罪人，彈議所當加也。」今紹興回喪，於門外焚穀殼，送葬者跨煙而過，始各返其家，其用意相同，即防鬼魂之附着也。

周去非《嶺外代答》卷六云，「欽人始死，孝子披髮頂竹笠，攜瓶甕，持紙錢，往水濱號慟，擲錢於水而汲歸浴屍，謂之買水，否則鄰里以為不孝。今欽人食用以錢易水以充庖廚，謂之沽水者，避凶名也。邕州溪峒則男女群浴於川，號泣而歸。」今紹興人死將斂，孝子衣死者之衣，張黃傘，鼓樂導至水次，投銅錢鐵釘各一，汲水歸以浴屍，亦名買水，蓋死者自購水於水神也。俗傳滿洲入關，越人有「生降死不降」之誓，故斂時束髮為髻而不辮，又不用清朝之水，自出錢買之，觀《嶺外代答》所記則此風宋時已有之，且亦不限於越中一隅也。紹興轉煞之儀式亦頗鄭重，煞即起於傾浴

屍水之地，狀如流星，本為死者之魄，唯又別有煞神，人首雞身，相傳舊有牝牡二神，趙匡胤未遇時投宿人家，值回煞，攫得其一食之，以後世間遂只有雌神云。

　　以上是張辮帥復辟的那幾天，在會館破屋中看書遣悶時隨筆的一則，前後已有十年，那時還寫的是三腳貓的文言，但內容還有點趣味，所以把它抄在這裏。我們可以看出野蠻思想怎樣根深蒂固地隱伏在現代生活裏，我們自稱以儒教立國的中華實際上還是在崇拜那正流行於東北亞洲的薩滿教。有人背誦孔孟，有人註釋老莊，但他們（孔老等）對於中國國民實在等於不曾有過這個人。海面的波浪是在走動，海底的水卻千年如故。把這底下的情形調查一番，看中國民間信仰思想到底是怎樣，我想這倒不是一件徒然的事。文化的程度以文明社會裏的野蠻人之多少為比例，在中國是怎麼一個比例呢？

（選自《自己的園地》，長沙：岳麓書社，1987 年）

墓碣文

魯迅

　　我夢見自己正和墓碣對立，讀着上面的刻辭。那墓碣似是沙石所製，剝落很多，又有苔蘚叢生，僅存有限的文句——

　　……於浩歌狂熱之際中寒；於天上看見深淵。於一切眼中看見無所有；於無所希望中得救。……

　　……有一遊魂，化為長蛇，口有毒牙。不以嚙人，自嚙其身，終以殞顛。……

　　……離開！……

　　我繞到碣後，才見孤墳，上無草木，且已頹壞。即從大闕口中，窺見死屍，胸腹俱破，中無心肝，而臉上卻絕不顯哀樂之狀，但濛濛如煙然。

　　我在疑懼中不及回身，然而已看見墓碣陰面的殘存的文句——

　　……抉心自食，欲知本味，創痛酷烈，本味何能知？……

　　……痛定之後，徐徐食之。然其心已陳舊，本味又何由知？……

　　……答我，否則，離開！……

我就要離開。而死屍已在墳中坐起，口唇不動，然而說——

「待我成塵時，你將見我的微笑！」

我疾走，不敢反顧，生怕看見他的追隨。

一九二五年六月十七日

（選自《魯迅全集》2 卷，北京：人民文學出版社，1981 年）

死後

魯迅

我夢見自己死在道路上。

這是那裏，我怎麼到這裏來，怎麼死的，這些事我全不明白。總之，待到我自己知道已經死掉的時候，就已經死在那裏了。

聽到幾聲喜鵲叫，接着是一陣烏老鴉。空氣很清爽——雖然也帶些土氣息，——大約正當黎明時候罷。我想睜開眼睛來，他卻絲毫也不動，簡直不像是我的眼睛；於是想抬手，也一樣。

恐怖的利鏃忽然穿透我的心了。在我生存時，曾經玩笑地設想：假使一個人的死亡，只是運動神經的廢滅，而知覺還在，那就比全死了更可怕。誰知道我的預想竟的中了，我自己就在證實這預想。

聽到腳步聲，走路的罷。一輛獨輪車從我的頭邊推過，大約是重載的，軋軋地叫得人心煩，還有些牙齒。很覺得滿眼緋紅，一定是太陽上來了。那麼，我的臉是朝東的。但那都沒有什麼關係。切切嚓嚓的人聲，看熱鬧的。他們踹起黃土來，飛進我的鼻孔，使我想打噴嚏了，但終於沒有打，僅有想打的心。

陸陸續續地又是腳步聲，都到近旁就停下，還有更多的低語聲：看的人多起來了。我忽然很想聽聽他們的議論。但同時想，我生存時說的什麼批評不值一笑的話，大概是違心之論罷：才死，就

露了破綻了。然而還是聽；然而畢竟得不到結論，歸納起來不過是這樣——

「死了？ ……」

「嗡。——這……」

「哼！ ……」

「嘖。……唉！ ……」

我十分高興，因為始終沒有聽到一個熟識的聲音。否則，或者害得他們傷心；或則要使他們快意；或則要使他們加添些飯後閒談的材料，多破費寶貴的工夫；這都會使我很抱歉。現在誰也看不見，就是誰也不受影響。好了，總算對得起人了！

但是，大約是一個螞蟻，在我的脊梁上爬着，癢癢的。我一點也不能動，已經沒有除去他的能力了；倘在平時，只將身子一扭，就能使他退避。而且，大腿上又爬着一個哩！你們是做什麼的？蟲豸！?

事情可更壞了：嗡的一聲，就有一個青蠅停在我的顴骨上，走了幾步，又一飛，開口便舐我的鼻尖。我懊惱地想：足下，我不是什麼偉人，你無須到我身上來尋做論的材料……。但是不能說出來。他卻從鼻尖跑下，又用冷舌頭來舐我的嘴唇了，不知道可是表示親愛。還有幾個則聚在眉毛上，跨一步，我的毛根就一搖。實在使我煩厭得不堪，——不堪之至。

忽然，一陣風，一片東西從上面蓋下來，他們就一同飛開了，臨走時還說——

「惜哉！……」

我憤怒得幾乎昏厥過去。

木材摔在地上的鈍重的聲音同着地面的震動，使我忽然清醒，前額上感着蘆席的條紋。但那蘆席就被掀去了，又立刻感到了日光的灼熱。還聽得有人說——

「怎麼要死在這裏？……」

這聲音離我很近，他正彎着腰罷。但人應該死在那裏呢？我先前以為人在地上雖沒有任意生存的權利，卻總有任意死掉的權利的。現在才知道並不然，也很難適合人們的公意。可惜我久沒了紙筆；即有也不能寫，而且即使寫了也沒有地方發表了。只好就這樣地拋開。

有人來抬我，也不知道是誰。聽到刀鞘聲，還有巡警在這裏罷，在我所不應該「死在這裏」的這裏。我被翻了幾個轉身，便覺得向上一舉，又往下一沉；又聽得蓋了蓋，釘着釘。但是，奇怪，只釘了兩個。難道這裏的棺材釘，是只釘兩個的麼？

我想：這回是六面碰壁，外加釘子。真是完全失敗，嗚呼哀哉了！……

「氣悶！……」我又想。

然而我其實卻比生前已經寧靜得多，雖然知不清埋了沒有。在手背上觸到草席的條紋，覺得這屍衾倒也不惡。只不知道是誰給我花錢的，可惜！但是，可惡，收斂的小子們！我背後的小衫的一角皺起來了，他們並不給我拉平，現在抵得我很難受。你們以為死人無知，做事就這樣地草率麼？哈哈！

我的身體似乎比活的時候要重得多，所以壓着衣皺便格外的不舒服。但我想，不久就可以習慣的；或者就要腐爛，不至於再有什麼大麻煩，此刻還不如靜靜地靜着想。

「您好？您死了麼？」

是一個頗為耳熟的聲音。睜眼看時，卻是勃古齋舊書舖的跑外的小夥計。不見約有二十多年了，倒還是那一副老樣子。我又看看六面的壁，委實太毛糙，簡直毫沒有加過一點修刮，鋸絨還是毛毿毿的。

「那不礙事，那不要緊。」他説，一面打開暗藍色布的包裹來。「這是明板《公羊傳》，嘉靖黑口本，給您送來了。您留下他罷。這是……。」

「你！」我詫異地看定他的眼睛，説，「你莫非真正胡塗了？你看我這模樣，還要看什麼明板？ ……」

「那可以看，那不礙事。」

我即刻閉上眼睛，因為對他很煩厭。停了一會，沒有聲息，他大約走了。但是似乎一個螞蟻又在脖子上爬起來，終於爬到臉上，只繞着眼眶轉圈子。

萬不料人的思想，是死掉之後也還會變化的。忽而，有一種力將我的心的平安衝破；同時，許多夢也都做在眼前了。幾個朋友祝我安樂，幾個仇敵祝我滅亡。我卻總是既不安樂，也不滅亡地不上不下地生活下來，卻不能副任何一面的期望。現在又影一般死掉了，連仇敵也不使知道，不肯贈給他們一點惠而不費的歡欣。……

我覺得在快意中要哭出來。這大概是我死後第一次的哭。

然而終於也沒有眼淚流下；只看見眼前彷彿有火花一閃，我於是坐了起來。

一九二五年七月十二日

（選自《魯迅全集》2卷，北京：人民文學出版社，1981年）

冥屋

茅盾

　　小時候在家鄉，常常喜歡看東鄰的紙紮店糊「陰屋」以及「船、橋、庫」一類的東西。那紙紮店的老闆戴了闊銅邊的老花眼鏡，一面工作一面和那些靠在他櫃枱前捧着水煙袋的閒人談天說地，那態度是非常瀟灑。他用他那熟練的手指頭折一根篾，撈一朵漿糊，或是裁一張紙，都是那樣從容不迫，很有藝術家的風度。

　　兩天或三天，他糊成一座「陰屋」。那不過三尺見方，兩尺高。但是有正廳，有邊廂，有樓，有庭園；庭園有花壇，有樹木。一切都很精緻，很完備。廳裏的字畫，他都請教了鎮上的畫師和書家。這實在算得一件「藝術品」了。手工業生產制度下的「藝術品」！

　　它的代價是一塊幾毛錢。

　　去年十月間，有一家親戚的老太太「還壽經」[1]。我去「拜揖」，盤桓了差不多一整天。我於是看見了大都市上海的紙紮店用了怎樣的方法糊「陰屋」以及「船、橋、庫」了！親戚家所定的這些「冥器」，共值洋四百餘元；「那是多麼繁重的工作！」——我心裏這麼想。可是這麼大的工程還得當天現做，當天現燒。並且離燒化前四小時，工程方才開始。女眷們驚訝那紙紮店怎麼趕得及，然而

1　還壽經：為了表示兒子的孝心，在父母壽辰時（大概是五十以後逢十的壽辰）請和尚唸經，叫做「還壽經」，這是嘉興、湖州一帶的風俗。

事實上恰恰趕及那預定的燒化時間。紙紮店老闆的精密估計很可以佩服。

我是看着這工程開始，看着它完成;用了和兒時同樣的興味看着。

這仍然是手工業，是手藝，毫不假用機械;可是那工程的進行，在組織上，方法上，都是道地的現代工業化！結果，這是商品;四百餘元的代價！

工程就在做佛事的那個大寺的院子裏開始。動員了大小十來個人，作戰似的三小時的緊張！「船」是和我們鎮上河裏的船一樣大，「橋」也和鎮上的小橋差不多，「陰屋」簡直是上海式的三樓三底，不過沒有那麼高。這樣的大工程，從紮架到裝潢，一氣呵成，三小時的緊張！什麼都是當場現做，除了「陰屋」裏的紙糊家具和擺設。十來個人的總動員有精密的分工，緊張連系的動作，比起我在兒時所見那故鄉的紙紮店老闆撈一朵漿糊，談一句閒天，那種悠遊從容的態度來，當真有天壤之差！「藝術製作」的興趣，當然沒有了;這十幾位上海式的「陰屋」工程師只是機械地製作着。一忽兒以後，所有這些船，橋，庫，陰屋，都燒化了;而曾以三小時的作戰精神製成了它們的「工程師」，仍舊用了同樣的作戰的緊張幫忙着燒化。

和這些同時燒化的，據說還有半張冥土的房契（留下的半張要到將來那時候再燒）。

時代的印痕也烙在這些封建的迷信的儀式上。

一九三二年十一月八日

（選自《茅盾散文速寫集》，北京：人民文學出版社，1980 年）

不甘寂寞

葉聖陶

今年夏間，錚子內姑母病歿。當熱作昏沉的時候，對她的姪女口述四語道：「淒風苦雨，是我歸程。蓬萊不遠，到處飛行。」

科學觀點說起來，所謂精神是有機體發展到了一定階段產生出來的，它是某些有機體特有的生理上的屬性或機能；換言之，它是有機體的神經系統發生的一種作用；有機體破壞，精神作用也就跟着消滅。但是，就一般人情說，死如果等於「從此消滅」，把以前曾經存在的賬一筆劃斷，那是非常寂寞的事。受不住這寂寞，就來了死後依然存在的想頭。依然存在，自當有所處的境界和相與的伴侶。這各依自己的信仰和想像來決定；在已經走近了生死界線的當兒，往往會造成一些「奇跡」，供後死者傳說不休。如信鬼者臨死，會有祖先或亡故的親屬到來，導往冥土；基督徒就遇見生着鳥翅膀的天使，迎歸天國；佛門弟子則由佛來接迎，往生淨土，試翻《淨土聖賢錄》，這類故事不可勝數。基督徒何以不會遇見祖先或亡故的親屬呢？蒙佛接引的又何以只限於信佛的人？這其間的緣故，原是一想就可以明白的。

最受不住這種寂寞的應該是修持淨土的人了。他們把死看做往生淨土與墮入地獄的歧路口。其設想淨土與地獄，都源於死後依然存在這一念；而淨土悅樂，地獄痛苦，所以臨到歧路口必須趨此捨彼。於是一心唸佛，平生用盡功夫；指望臨命終時，此心不亂，仍

能唸誦佛號，蒙佛引歸淨土。還恐怕自力不夠，就預先告誡親屬後輩，當己臨終，慎勿啼哭，啼哭則此心散亂，就將墮入地獄苦趣；唯有助念佛號，最是功德無量。曾讀當代某大師的文抄，厚厚的四本，差不多全講這些：教人對於死這一件大事怎樣去做預備功夫。他們的不甘寂寞也就可想而知了。

「蓬萊不遠」的蓬萊正無異於基督徒的天堂和佛門弟子的淨土。

再從送死者這方面說，斷了氣的一個人如果就此靈爽無存，斬絕了曾與世間發生過的一切關係，那也是非常寂寞的事。承認他存在於另一個世界裏吧；唯有這樣才好比寶物雖不在手頭，而存放在外庫裏，並非就此失掉，就也足以自慰。從這一念，於是來了種種送死的花樣。

這回因錚子內姑母的喪事，把久已忘懷了的故鄉種種送死的花樣溫理了一遍。逢七，或請和尚唪經，或延道士禮懺。讓死者受佛門的戒，由和尚給與法名；另一方面，道士「給籙」的法場，派定死者在瑤池會上當一份小差使，也給與道號。佛教徒呢？道教徒呢？只好說「兼收並蓄」。

逢七前一天，到各個城隍廟去燒「七香」。城隍是冥土的地方官，到他們那裏去燒香，無非希望他們對於新隸治下的鬼魂高抬貴手，不要十分為難；老實說，就是去行賄賂。既已是佛門的戒徒，瑤池會上的「職仙」，何以又成為城隍治下的鬼魂呢？這其間的矛盾誰也不去想，總之，多方打點，只求對死者「死後的生活」有利。

紙製的服用器物，凡想得到的都特製起來焚化。細針鑿花的是紗衣，紙背黏一點兒薄棉的是法蘭絨，折成凹凸紋的是絨繩衫，灰紙剪細貼在衣服裏面的是「小毛」，黃紙剪細貼在衣服裏面的是「大

毛」。桌椅箱籠，鏡奩盤盒，乃至自鳴鐘，熱水瓶，色色俱備，而且都是摩登的款式。因為死者生時愛打「麻將」，就給準備一副麻將牌，加上三道「花」，還有「財神」和「元寶」。死者使用這些器物，「死後的生活」大概很「舒齊」的了，只是還沒有自己的房子，租賃人家的房子終非久計。據說在最近的將來就有一所紙房子為她建築起來了。

死者每天進食三次，中午用飯，早晚用點。食畢就焚化紙錠。逢食拿錢，這是陽世生活所沒有的。唪經禮懺的日子則焚化得特別多。統計七七中所焚化的紙錠，至少可以堆滿半間屋子。普通紙錠是用一張錫箔折成的：還有用幾張錫箔湊合折成的中空的正方體，名之曰「庫」，中間容納一隻菱形的小錠。這東西非常貴重，據說只須有極少的幾個，就可以在冥土開一爿「典當」。這回焚化這樣的「庫」也不少。在冥土，新開的「典當」像上海四馬路的書局一樣一家一家接連起來了吧。讓死者去剝削窮鬼實非佳事，這一層當然不去想它了；想到的只是從此死者將成為冥土的大財主。

靈座旁安置一件銅器，名之曰「磬」，卻是碗形圓底的東西。每天須敲這東西四十九下；恐怕少敲或多敲，就用四十九個銅錢來記數。據說死者一直在那裏趲行冥土的路程，而冥土是黑暗的，須待盤聲一響，才有一段光明照見前路。如果少敲了，光明不繼，那就有迷路的危險；多敲了呢，光明太強，耀得趲行者眼花，也許會累她跌交。照這樣說，死者並不住佛土，也不在瑤池，也不作城隍治下的鬼魂，也不安居冥土的寓所，享受豐美的起居飲食，也不當許多爿「典當」的大老闆，吮吸窮鬼們的鬼脂鬼膏，卻在那裏作踽踽獨行的「旅鬼」。

承認死者存在於另一個世界裏，可是終於不能確定死者的境況，因為這種種矛盾荒唐的花樣原來是由送死者想像出來的。送死者忙着這種種的花樣，彷彿得到了撫慰，強烈的悲感就漸漸地輕淡了。

（選自《葉聖陶散文甲集》，成都：四川人民出版社，1983 年）

祭文・悼詞

葉聖陶

　　參加追悼會回來，若有所失。參加的既然是追悼會，當然會若有所失，有什麼好説的？我是説明明趕到了八寶山，明明在禮堂裏肅立了十來分鐘，可是我的哀思好像沒有盡情地宣泄，或竟是簡直沒有得到宣泄，因而若有所失。

　　於是聯想到兩篇祭文：韓愈的《祭十二郎文》，歐陽修的《祭石曼卿文》。

　　這兩篇祭文都收在《古文觀止》裏。我小時候讀得相當熟，背得出，現在可不成了。書架上有中華書局去年重印的《古文觀止》標點本，我兼用眼鏡放大鏡還看得清，就把這兩篇重讀一遍。

　　祭文全是對死者説話，彷彿死者就在身邊而且句句聽得清似的。韓愈對他的侄子十二郎説得非常懇切。他説咱叔侄兩個年紀相差不大，嫂嫂説過，韓家的指望就在咱兩個身上。他説當年為謀生各地奔跑，以為將來總能夠長久共處。他説自己年紀不滿四十，眼力差了，頭髮灰了，牙齒動搖了，只恐壽命難保，使你十二郎抱恨無窮，誰知道你竟先我而死。真的嗎？惡夢嗎？傳來的噩耗怎麼會在手頭呢？以下説料理十二郎的後事；怎樣處置他的遺孤，假如力量夠得到，準備把他遷葬到祖墳上。接着發一通感慨，説天涯地角，長期分離，生不得相依，死不得夢見，全是我的不是，還有什

麼好說。從此我也不再想旁的了，只願教導你我的兒子，期望他們成長，撫養你我的女兒，準備她們出嫁。話雖說完了，一腔心情可說不完表不盡。「汝其知也邪？其不知也邪？」問十二郎究竟知道不知道，還是彷彿十二郎就在他韓愈身邊似的。我想，韓愈寫罷這篇祭文，大概在悲痛的同時感到挺舒暢，因為他把哀思盡情地宣泄出來了。

歐陽修的《祭石曼卿文》三次說「嗚呼曼卿！」當然是對石曼卿說話。一說他石曼卿必然會有傳世的聲名。二說他石曼卿該不與萬物同腐，可又想到自古聖賢都只剩枯骨和荒墳。三說自己繫念跟石曼卿的交情，不能把盛衰之理看透，因而悲愴非常。這一篇是韻文，如果善於唸，唸起來叮叮噹噹，鏗鏘有致，相當好聽。可是就祭文而論，未免嫌其泛。換句話說，只要你不管對象，只圖自己發一通感慨，那麼用來祭無論哪個朋友都成，不限於石曼卿。

單憑兩篇祭文當然不能判定韓歐二人文筆和風格的高低。如果給這兩篇祭文評分，大概誰都會說韓的得分該比歐多吧。

祭文全是對死者說話，好像是相信有鬼論，不相信神滅論，可能有人要說這是古人的局限性。我倒要為古人辯護，人類可能永遠難免局限性，古文這點兒局限性又算得了什麼？

讀完兩篇祭文，再想如今的追悼會。追悼會不用什麼祭文而用悼詞，悼詞不是對死者說話，全是對在場的參加者說話，可以這麼說，在這一點上，咱們逾越了古人的局限性了。

毛主席不是說過嗎？「今後我們的隊伍裏，不管死了誰，不管是炊事員，是戰士，只要他是做過一些有益的工作的，我們都要給

他送葬，開追悼會。這要成為一個制度。這個方法也要介紹到老百姓那裏去。村上的人死了，開個追悼會。用這樣的方法，寄託我們的哀思，使整個人民團結起來。」按毛主席的意思，悼詞自然是對在場的參加者說的，唯有充分表達大夥兒的哀思，才能使大夥兒深深感動，更加團結。悼詞中曆敍死者的經歷和工作，表揚死者的業績，勉勵大夥兒化悲痛為力量，學習死者的所有優長，這些都是必要的。但是還有一點很重要，必須表達大夥兒的哀思。因此我想，悼詞和祭文雖然不是一回事，也該寫得《祭十二郎文》那樣懇切，不宜寫得《祭石曼卿文》那樣泛。

悼詞的話全是對在場的參加者說的，卻有例外。某些悼詞的末了一句話是對死者說的，就是「某某同志，安息吧！」

讀者同志假如不嫌囉嗦，請容許我談談這個「某某同志，安息吧！」

據我的未必可靠的記憶，前些年在悼詞的末了用這個話作結的相當普遍。一九七三年七月中旬，首都舉行章士釗先生追悼會，郭老致悼詞，卻沒有說這個話，我記得特別清楚。從此以後，或用或不用，好像不用的比較多，不過不敢說定，最近還聽見過兩次呢。

我一向反對這個「某某同志，安息吧！」每聽見一回，總感到異常不舒服，難以描摹。為什麼不舒服，大概有四點：

通篇悼詞全是對在場的參加者說，唯有這一句是對死者說，文體見得不純。這是一。

感情太激動了，有時把死者當成活人，跟他嘮嘮叨叨說一通，也是有的。但是在二十世紀七十年代的末了這麼做，未免犯了跟韓愈歐陽修同樣的局限性，總之不怎麼好。這是二。

對死者說「安息吧」是從哪兒來的？原來是天主教裏的規矩。天主教徒唸完了為死者祈禱的經文，就在死者身上澆聖水，同時唸 "Reguiescat in Pace!"（據說是「安息吧！」的拉丁文。）並非天主教徒為什麼要仿效天主教的殯儀呢？這是三。

　　死者死了，囑咐他「安息吧！」有時還要加重語氣說「永遠安息吧！」這裏頭包含着多少為死者慶幸，替死者安慰的意味啊！這個意味的反面，不就是為人在世究竟沒有多大意思，活一輩子，無非辛辛苦苦，勞勞碌碌，如今好了，你可以享受安息的幸福了嗎？這個意味，對死者毫無關係，因為究竟活好死好他再也沒法考慮了，可是對活人卻大有關係。這是四。

　　我老是在希望，「某某同志，安息吧！」這句話「永遠安息吧！」

（選自《葉聖陶散文乙集》，北京．三聯書店，1984 年）

送殯的歸途

夏丏尊

「唉！老王真死得可悲。——現在讓他好好地獨自困在會館裏吧。連日你我為了他的病，真累夠了，該去散散才是。噲，一道到什麼地方去看電影好嗎？」

「……」

「怎麼？」

「沒有什麼。我想起陶淵明的詩了。『向來相送人，各自還其家。親戚或餘悲，他人亦已歌。』才送朋友的喪回來，就去看電影嗎？」

「那麼依你說，我們應該留在棺材旁邊流淚陪他，或者更進一步，生起和他同樣的病來跟他死掉！」

「這是笑話了。老王有知，也決不願我們如此的。你看老王的夫人，這幾天雖然哭得很利害，再過幾天一定不會再哭了。何況我們是他的朋友。」

「人到了死的時候，父母妻兒朋友原都是無法幫助的。」

「豈但死的時候呢，活着的時候，旁人能幫助的也只是極淺薄極表面的一部分。真正擔當着這一切的，還不是這孤零零的自己！人本來是一個個的東西。想到這裏，我覺得人生是寂寞的。」

「你這寂寞和普通所謂寂寞不同，頗有些宗教氣了哩。」

「呃，這是一種無可奈何的寂寞。宗教的起因，也許就為了人類有這種寂寞的緣故。我現在尚不信宗教，我只想把這寂寞來當作自愛自奮的出發點。反正人是要靠自己的，樂得獨來獨往地幹一生。」

「好悲壯的氣慨！」

「……」

一九三五年一月

（選自《夏丏尊文集》，杭州：浙江人民出版社，1983 年）

盂蘭夜

蘆焚

穿過街和街，人乏了。街引着無歸意的人，是那樣的長。

「哪兒去呢？」

並非問誰，因為不曾停住步，因為是只有一個人。

天早已入夜，銀的琵琶在樹梢彈奏；誰家的寡婦，她是如此年青——低低的吟哦，一闋塞外人家的秋風曲，卻沒有人能辨識她是唱歌或是泣咽。那聲音，透過厚厚的牆，矮矮的家屋，落向茵茵的草地，行人的腳邊，忘歸的人的心。

風偷偷依入懷抱，又輕輕摸過人的臉，像初識風情的女娘。槐樹的葉，映着烏溜溜的眼，發出嘆息似的絮話。梓楸卻搖了搖大的耳朵。街上正經過一盞盞的燈籠；誰家的孩子，又是誰家的燈——藍的，紅的，蓮花的，柿子的，晃晃的來，又晃晃的去。

「六兒，您的幹麼不紅啊？」一個孩子說。

「你那個就長也長不到俺的大。」另一個孩子答。

枝頭的花已謝，孩子心頭的花開了罷。他們打着燈籠走過長街，並非為死者。

「那麼，無處歸落的亡魂又當怎樣？」

並非問誰；然而只有一個人的時候，每每問的愈多。

讓他們——亡魂——夜遊在沙漠上，山谷裏，曠野上，荒冢間，磷火照亮來去無蹤的路。

踏着秋風吹過的路；路上顫顫的晃着孩子們紅的燈籠。

「小沂子，瞧誰跑的快！」

誰跑的快呢，都那麼一朵花兒似的年紀，有着滿心的幸福和遼闊的前途。孩子們一陣風跑丟，帶去了快樂，落下一陣足音，還落下空蕩蕩一街的淒惶和寂寞。

街是荒涼的，也是熱鬧的——唸懺經，燒渡船，河裏的水上還放下引向天堂之路的燈，説是為了超渡抗敵戰死的亡魂。這是説，他們的死還不夠責罰，生前的罪孽太深重了，只有將軍和慈善家是乾淨的。

走過長街，默然聽着自己的腳聲。孩子的紅燈不知幾時已經消失，只留得銀的琵琶還在樹梢彈奏。誰家的寡婦呢，她是如此的年青，——低聲吟哦，一闋塞外人家的秋風曲，卻沒有人知道她是唱歌或是低咽。

（選自《黃花苔》，上海：上海良友圖書公司，1937 年）

山村的墓碣

馮至

　　德國和瑞士交界的一帶是山谷和樹林的世界，那裏的居民多半是農民。雖然有鐵路，有公路，伸到他們的村莊裏來，但是他們的視線還依然被些山嶺所限制，不必提巴黎和柏林，就是他們附近的幾個都市，和他們的距離也好像有幾萬里遠。他們各自保持住自己的服裝，自己的方言，自己的習俗，自己的建築方式。山上的樅林有時稀疏，有時濃密，走進去，往往是幾天也走不完。林徑上行人稀少。但對面若是走來一個人，沒有不向你點頭致意的，彷彿是熟識的一般。每逢路徑拐彎處，總少不了一塊方方的指路碑，東西南北，指給你一些新鮮而又樸實的地名。有一次，我正對着一塊指路碑，躊躇着，不知應該望哪裏走，在碑旁草叢中又見到另外一塊方石，向前仔細一看，卻是一座墓碣，上邊刻着：

　　　　一個過路人，不知為什麼，
　　　　走到這裏就死了。
　　　　一切過路人，從這裏經過，
　　　　請給他作個祈禱。

　　這四行簡陋的詩句非常感動我，當時我真願望，能夠給這個不知名的死者作一次祈禱。但是我不能。小時候讀過王陽明的瘞旅文，為了那死在瘴癘之鄉的主僕起過無窮的想像；這裏並非瘴癘之

鄉，但既然同是過路人，便不自覺地起了無限的同情，覺得這個死者好像是自己的親屬，説得重一些，竟像是所有的行路人生命裏的一部分。想到這裏，這銘語中的後兩行更語重情長了。

由於這塊墓碣我便發生了一種從來不曾有過的興趣：走路時總是常常注意路旁，會不會在這寂靜的自然裏再發現這一類的墓碣呢？人們説，事事不可強求，一強求，反而遇不到了。但有時也有偶然的機會，在你一個願望因為不能達到而放棄了以後，使你有一個意想不到的收穫。我在那些山村和山林裏自然沒有再遇到第二座這樣的墓碣，可是在我離開了那裏又回到一個繁華的城市時，一天我在一個舊書店裏亂翻，不知不覺，有一個二寸長的小冊子落到我的手裏了。封面上寫着：「山村的墓碣。」打開一看，正是瑞士許多山村中的墓碣上的銘語，一個鄉村牧師搜集的。

歐洲城市附近的墓園往往是很好的散步場所，那裏有鮮花，有短樹，墓碑上有美麗的石刻，人們儘量把死點綴得十分幽靜；但墓銘多半是千篇一律的，無非是「願你在上帝那裏得到永息」一類的話。可是這小冊子裏所搜集的則迥然不同，裏邊到處流露出農人的樸實與幽默，他們看死的降臨是無法抵制的，因此於無可奈何中也就把死寫得瀟灑而輕鬆。我很便宜地買到這本小冊子，茶餘飯罷，常常讀給朋友們聽，朋友們聽了，沒有一個不詫異地問：「這是真的嗎？」但是每個銘語下邊都注明採集的地名。我現在還記得幾段，其中有一段這樣寫着：

> 我生於波登湖畔，
> 我死於肚子痛。

還有一個小學教師的：

> 我是一個鄉村教員，
> 鞭打了一輩子學童。

　　如今的人類正在大規模地死亡。在無數死者的墳墓前，有的刻上光榮的詞句，有的被人説是可鄙的死亡，有的無人理會。可是瑞士的山中仍舊保持着昔日的平靜，我想。那裏的農民們也許還在繼續刻他們的別饒風趣的墓碣吧。有時我為了許多事，想到死的問題，在想得最嚴重時，很想再翻開那個小冊子讀一讀，但它跟我許多心愛的書籍一樣，塵埋在遠遠的北方的家鄉。

一九四三年，寫於昆明

（選自《馮至選集》2 卷，成都：四川文藝出版社，1985 年）

送葬的行列

袁鷹

馬路上驀然起了一陣紛擾。不是由於剛從前方撤下來的傷兵坐三輪車不給錢，還毆打三輪車夫；不是由於疾馳而過的掛着星條旗的軍用吉普傲然地撞倒行人；也不是為極度飢餓所驅使的癟三搶了大餅攤上的冷大餅而被抓住⋯⋯然而，路上行人停下腳步了，等電車的乘客、來去匆匆的過往行人、人力車夫、小販、擺報攤的、擦皮鞋的，幾乎忘卻自己要做的事，全神貫注地朝馬路當中行注目禮。小孩子更是活躍，三三兩兩地從這裏那裏聚攏來，嘰嘰喳喳，像麻雀似的叫個不停。那盛況，雖還比不上「夾道歡迎」，但比起看猢猻出把戲，其熱烈的程度是不遑多讓的。

就在馬路兩邊人們的注視下，一支送葬的行列正緩緩地經過鬧市。

這支隊伍不算怎麼長，卻也並不短，是夠行人停下腳步七八分鐘以至十分鐘之久。開頭是兩個扛堂燈的，那一對大燈籠上的字模糊不清，可是瞧的人肚裏明白，那個模糊不清的字就是死者的姓氏，也不用多打聽。堂燈後面緊跟着一班軍樂隊，衣冠楚楚，整齊而挺括，帽子和衣袖上全鑲着黃白兩色絲條，引起一些孩子們的羨慕和神往。洋鼓洋號，吹打得十分熱鬧，至於吹的曲子，也許很想讓聽眾陪伴死者緬懷失去的豪華，先是一些不成腔的濫調，繼之是《蘇武牧羊》，待到後來快要在十字路口轉彎時，則已奏起《何日君再來》了。

在軍樂隊後面，是一群套着綠色衣衫的孩子，就是我們通常稱之為「小堂名」的。他們雖然被套上了極不合體的外衣，還加上馬褂，那樣子頗為滑稽可笑，但終究同死者並無關係，不過為了幾個錢，同雇來的軍樂隊的身份是一致的，因而跳跳蹦蹦，吹打江南絲竹，嬉笑顏開。脫不了流浪兒的本色。再後面的一批「龍鳳吹」和掮旗打傘的角色就不同了。這些人，本來就是馬路上的好漢，包括遊手好閒的，聚眾打架的，抽白麵的，叫化子，專門靠紅白喜事人家的殘羹剩飯過活的，面目猥瑣，形容枯槁，而他們一律套了一件早已褪了色的紅綠外衣，有如我們在戲台上常見到的龍套一樣，叫人一下子辨不清他們的本來面目。而那些由於風吹日曬早已褪了色露出原形的外衣，披在這些奴才和幫閒的嶙嶙的瘦骨上，就越發顯得破爛不堪了。

這中間還有一頂黃龍傘，一樣地褪了色的。黃龍傘是個威武、尊嚴的東西，煊赫得足以使人下跪叩首的，但是今天已無復往昔的架勢。由一個黧黑伶仃的老漢吃力地掮着，搖搖欲墜。「小堂名」和掮旗打傘的幫閒們簇擁着，吹吹打打，懶懶散散地走了過去。

後邊就是一具被抬着的棺木，棺木上最顯著的是一根縈着龍頭的長扛，人們叫它「獨龍杠」的。「獨龍杠」出典不詳，也許是由於死者生前未能實現爬上龍座的美夢，才在棺材裏聊以自慰吧。沒有人知道這死者是誰，生平有些什麼樣的業績，但無論如何，生前是位「大亨」是沒有疑問的。不管他是極盡人間榮華富貴也罷，作威作福橫行一方也罷，滿嘴仁義道德，骨子裏男盜女娼也罷，到臨了總逃不脫歷史老人給他安排的下場。你看那棺材沉甸甸的，此人

一定帶着無窮無盡的遺憾死去。路旁觀者如堵，眼神冷漠，很有點「眼看他起朱樓，眼看他宴賓客，眼看他樓塌了」的味道。

棺材後邊，則是一群死者的親屬了。披麻戴孝的兒女們，「泣血稽顙」自不必説。其實，既未必「泣血」，更不會「稽顙」，有點悲傷和淒惶是真的，但又何嘗不在那兒一邊走一邊默默地計算着怎樣多奪點遺產呢。「靜默三分鐘，各自想拳經」，魯迅先生早就一針見血地揭示過謁陵英雄們的嘴臉。這些人比起中山陵前的好漢，自然等而下之，但誰能斷定不是一路貨色呢？

至於那幫手裏拈着一枝香或一條紙幡紙拂跟在後邊走的弔客，就更加形形色色，眾妙畢呈了。有的可能礙於死者和生者的情面，作憂戚狀，煞有介事；有的卻談笑自若，同身邊前後的人不斷地隨意交談，好像在逛一次馬路。幾個小孩子畏縮而又好奇地拉扯着大人的衣裳，大概搞不清這是怎麼一回事，雖然還含着一根棒頭糖。

這支送葬的行列，在鬧市裏走得遲緩而又沉重。是受不住行人的注視呢，還是為太大的哀傷所填塞，以致他們的腳步如此蹣跚無力？那神情，就像送葬者自己也在一步一步走向墓地。那些幫閒和奴才們，雖則極盡巴結之能事，就差一點沒有在鼻梁上擦一塊白粉，一路上吹吹打打，哭出嗚啦，猶絲毫得不到路上人的一點同情。

就這樣，一對熖籠過去了，軍樂隊、龍鳳吹、「小堂名」們過去了，掮旗打傘的過去了，棺材過去了，什麼「獨龍杠」、壽衣壽帽，一起全過去了，孝子孝女們過去了，一大群送葬人也過去了。遠了，遠了，人們漸漸散開，那意猶未足的閒人，兀自站在路邊，

目送那支行列。只聽得隱隱約約地傳來一陣軍樂和絲竹各奏的聲響，但已分不清奏的什麼調子，到後來，連這點輕微的聲音也像死人一樣地斷了氣。

一九四八年春天滬北黑水灣

（選自《袁鷹散文選》，成都：四川人民出版社，1983 年）

身後事該怎麼辦？

廖沫沙

「身後」即「死後」的意思。這裏問的是：人死之後該怎麼辦。

人死了，一瞑不視，萬念俱消，還有什麼「怎麼辦」的問題呢？

事實不然。他雖死了，他的身後還留有許多同他有關的人和事，首先是活着的人們該把死後的他怎麼辦。

人死入葬，回答可以很簡單；如何葬法，卻各有各的主張。在我們的歷史上，就曾出現過兩大派，即厚葬派和薄葬派。前者以孔子為代表，後者以墨子為代表。漢朝人寫過一部書叫《淮南子·要略》，它把這兩大派的發展淵源概述如下：「孔子修成康之道，述周公之訓，以教七十子，使服其衣冠，修其篇籍，故儒者之學生焉。墨子學儒者之業，受孔子之術，以為其禮煩擾而不悦，厚葬靡財而貧民，服傷生而害事，故背周道而用夏政。……故節財薄葬，閒服生焉。」

孔子同墨子學說上的矛盾，當然不只是厚葬與薄葬問題，但是他們一個是厚葬靡財派，一個是薄葬節財派，倒也是事實。這兩派不但有厚與薄之分、靡財（即鋪張浪費）與節財之分，而且有貴與賤之分，就是剝削階級與勞動階級之分。一位歷史學家很反對用階級分析的觀點來給古人劃階級。但是孔子和墨子這兩個古人偏不聽他的話，就在厚葬與薄葬的問題上，也大講其富貴貧賤，甚至拿

王公大人來同匹夫賤人作對比。例如《墨子》書中，就殘留着一段《節葬》，其中舉了這兩個階級對「厚葬久喪」的看法：「此存乎王公大人有喪者，曰，棺椁必重，葬埋必厚，衣衾必多，文繡必繁，丘隴必巨。存乎匹夫賤人死者，殆竭家室」。這是說，「匹夫賤人」這類勞動者如果也想學那些剝削階級的王公大人一樣「厚葬」，那就得傾家蕩產。

這倒還是次要的，特別是「久喪」，即家裏死了人，活着的要長期守「服」。《墨子》書說：「使農夫行此，則必不能早出夜入、耕稼樹藝；使百工行此，則必不能修舟車為器皿矣；使婦人行此，則必不能夙興夜寐，紡績織紝。」而王公大人們「久喪」，不過是「不能早朝」而已。兩者相對比，階級分明。

孔子的厚葬主張，墨子的薄葬主張是各人站在各人的「階級立場」說話，是很清楚的。

墨子還提出了相鄰的民族一些薄葬的辦法：「朽其肉而棄之，然後埋其骨」，或者「聚柴薪而焚之」，這就是火葬；他主張，即使要土葬，也只是「棺三寸，足以朽骨，衣三領，足以朽肉，掘地之深，下無菹漏，氣無發泄於上，壟足以期其所，則止矣。」他還主張送葬的人「哭往哭來，反從事乎衣食之財」。送完葬，趕快回來幹活、生產。他一再反對王公大人的厚葬，是「輟民之事，靡民之財」。

墨子的薄葬主張，實際是代表勞動者的喪葬觀。目的是朽骨、朽肉，化除腐朽，就算完事，不要「靡財」、「輟事」。他說：「衣食者，人之生利也，然且猶尚有節；葬埋者，人之死利也，夫何獨無節於此乎」？生活要講節約，死為什麼不講點節約呢？

問題還不僅於此。「厚葬靡財」和「薄葬節財」這兩派主張，除了反映階級之分而外，還表現了唯心和唯物這兩種世界觀的對立。

為什麼要「厚葬」？在有些人們思想中，無非是人世輪迴之類的有神論在作怪。既然死而有知，還要升天堂，於是「葬埋必厚，衣衾必多」，求神拜佛作道場，一切準備齊全，以為這樣就會使死者能夠在另外一個世界裏舒舒服服地過剝削的日子。

墨子是不大相信這類的迷信的，他的「薄葬節財」的主張，自然與此有關。

南北朝時代的著名唯物主義者范縝講得更要透徹些。他說：「神即形也，形即神也，是以形存則神存，形謝則神滅也」。既然「形謝則神滅」，又何必讓活着的人去「厚葬靡財」呢？

古代的一些進步的思想家，對身後之事能看得如此明白，難道我們今人還要去向剝削階級學習「厚葬靡財」的封建迷信辦法麼？

（選自《廖沫沙雜文集》，北京：三聯書店，1984 年）

楊彭年手製的花盆

周瘦鵑

　　在舊社會，我經過了一重重的國難家難，心如槁木，百念灰冷，既勘破了名利關頭，也勘破了生死關頭。我本來是幻想着一個真善真美的世界的，而現在這世界偏偏如此醜惡，那麼活着既無足戀，死了又何足悲？當時我在《新聞報》上發表了一篇提倡火葬的文字，結尾歸納到自己的身後問題，就是要把我的骨灰裝在一隻平日最愛好的楊彭年手製的竹根形紫砂花盆裏，倒像是立了遺囑似的。恰恰被一位七十五歲的前輩先生讀到了，就責備我道：「你才過五十，如日方中，為甚麼如此衰颯，這是萬萬要不得的。做人總是這麼一回事，不如提起興致來，過一天算一天，千萬不要想到死的問題。就是我年逾古稀，還是生趣盎然，從沒有給自己身後打算過呢。」我因前輩先生的規勸，原是一片好意，未便和他老人家爭辯，只得唯唯稱是。

　　過了一天，又有一位愛好花木的同志趕到我家裏來。他倒並不反對火葬，卻要瞧瞧我將來安放骨灰的那只最愛好的花盆。抗日戰爭期間，我住在上海，人家正在投機囤貨，忙着發國難財，我卻甚麼都不囤，只是節衣縮食，向骨董舖子裏搜羅宜興陶質的古花盆，這其間倒也含有些抗日意義的。原來日本人愛好盆栽，而他們自己卻做不出好盆，據說先前曾把宜興蜀山的陶泥裝運回去，盡力仿製，而成績不良，因此專在吾國搜買古盆，凡是如皋、揚州、

淮安、泰縣各地，都有他們骨董商人的足跡。那邊有許多舊家，祖上都是癖愛花木的，而子孫卻並不愛花，就把傳下來的古盆一起賣給他們，數十年來，幾乎都被收買完了。上海的骨董商人投其所好，也往往以古盆賣給日本人，可得善價。我以為這也是吾國國粹之一，自己要種花木，而沒有一個好好的古盆，豈不可恥！所以在太平洋戰爭爆發以前的幾年間，我專和日本人競買，盡我力之所及，不肯退讓。在廣東路的兩個骨董市場中，倒也薄負微名，我每到那裏，他們就紛紛把古盆向我兜攬。一連幾年，大大小小的買了不少，連同戰前在蘇州買到的，不下百數。就中有明代的鐵砂盆，有清代蕭韶明、楊彭年、陳文卿、陳用卿、愛閒老人、錢炳文、陳貫栗、陳文居、子林諸名家的作品，盆底都有他們的鈐印，盆質紫砂、紅砂、白砂，甚麼都有，這就算是我的傳家之寶了。

現在那位愛花同志來問我打算把哪一隻最愛好的花盆安放骨灰，一時倒回答不出來。記得蘇州一位創辦火葬場的戎老先生說：火葬時倘不穿衣服，約得重三磅之譜；而我所最愛好的花盆，有很大的，也有很小的，似乎都不相稱。末了才想起那只楊彭年手製的竹根形紫砂盆來，不大不小，恰好容納得下三磅的骨灰。楊氏是乾嘉年間專替陳曼生製砂茶壺的名手，這一個盆子確是他的得意之作。裏胎指痕宛然，表面有浮雕的竹節和竹葉，並刻着一首七言律詩，筆致遒逸可喜。我本來對它有偏愛，平日陳列在玻璃櫥中，不肯動用，這時拿出來給那位同志仔細觀賞。他也覺得給我一個花迷作飾終之用，再合適也沒有了。我想將來安放了骨灰之後，還得加以裝飾，在盆面上插幾枝雲朵形的靈芝。再把一塊靈璧石作為陪襯，就供在「梅屋」中那只洛陽出土的人馬圖案的大漢磚上，日常

有鮮花作供，好鳥作伴，斷然不會寂寞。到了梅花時節，更包圍在香雪叢中，香生不斷，這真是一個最理想的歸宿。要不是火葬，你能把靈柩供在家裏嗎？所成為問題的，卻是亡婦鳳君已長眠在靈岩下的綉穀公墓中，我的墓穴也預備了，將來要是不去和她同葬一起，她就得永遠地孤眠下去，怕要永永抱恨的。唉！活着既有問題，死了還有問題，且待將來再説吧。

解放以來，我看到了祖國的奮發有為，突飛猛進，我的心情也頓時一變，由消極變為積極，由悲哀變為愉快。我要好好地活下去，至少要活到一百歲。我要把我一切的力量貢獻於祖國，我要看到社會主義新中國的實現，和全國人民熙熙然如登春台，同享幸福。到那時我即使死了，也不必再借那只心愛的花盆來作歸宿之所，願意把我的骨灰撒遍祖國的大地，使膏腴的土壤中開出千百萬朵美麗的花來，裝點這如錦如綉的大好河山，向我可愛的祖國獻禮致敬！

可是「天有不測風雲，人有旦夕禍福」，萬一我不幸而害了不治之症，看不到共產主義新中國的實現就撒手人世了，這……這……這怎麼辦呢？但是想到了祖國有希望，有辦法，這一天終於會來，也就死而無憾。我愉快地先來把南宋愛國大詩人陸放翁那首臨終的名作改上十個字，以示我的子女：

> 死去元知萬事空，我生幸見九州同。
> 他年大業完成後，家祭無忘告乃翁。

（選自《拈花集》，上海：上海文藝出版社，1983 年）

大祭

李健吾

天空高爽了，夜幕放長了，葉子坡上碧紗面網，谷穗攤成金黃大海，希望和悲痛擁着廢曆七月，漸漸步入秋涼的路程。我們準備接受豐富的收穫，發現多少識與不識的伴侶失散。他們辛苦一場，給人類立下福利的基礎，然後一聲不響，就向我們辭行，就同現時永別了。為了獲得良心上的安息，我們把虔敬獻給他們魂靈。

現在，七月不曾送來安息的消息，害蟲莠草還得刈除。紅代替了黃，血染遍了花，一個偉大的民族正在為他的子孫爭奪永久和平。

讓我們捏着手帥燃上感激的杏燭。

我們將世世代代記牢你們，英勇的國殤。年紀有的不過十五六歲，萬裏迢迢趕到火線，來不及向父母招手，便把榮譽的孤苦留給耄耋。有的不顧妻小，由她挽着兒女，眼巴巴望着村頭的影跡，便硬起心腸撲向敵人，血灑在肥厚的塍垡，為了保護自己和別人的妻小。經過二十年的紛擾，大家覺悟了，認清了真正的崢嶸面目。我們只有一個敵人，那要我們做奴隸的。我們聚起個別的意志，成為一個意志，當着殘暴的侵凌，不曉得什麼叫做畏縮。是你們戰士的浩氣凝成祖國的永生。神聖的戰爭把你們化為神聖。

還有你們，拔劍相助的國賓，投入行伍，殉身在我們的大好山河，我們要永遠奠祭。正義把你們和我們的手連在一起，光榮是你們的名姓。

最後你們，可憐的一群，流離顛沛，逃出虎狼的爪牙，未曾逃出酷虐的命運。不肯納降，你們決然拋下心愛的田井。你們不把弟子留給敵人，身子雖說病弱，怕它輸了那口人氣，炮火夷平了家園，我們要提出力量翻造一個新的，一個更堅固的。我們是文化的兒女，倒了還會站直。土是我們的產業，我們去了還要回來。只有你們，不幸的老小，躓在死亡的門楣。溝壑是你們的墳塋，哀傷是我們的心情。

　　黃昏已然罩住大地。透過朦朧的銀氛，遠遠傳來幽沉的鐘聲。星宿在閃爍。白楊在悲鳴。我們垂下頭思維，然後夜過去，黎明來了，我們仰起頭，挺起胸，合起死者生者兩股澎湃的熱情，繼續為祖國博取崇高的生命。

（選自《李健吾散文集》，銀川：寧夏人民出版社，1986 年）

看墳人

李健吾

　　這看墳人，和墳頭上鵝黃的小花一樣，一點不費力氣，溶在我的生命，而且好似異香奇葩，吸住我城市人的心靈。在這晴光明媚的春日，便是這駭人一樣的村俗的老頭子，也像解了凍的山澗，輕而且快，同時還有些渾濁，流過我的憂鬱，我和他驀地相逢，素昧平生，卻像若干年前在一起共事，有過一個相同的節奏。

　　我並不因為他走近了，特別看他一眼。彷彿望着一棵柏樹，我望着這墳墓的伴侶，而且和一顆柏樹一樣，他搖着他挺直的軀幹，好像不在用眼看，卻在用心聽，聽我這猶如晨雀的徘徊者，留散在松柏林裏無聲的歌頌。猶如接受晨雀每日的光臨，他這蒼老的柏樹，毫無所動於衷，淡淡地，然而親密地，彷彿見了自己常見的村莊的捐客，柔聲道：

　　「早晨好！」

　　這彷彿他生命裏長句的逗點，輕輕滑過我們的唇舌。他不需要我答應，我也沒有答應，僅只點點頭，離開他，攏向一座土依然透黃的小冢。我俯下身審量前面短短的碑銘。看墳人向我呢喃道：

　　「去年才埋的，可長滿了草哪！」

　　一個十四歲的小孩子，碑上僅僅寫着他的姓名。他夭折了，還沒有嘗試，開始要嘗試人生的五味，就匆匆告辭，留下這幾行

字——蘊有人類不少的熱情，父母的哀慟，兄姊的涕泣——做我們猜測的標誌。還有比石碑更不堅固，比文字更不永久，比痴心更覺無情的紀念？「長滿了草」，這透露人生的唯一的消息！過不了好些年，石碑殘毀，文字消蝕，痴心散失，只有春草燒不盡，一年高似一年，一直長上石碑的裂罅，頂替了人力的一切！

這砍掉我們虛榮的紅纓帽，裸露出人生的禿頂。在世上擾攘了一生，也許白活了若干年，人到垂死的時候，怨天尤命，說他一無所成，倒含一腔酸淚。咽了氣——於是埋到地裏面，這次真正孤零了，然而不到一年，墳上鋪遍了茵草，替他告訴我們，他現在反而有了意義。自然無所不入，便是醜惡也化於它的愛撫，形成高度的莊嚴。在一種說不出的幽靜之中，我領會着自然的諧和，好像剛剛步出蕭穆的音樂會，我的精神緩和下來。

然而還有比這更諧和的，是那若有若無的看墳老人？守着別人的墳，眼看着自己就要成一個土堆。和生一樣，他會安然死去。他也許沒有一點用，彷彿柏樹、墓碑、青草、日光，點綴着陰沉的塋地。和田隴上的耕牛一樣，他也許操勞一生，等到老了，沒有人記起他，猶如我們忘掉一個去世多年的老友，把他貶在死者群裏。他接受了他的不幸，而且安於他的運命，因為他自來和一個動物——不，一株植物一樣，偶然活了，偶然死去。還有比他更近於自然的，他自己就是自然？

他用不着智慧，以及智慧的副產物——虛榮。和萬物一樣，他有力量培養自己，終於力量和年月同時消散，和萬物一樣，或者和波浪一樣，不知不覺，溶於自然之流——平靜而偉大的自然之流！他不存在，自然是他的存在。活着，他象徵自然的奇跡；死了，他

完成自然的美麗。他交代他的任務。猶如日月星循行各自的天軌，猶如白天和黑夜的此來彼往，不在人間留下一絲痕跡。

於是我走過去，坐在他身旁的祭台上，好像觀察一個稀奇的生物，開始注意他黝黑的面孔。平淡無奇，和所有窮苦的鄉下老人一樣，是深淺相間的皺紋，視若無睹的黯灰的目光，襯着一張唯皮與骨的坎坷的臉龐。從這張窳陋的臉，我可以看見些什麼呢？和我這城市人一樣，那下面也藏着一個孤獨者的悲哀？他的行動提醒我，他不止於形成自然，依舊有一個內心的經驗，在苦樂的領受上，和我該有同樣的分量，我禁不住問道：

「你在什麼地方住？」

順着他的手，我望見西邊，離塋地一畝的光景，一所有些四方的小草房，四周擴出一圈高粱和玉蜀黍的杆子的短牆。

「你一個人？」

他遲疑了一下，搔搔頭，然後指着那面一幅耕牛圖，向我唧噥道：

「我和他們一起住。」

一條並不肥碩的黃牛，拖着寬耙，翻起經冬的凍土。一個十三四歲的孩子跟隨着。

「那不是你的孩子？」

「我沒有孩子。」

從他答話的粗率，我明白自己多此一問，有傷他的諱莫如深的情感。於是我們沉默了，彷彿懷着敵意，窺伺着一己取勝的機緣。

漸漸我心裏充滿了同情，卻不願意流露於外，只得轉過身，望着對面隨時可以毀滅的茅舍。這怎樣地諧和，一切具有何等如畫的境界！然而人的悲哀，不唯致苦自身，還加在自然上面，整個形成一片無色的憂鬱。我不敢再問他了，反正我知道靈魂永久漂泊，而靈魂的軀殼永久美麗，猶如自然永久諧和。而所謂人者，在人海孤獨於宇宙的進行卻是一致。我離開這老態龍鍾的看墳人，覺得我像侵犯了他一次，我這屬於另一世界的陌生人。

（選自《李健吾散文集》，銀川：寧夏人民出版社，1986 年）

一份精美別致的訃告

秦牧

　　我的抽屜裏保存着一份精美別致的訃告，始終捨不礙毀掉它。這是趙丹同志的訃告，由文化部和全國文聯聯合發出。它以碧綠色的一幅國畫作底，那是趙丹畫的《出水芙蓉》圖，描繪的是荷葉、含苞待放和開得燦爛的荷花。圖畫上面印的是楷體文字：「一九八○年十月十日凌晨，人民藝術家趙丹同志離開了我們，享年六十五歲……」最後寫的是舉行悼念大會的時間和地點。

　　年齡大了，每年總要收到幾張關於逝世同志、戚友們的訃告，一般的訃告，總是大黑邊圍框，顯出一種悲慘肅穆的氣氛。大抵舉行追悼會之後，我就把那些訃告銷毀了。這種以國畫墊底的精美別致的訃告，是我生平第一次收到的。它自然也是莊重的，但又給人以一種藝術美感。

　　我一直保存着它，並不是因為我和趙丹同志有什麼深厚關係，對於這位卓越的表演藝術家，我只是一般的認識，見面時就閒聊一下，從沒通過信。四次文代會的時候，有一次同席吃飯，趙丹知道我是廣東人，就模仿着講廣東的各種方言給我聽，哈哈大笑。他對學習方言的確很有才能，雖然不能說已臻於維妙維肖的境界，但卻也「八九不離十」，相當到家了。我們的關係，就是這樣「一般認識」而已。我保存那張訃告，是出於另一個原因。那就是：由於趙

丹臨終時表現了異常曠達的精神，聽說他的病室經常奏着旋律優美的音樂，他總是含笑接待各方來探病的人，表示不願看到任何人哭泣，並立下遺囑，死後不要開追悼會。正是由於趙丹生前有這樣的表示，這才促成了那張精美雅致，別開生面的訃告的誕生。

這張訃告不僅形式上是新穎的，它所體現的逝者對待生死的觀念也是十分超常拔俗，不同凡響的。那應該說是一種哲人的態度。

活着的時候，努力學習，儘量工作，在面對自然規律，面對自己的衰老和死亡的時候，豁達安詳，泰然自若，這是真正具有科學的人生觀，革命的人生觀的人才能夠採取的卓越態度。

現在，立下遺囑，死後不要開追悼會的人好像漸漸多起來了。三十年代，在上海當過社聯主席，解放後當過山西副省長，人大常委會委員的鄧初民同志，臨終的時候，也立下遺囑，不要開追悼會。不久以前，曾經長期從事文化工作的民革副主席陳此生同志逝世了，他預立的遺囑也使人耳目一新。遺囑說：「我死後，一燒了事，切勿舉行告別、追悼以及任何紀念儀式。」又說：「不要把面貌塗脂抹粉，也不要衣冠打扮，只要一張舊床布，把屍體從頭到腳包裹，運去燒掉。」「骨灰扔在江裏，作為魚的飼料，也不必登報。」老實說，看到這些資料的時候，我是肅然起敬的。

只有本着理性、科學、革命的眼光來看待生死的人，在正常的死亡的「大限」之前才能夠不採取那種一味悲悲切切的態度，並以一種唯物主義者的態度來對待死亡和殯葬方式一類的事情。恩格斯遺囑把骨灰撒到大海中去，周恩來同志遺囑把骨灰撒在祖國的江河大地上，印度的甘地遺囑把骨灰撒進恆河，英國的蕭伯納遺囑把骨灰撒到自己園子裏的玫瑰花叢中……這些人物在好些方面是有所不

同的，但是在對待自己來日遺下的骨灰，生前就明確表示不需保存這一點上，卻是一致的。我以為這都是哲人的風度。

不少革命者、科學家在對待死亡，對待自己遺體的態度上，超越常人水平的事例，我們可以舉出不少。好些革命者，甚至在臨刑前夕，還泰然自若地讀書，冷靜縝密地寫着遺書和詩篇。在歷史上，好些科學家，因宣傳真理而被囚禁的時候，也常常在犧牲之前，仍然從事着科學研究，還有一些科學家、學者，往往立下遺囑，把自己的遺體捐給學術研究機構解剖，有些還捐獻眼球，以便醫生取出角膜造福盲人。西歐有些高等學府至今保留着前代科學家、學者的頭蓋骨的小片，用以紀念在醫學科學上的這些具有崇高風格的先驅者。這些人物，政治立場上不一定相同，學識造詣也各有差異，然而在這一點上，他們卻具有類似的超凡風格。

人類中總有一些出類拔萃的人物的，處於各個領域，他們都有各自的表現。在對待死亡和喪葬的問題上，也自有這樣的人物。在最重喪葬的漢代，因為一樁喪事，常常可以搞到一戶人家傾家蕩產，弔喪者的吃喝，和尚道士「超度亡魂」的活動，無數的繁文縟節，棺木、墓地的購買，祭祠的建立，……都必須支付龐大得驚人的費用。當年浩繁的支出，固然使我們今天得以看到漢代若干著名祀祠的石刻和發掘出若干具「屍蠟」（例如長沙馬王堆女屍之類），但在當時，這樣的風氣，可不知害苦了多少「蟻民」了。就在這種風氣像毒霧似地籠罩在人們頭上的時候，卻也有人挺身而出，提倡裸葬，主張用布囊盛屍，放入墓穴後脫去布囊，赤條條入土。以免「靡財殫幣，腐之地下」。提出這樣主張的學人叫做楊黃，他自己立下的遺囑，就是要兒子們把他的遺體作這樣處理的，後來也真的這樣做了。

我聽一位浙江朋友說，浙江有的地方，把高齡的人的死亡稱做「喜喪」，向例不掛白布，而是懸了紅布。認為這樣的死亡是解脫疾病的痛苦，克享天年的事情，因此並沒有把喪禮搞得悲悲慘慘，淒淒切切。這事情可不知道是不是真的，如果是真的，那我以為那個區域的人們，見識着實高出一般人之上。為什麼一個高齡而飽受各種疾病折磨的人，或者癱卧在床上拉屎拉尿，痛苦不堪，連話也不會說的人，他的死亡不應該被視為解脫呢？現在有些人提出，身受不治之症折磨，呻吟病榻，非常痛苦的病人，有權要求醫生給他打一針順當一點結束生命。這是很有道理的。有人認為這樣做不人道，有人認為這恰好才是真正的人道。我擁護的是後一觀點。人們有不少傳統觀念是在西方資產階級影響下形成的。本着辯證唯物主義者的態度，對它們重新檢查一下，估計一下，我想只有好處，沒有壞處。

　　因為對待死亡、喪葬這些事情，涉及到一個人人生觀的根本之處，涉及到怎樣對待自己，對待旁人，對待人民辛勤創造出來的物質財富，是徹底唯物主義者，還是半桶水唯物主義者以至於唯心主義者等等問題，因此，在這樣的事情上，以哲人的態度，理性地、科學地加以對待就不是那麼容易的了。中國現在的大、中城市裏都已推行了火葬（農村和小城鎮，土葬還是佔着支配地位），火葬現在已經日益流行了。然而在五十年代之初，剛剛提倡火葬的時候，碰到的阻力卻非常之大。那時，中央領導同志召集各省省委書記，談到這個倡議，要大家簽字表明態度，如果自己死亡了，一定要火葬。照理說，省委書記都已經是老共產黨員，理所當然應該是徹底的唯物主義者，該沒有人反對吧！但是事實並不盡然，有一個省委

書記無論如何也不肯簽字。這件事情，是陶鑄同志生前以慨嘆的語氣親自告訴過我們的。

　　試想，作為老共產黨員的省委書記，尚且有人對殯葬方式的一點改革，存在這麼大的抵觸情緒，一般的人，受因襲觀念重擔的支配程度，就更不待說了。

　　這種觀念，就是認為：好死不如歹活，無論如何纏綿病榻宛如一具活屍，都要比死亡好；而死了的時候，一定要吹吹打打，熱鬧一番，最好各方親友，都薈萃一堂來哭泣一場；而遺骸遺灰呢，最好能夠保持得好好的，永遠讓子孫和他人留作紀念。在這種觀念的支配下，從前，有些人，一到三十歲就開始買「生基」，以便日後經營「鬱鬱佳城」（「佳城」云云，就是墳墓），而有錢有權有勢的人物呢，一定要像構築城堡一樣來建造自己的塋舉。中國的古代皇帝，常常年紀輕輕的，就開始構築自己的「地下宮殿」了，還要用碧玉來做枕頭，在口裏含着珍珠，要點長明燈，要在牆壁上刻佛經以祈求「冥福」，甚至還要活人陪葬，要設「疑冢」。而在外國呢，像古埃及法老那樣，墳墓要建成金字塔，死屍要配以香料製成木乃伊，入殮的時候，不但要有棺，而且要有槨，槨還不只一個，要有許多個：木的、鐵的、銀的、石頭的，等等。真是「可謂豪矣」。

　　現代人自然沒有古代的中國皇帝和埃及法老的那個排場了（不是出於「遺囑」，而是由於業績，人們主動為之經營的不在此列）。但生前就希望身後仍然熱鬧一番的大有人在。中國仍然有人希望死後做一番水陸道場，西方有人熱中於在自己墳墓上立一個垂下雙翼哭泣的天使，顯得全世界都在為他的死亡悲傷，連天使也為之墮

淚。聽說在西方，現在還有人要求把遺體放進冰庫保存着，以便有朝一日，「魂兮歸來」的時候，有個「身體」可以依附……

類似這些花樣，是可以舉出許多的。

時移勢易，當前的人們，是極少人能夠像古代帝王那樣舉行闊綽的葬儀了，但就不少普通人的心理狀態而言，恐怕對那還是相當羨慕的吧！

中國當前的葬儀已經改革了不少，但是認真思索一下，恐怕仍有不少地方需要再改革改革。

正因為這樣，我對於那些遺囑把骨灰撒到大海、土地、河流、花叢中去的人們，對於那些遺囑不開追悼會的人們，包括趙丹在內，都感到尊敬。單是從這麼一件事情上，他們就表現了哲人的風度。這也就是，為什麼在我的抽屜裏，總是保留着那張精美別致的訃告的緣故。

一九八一年九月・廣州

（選自《秦牧自選集》，廣州：花城出版社，1984年）

國民之自殺

梁啟超

發狂之極，其結果乃至於自殺。自殺之種類不一，而要之皆以生命殉希望者也。故凡能自殺者，必至誠之人也。

一私人有自殺，一國民亦有自殺。何謂國民之自殺？明知其道之足以亡國，而必欲由之，是也。夫人苟非有愛國心，則胡不飽食而嬉焉，而何必日以國事與我腦相縈？故凡自殺之國民，必其愛國之度，達於極點者也。既愛之則曷為殺之？彼私人之自殺者，固未有不愛其身者，唯所愛之目的不得達，故發憤而殉之。痛哉自殺！苦哉自殺！

一私人之自殺，於道德上法律上皆謂之有罪。私人且然，況乃一國？死者不可復生，斷者不可復續，嗚呼，我國民其毋自殺！

不自由毋寧死，固也。雖然，當以死易自由，不當以死謝自由。自殺者，志行薄弱之表徵也。嗚呼，我強毅之國民，其毋自殺！

有無意識之自殺，有有意識之自殺。今舉國行屍走肉輩，皆冥冥中日操刃以殺吾國者也，故唯恃彼輩以外之人，庶幾拯之。浸假別出一途以實行自殺主義，是我與彼輩同罪也。嗚呼，我有意識之國民，其毋自殺！

原載一九〇三年《新民叢報》四十—四十一號

（選自《飲冰室文集》，北京：中華書局，1926 年）

絕命辭
（一九〇五年十二月七日）

陳天華

　　嗚呼我同胞！其亦知今日之中國乎？今日之中國，主權失矣，利權去矣，無在而不是悲觀，未見有樂觀者存。其有一線之希望者，則在於近來留學者日多，風氣漸開也。使由是而日進不已，人皆以愛國為念，刻苦向學，以救祖國，則十年二十年之後，未始不可轉危為安。乃進觀吾同學者，有為之士固多，有可疵可指之處亦不少。以東瀛為終南捷徑，其目的在於求利祿，而不在於居責任。其尤不肖者，則學問未事，私德先壞，其被舉於彼國報章者，不可縷數。近該國文部省有清國留學生取締規則之頒，其剝我自由，侵我主權，固不待言。鄙人內顧團體之實情，不敢輕於發難。繼同學諸君倡為停課，鄙人聞之，恐事體愈致重大，頗不贊成；然既已如此矣，則宜全體一致，務期始終貫徹，萬不可互相參差，貽日人以口實。幸而各校同心，八千餘人，不謀而合。此誠出於鄙人預想之外，且驚且懼。驚者何？驚吾同人果有此團體也；懼者何？懼不能持久也。然而日本各報，則詆為烏合之眾，或嘲或諷，不可言喻。如《朝日新聞》等，則直詆為「放縱卑劣」，其輕我不遺餘地矣。夫使此四字加諸我而未當也，斯亦不足與之計較，若或有萬一之似焉，則真不可磨之玷也。

近來每遇一問題發生，則群起嘩之曰：「此中國存亡問題也。」顧問題有何存亡之分，我不自亡，人孰能亡我者！唯留學者而皆放縱卑劣，則中國真亡矣。豈特亡國而已，二十世紀之後有放縱卑劣之人種，能存於世乎？鄙人心痛此言，欲我同胞時時勿忘此語，力除此四字，而做此四字之反面：「堅忍奉公，力學愛國」。恐同胞之不見聽而或忘之，故以身投東海，為諸君之紀念。諸君而如念及鄙人也，則毋忘鄙人今日所言。但慎毋誤會其意，謂鄙人為取締規則問題而死，而更有意外之舉動。須知鄙人原重自修，不重尤人。鄙人死後，取締規則問題可了則了，切勿固執。唯須亟講善後之策，力求振作之方，雪日本報章所言，舉行救國之實，則鄙人雖死之日，猶生之年矣。

　　諸君更勿為鄙人惜也。鄙人志行薄弱，不能大有所作為，將來自處，唯有兩途：其　　則作書報以警世；其二則遇有可死之機會則死之。夫空談救國，人多厭聞，能言如鄙人者，不知凡幾！以生而多言，或不如死而少言之有效乎！至於待至事無可為，始從容就死，其於鄙人誠得矣，其於事何補耶？今朝鮮非無死者，而朝鮮終亡。中國去亡之期，極少須有十年，與其死於十年之後，曷若於今日死之，使諸君有所警動，去絕非行，共講愛國，更臥薪嘗膽，刻苦求學，徐以養成實力，丕興國家，則中國或可以不亡。此鄙人今日之希望也。然而必如鄙人之無才無學無氣者而後可，使稍勝於鄙人者，則萬不可學鄙人也。與鄙人相親厚之友朋，勿以鄙人之故而悲痛失其故常，亦勿為輿論所動，而易其素志。鄙人以救國為前提，苟可以達救國之目的者，其行事不必與鄙人合也。鄙人今將與諸君長別矣，當世之問題，亦不得不略與諸君言之。

近今革命之論，囂囂起矣，鄙人亦此中之一人也。而革命之中，有置重於民族主義者，有置重於政治問題者。鄙人平日所主張，固重政治而輕民族，觀於鄙人所著各書自明。去歲以前，亦嘗渴望滿洲變法，融和種界，以禦外侮。然至近則主張民族者，則以滿、漢終不並立。我排彼以言，彼排我以實。我之排彼自近年始，彼之排我，二百年如一日。我退則彼進，豈能望彼消釋嫌疑，而甘心願與我共事乎？欲使中國不亡，唯有一刀兩斷，代滿洲執政柄而卵育之。彼若果知天命者，則待之以德川氏可也。滿洲民族，許為同等之國民，以現世之文明，斷無有仇殺之事。故鄙人之排滿也，非如倡復仇論者所云，仍為政治問題也。蓋政治公例，以多數優等之族，統治少數之劣等族者為順，以少數之劣等族，統治多數之優等族者為逆故也。鄙人之於革命如此。

　　然鄙人之於革命，有與人異其趣者，則鄙人之於革命，必出之以極迂拙之手段，不可有絲毫取巧之心。蓋革命有出於功名心者，有出於責任心者。出於責任心者，必事至萬不得已而後為之，無所利焉。出於功名心者，己力不足，或至借他力，非內用會黨，則外恃外資。會黨可以偶用，而不可恃為本營。日、俄不能用馬賊交戰，光武不能用銅馬、赤眉平定天下，況欲用今日之會黨以成大事乎？至於外資則尤危險，菲律賓覆轍，可為前鑒。夫以鄙人之迂遠如此，或至無實行之期，亦不可知。然而舉中國皆漢人也，使漢人皆認革命為必要，則或如瑞典、諾威之分離，以一紙書通過，而無須流血焉可也。故今日唯有使中等社會皆知革命主義，漸普及下等社會。斯時也，一夫發難，萬眾響應，其於事何難焉。若多數猶未明此義，而即實行，恐未足以救中國，而轉以亂中國也。此鄙人對於革命問題之意見也。

近今盛倡利權回收，不可謂非民族之進步也。然於利權回收之後，無所設施，則與前此之持鎖國主義者何異？夫前此之持鎖國主義者，不可謂所慮之不是也；徒用消極方法，而無積極方法，故國終不鎖。而前此之紛紛擾擾者，皆歸無效。今之倡利權回收者，何以異茲？故苟能善用之，於此數年之間，改變國政，開通民智，整理財政，養成實業人才，十年之後，經理有人，主權還復，吸收外國資本，以開發中國文明，如日本今日之輸進之外資可也。否則爭之甲者，仍以與乙，或遂不辦，外人有所藉口，群以強力相壓迫，則十年之後，亦如潰堤之水滔滔而入，利權終不保也。此鄙人對於利權回收問題之意見也。

　　近人有主張親日者，有主張排日者，鄙人以為二者皆非也。彼以日本為可親，則請觀朝鮮。然遂謂日人將不利於我，必排之而後可者，則愚亦不知其說之所在也。夫日人之陰謀、所謂司馬昭之心，路人皆知；即彼之書報亦倡言無忌，固不慮吾之知也。而吾謂其不可排者何也？「兼弱攻昧，取亂侮亡」，吾古聖之明訓也。吾有可亡之道，豈能怨人之亡我？吾無可亡之道，彼能亡我乎？朝鮮之亡也，亦朝鮮自亡之耳，非日本能亡之也。吾不能禁彼之不亡我，彼亦不能禁我之自強，使吾亦如彼之所以治其國者，則彼將親我之不暇，遑敢亡我乎？否則即排之有何勢力耶？平心而論，日本此次之戰，不可謂於東亞全無功也。倘無日本一戰，則中國已瓜分亦不可知。因有日本一戰，而中國得保殘喘。雖以堂堂中國被保護於日本，言之可羞，然事實已如此，無可諱也。如恥之，莫如自強，利用外交，更新政體，於十年之間，練常備軍五十萬，增海軍二十萬〔噸〕，修鐵路十萬里，則彼必與我同盟。夫「同盟」與「保護」，不可同日語也。「保護」者，自己無勢力，而全受人擁

蔽，朝鮮是也。「同盟」者，勢力相等，互相救援，英、日是也。同盟為利害關係相同之故，而不由於同文同種。英不與歐洲同文同種之國同盟，而與不同文同種之日本同盟。日本不與亞洲同文同種之國同盟，而與不同文同種之英國同盟。無他，利害相衝突，則雖同文同種，而亦相仇讎；利害關係相同，則雖不同文同種，而亦相同盟。中國之與日本，利害關係可謂同矣，然而勢力苟不相等，是「同盟」其名，而「保護」其實也。故居今日而即欲與日本同盟，是欲作朝鮮也；居今日而即欲與日本相離，是欲亡東亞也。唯能分擔保全東亞之義務，則彼不能專握東亞之權利，可斷言也。此鄙人對於日本之意見也。

凡作一事，須遠矚百年，不可徒任一時感觸而一切不顧，一哄之政策，此後再不宜於中國矣。如有問題發生，須計全域，勿輕於發難，此固鄙人有謂而發，然亦切要之言也。鄙人於宗教觀念，素來薄弱。然如謂宗教必不可無，則無寧仍尊孔教；以重於違俗之故，則兼奉佛教亦可。至於耶教，除好之者可自由奉之外，欲據以改易國教，則可不必。或有本非迷信，欲利用之而有所運動者，其謬於鄙人所著之《最後之方針》言之已詳，茲不贅及。

近來青年誤解自由，以不服從規則、違抗尊長為能，以愛國自飾，而先犧牲一切私德。此之結果，不言可想。其餘鄙人所欲言者多，今不及言矣。散見於鄙人所著各書者，願諸君取而觀之，擇其是者而從之，幸甚。《語》曰：「君子不以人廢言。」又曰：「鳥之將死，其鳴也哀；人之將死，其言也善。」則鄙人今日之言，或亦不無可取乎？

（選自《陳天華集》，長沙：湖南人民出版社，1982 年）

陳星台先生《絕命書》跋

宋教仁

　　此吾友陳君星台《絕命書》。劣齋每一思君，輒一環誦之，蓋未嘗不心悁悁然悲而淚涔涔然下也。曰：嗚呼，若君者，殆所謂愛國根於天性之人，非耶？

　　當去歲秋，湖南事敗，君與劣等先後走日本，憂憤益大過量，時時相與過從，談天下事，未嘗不哽咽垂涕泣而道也。今歲春，東報興瓜分謠，君愈憤，欲北上，冀以死要滿廷救亡，殆固知無裨益，而思以一身嘗試，絕世人扶滿之望也。既而友人沮之，不遂行。然其嘗言曰：「吾實不願久逗此人間世也。」蓋其抱死之目的以俟久矣。

　　居無何，留學界以日人定學則，議群起力爭。始劣浼君曰：「君能文，盍有所作以表意見乎？」君曰：「否。徒以空言驅人發難，吾豈為耶！」越數日，學界則大憤，均休校議事，君猶無動。迄月之十一日，其同居者則見君握管作文字，至夜分不輟。其十二日晨起食畢，自友某君貸金二元出門去，同居者意其以所作付剞劂也，聽焉。入夜未歸，始懷疑。良久，有留學生會館閣者踵門語曰：「使署來電話稱，大森警吏發電至署，告有一支那男子死於海，陳其姓，名天華，居神田東新社者」云。嗚呼，於是知君乃死矣，痛哉！天未明，劣偕友人某氏赴大森視之。大森町長乃語曰：「昨日六時，當地海岸東濱距離六十間處，發見一屍，即撈獲之。九時乃

檢查身畔，得銅貨數枚與書留（寄信保險證），餘無他物，今既已殞矣。」則率引我輩觀之。一櫬淒然，倭式也，君則在焉。復審視書留，為以君氏名自芝區御門前郵達中國留學生總會館幹事長者。當是時，君邑人已有往橫濱備棺衾，擬厝於華人墓地，乃倩二人送君屍於濱，勞與某等乃返。抵會館，索其郵物，獲之，則萬言之長函，即此《絕命書》也。一人宣讀之，聽者數千百人，皆泣下不能仰。夫以君之所志，使其所懷抱得畢展於世，無少殘留，則吾民族受其福祚，其所造於中國前途者，豈有涯耶！而乃竟如是已焉，吾人得毋有為之悼惜不置者乎！

雖然，吾觀君之言曰：「以救國為前提。」又曰：「欲我同胞時時勿忘此語，力除此四字，而做此四字之反面，恐同胞不見聽或忘之，故以身投東海，為諸君之紀念。」又曰：「中國去亡之期，極少須有十年，與其死於十年之後，曷若死於今日，使諸君有所警動。」蓋君之意，自以為留此身以有所俟，孰與死之影響強，吾寧取夫死覺吾同胞，使共登於救國之一途，則其所成就較以吾一身之所為孰多耶？噫！此則君之所以死欲？君之心則苦矣。

吾人讀君之書，想見君之為人，不徒悼惜夫君之死，唯勉有以副乎君死時之所言焉，斯君為不死也已。乙巳十一月晦，勞齋謹泣跋。

（選自《陳天華集》，長沙：湖南人民出版社，1982 年）

自殺

瞿秋白

青年呵！你要自殺麼？你如其沒有覺着「自殺」的必要，你決不會自殺；要是你已經覺着「自殺」的必要，你為什麼還不自殺？自殺！自殺！趕快自殺！你真正有自殺的決心，你要真正做到自己殺自己的地步，不要叫社會殺你，不要叫你殺了社會，不要叫社會自殺。你不能不自殺，你應該自殺，你應該天天自殺，時時刻刻自殺。你要在舊宗教，舊制度，舊思想的舊社會裏殺出一條血路，在這暮氣沉沉的舊世界裏放出萬丈光焰，你這一念「自殺」，只是一線曙光，還待你漸漸的、好好的去發揚他。你既願意犧牲一切，殺身絕命；你應該更願意時時刻刻去犧牲，時時刻刻去自殺。你隨時隨地的困難給你苦痛受，你因此覺得不得不自殺；從今以後，你就要隨時隨地感受着自殺的樂趣——仍舊是隨時隨地困難的苦痛。這要有何等的決心，何等的勇敢，又有了何等的快樂！自由神就是自殺神！

(選自北京《新社會》旬刊第五號，1919 年 12 月 11 日)

林德揚君為什麼要自殺呢？

瞿秋白

唉！林德揚君！你為什麼要自殺呢？

五四運動是中國國民性估價的時候，平時看不出的品性一時都暴露出來了。在這時期，許多青年竭力往前奮鬥，就發見了社會上種種惡現象，受了幾次幾番的挫折，真有人要自殺，也真有人徹底覺悟。要自殺的是不能覺悟，覺悟的要不要自殺？既然覺悟了為什麼又要自殺？不覺悟的當然不會自殺。我們既然覺悟了，就應當預備着受種種痛苦，經種種困難。若是沒有痛苦，沒有困難，就可以達到我們改造運動的目的，那是社會本來沒有缺陷，用不着改造，我們從前所做的本來沒有謬誤，也用不着覺悟。我們既然預備着受種種痛苦，經種種困難，又為什麼要自殺呢？

大凡一個舊社會用他的無上威權——宗教、制度、習慣、風俗……造成了精神上身體上的牢獄，把一切都錮閉住了，當時的人絕不覺着不自由的痛苦，倒也忘其所以，悠悠自在。一旦這個牢獄破壞了，牢獄的牆上開了一個洞，在裏面的人可以看得見外面，他心裏就起了一種羨慕的心，頓時覺着自己處的地位沒有一處是適意的、合理的。可是他又不能出去，心是在外面，身體是在裏面，那真一刻多不能容忍，簡直是手足無所措了，沒有辦法，只有撞殺在牢獄裏。不然呢？就站在洞口，望着外面，心上起許多幻想，自己安慰自己。所以社會的舊信條剛動搖的時候，一定發生兩種思想：

急激的嫉俗思想，虛幻的改革思想。這兩種思想之中，我們寧可取前一種，因為急激的嫉俗思想者，必定有一種熱烈的感情，抱着一種極大的希望，他的動機，本來是很好的，不過他覺悟的結果，只是自殺，自殺就只表示他的熱烈的感情。我們不取後一種，虛幻的改革思想，只是因受戟刺而起的心理變態。所以我想，蔣夢麟先生所說的話固然很是，青年自殺，也足以表現中國人心氣薄弱，然而這種動機，是萬萬不可少的。

再進一層，我們覺悟了，知道這萬惡的社會造成了無量數的罪惡，我們痛恨他。我們能不能容忍？當然是不能容忍，自殺的動機不過是知道痛恨而不能容忍，因為不能容忍，就想離去這個社會。我們還是以一死而離去這個社會呢？還是另造一個新社會去代替現在的萬惡社會呢？一死了事不過自殺。如其要想另造一個新社會又造不成，那麼我們始終不能離去這個社會，我們應不應當自殺呢？照羅志希君説：「我們這班青年，第一應當奮鬥……若是奮鬥得精盡力竭……而於此世仍無一絲一毫的補助，然後自殺……」似乎是應該自殺的了。我且舉一例，像俄國革命思想的先覺 Radishtshev，他反對專制，被捕入獄，審判官定他死罪，俄皇茄得陵減死罪改為西伯利亞十年的徒刑，到亞力山大一世又召他編訂法律，他的奮鬥生涯也可算很長，他竟覺着一點成效沒有，就自殺了。可是他死了不到三十年，一八二五年的十二月黨就起來了，他以前的奮鬥並非一無成效，他最後的自殺可是枉然。他覺悟得很早，奮鬥也很竭力，為什麼他最後一定要自殺呢？就是因為他預想將來的目的太遠，而希望成功的心又太切，所以他雖然一步一步的奮鬥，他只覺着着着失敗，刻刻苦痛，久後自然而然就再忍不住了，只有自殺。這就是他沒有覺着困難中的樂趣。困難越多樂趣也

越多，我們預備着受痛苦，歷困難，痛苦就是快樂，快樂就在困難中；我們不預備受痛苦，歷困難，痛苦也就越大，困難也就越多。所以預備以自殺為奮鬥的結局的始終是以奮鬥為苦，於改造事業上無形中有影響的。即使我們預備着自殺去奮鬥，就是不把這自殺的動機當做覺悟的一步，把他當作最後的手段，也可以不必的。我們既然和萬惡的社會宣戰，我們所做的那一件事不是犯眾怒的，那一事件不是「世人皆欲殺」的，雖然不是自殺，卻是「自殺之道」，等到奮鬥了多少年，奮鬥得精疲力盡的時候——況且奮鬥未必會有精疲力盡的時候——還沒有人把我們殺掉，我們何必又多此一舉呢？

　　自殺的人所以要自殺的原因不過兩種：（一） 純粹主觀方面的，譬如人貧困到實在不能生活的時候而自殺，或是因為受了社會上舊信條的支配，是非曲直替人家辦不明白而自殺；（二） 純粹客觀方面的，譬如悲天憫人的人，他看着社會是不可救藥的了，因此自殺。其餘的原因或者是宗教上的特別情形，且作例外。第一種大概是匹夫匹婦溝瀆自經的人，現在可以不論。第二種人他看着社會是不可救藥的了，其實呢，他當初曾也抱着一種希望，他明明看着社會的確有可以改良的方法，有可以改良的理由，他大聲疾呼去喚醒社會的人，他自己去實行，終看不出有什麼效果，他才灰心，才厭世，才自殺，他雖沒有預備着自殺去奮鬥，然而他不知道奮鬥的效果，無形中已經有了，他只抱着他的希望，不合他的理想的多不好，他就永遠不能滿意，他竟自殺了。他本來是愛人類愛社會而奮鬥的，結果倒是輕蔑人類輕蔑社會而把他們拋棄了。

　　《圓覺經》上說：欲因愛生，命因欲有。Bergson 說：生命的進化，不外意識的激潮……。生命的巨流本來是「瀑流恆轉」，意

識和物質的激戰息息不已，所以有進化。這生命的持續 Durée 實在沒有一刻息的，沒有一刻不進化，沒有一刻沒有破壞，也沒有一刻沒有成功。我們人生的生命，也是這持續中間的一份。我們的意識應當向上發展，也沒有一刻不向上發展，竭力往「愛」的一方面去，萬萬不可以墮落到昏睡一方面去。像預備着自殺去奮鬥的辦法，實在是「生其嗔心」，像想抱一個固定的理想去解決社會上的具體問題，實在是不知道社會，沒有觀察明瞭社會的實質。社會所以有病，就是因為他的宗教、習慣等等，把他漸漸弄成固定的形態。我們要在這固定的社會裏，警醒他的昏睡狀態，我們應當用熱烈的感情自己先警醒自己，或者應當有自殺的動機來自己覺悟自己。

我們覺悟之後就去奮鬥，先要深信社會的確可以改良，一步一步的做去，如其沒有顯然的成效，只是藥不對症，沒有不治之病。我們要抱着樂觀去奮鬥，我們往前一步，就是進步，不要存着憤嫉的心，固執的空想，要細心去觀察社會的病源。我們於熱烈的感情以外，還要有沉靜的研究，於痛苦困難之中，還要領會他的樂趣。自殺的動機，只是覺悟的第一步，並非就是覺悟，以後的樂趣還多得很。林德揚君又何必自殺呢？

羅君志希的三個補救方法，我非常贊成。如其有這樣的生活，如其知道要有這樣的生活，自殺就不成問題了。

（選自《瞿秋白文集》，北京：人民出版社，1987 年）

對於梁巨川先生自殺之感想

陳獨秀

　　梁巨川先生自殺前一個月，留下《敬告世人書》一篇，說明他自殺的宗旨，現在把這書中最緊要的幾處錄在下方：

　　　　吾今竭誠致敬以告世人曰：梁濟之死，系殉清朝而死也。

　　　　吾因身值清朝之末，故云殉清。其實非以清朝為本位，而以幼年所學為本位。吾國數千年，先聖之詩禮綱常，吾家先祖先父先母之遺傳與教訓，幼年所聞，以對於世道有責任為主義。此主義深印於吾腦中，即以此主義為本位，故不容不殉。

　　　　今人為新說所震，喪失自己權威。自光、宣之末，新說謂敬君戀主為奴性，一般吃俸祿者靡然從之，忘其自己生平主意。苟平心以思，人各有尊信持循之學說。彼新說持自治無須君治之理，推翻專制，屏斥奴性，自是一說。我舊說以忠孝節義範束全國之人心，一切法度紀綱，經數千年聖哲所創垂，豈竟毫無可貴？

　　　　今吾國人憧憧往來，虛詐恫恍，除希望僥幸便宜外，無所用心；欲求對於職事以靜心真理行之者，渺不可得。此不獨為道德之害，即萬事可決其無效也。夫所謂萬事者，即官吏軍兵士農工商，凡百皆是。必萬事各各有效，而後國勢堅固不搖。此理最顯，我願世界人各各尊重其當行之事。我為清朝遺臣，故效忠於清，以表示有聯鎖鞏固之情；亦猶民國之人，對於民國職事，各各有聯鎖鞏固之情。此以國性救國勢之說也。

梁先生自殺的宗旨，簡單說一句，就是想用對清殉節的精神，來提倡中國的綱常名教，救濟社會的墮落。他這見解和方法，陶孟和先生已有評論；況且他老先生已死，我們也不必過於辯論是非了。我現在要說的，就是在梁先生見解和方法以外的幾種感想：

第一感想，就是梁先生自殺，總算是為救濟社會而犧牲自己的生命，在舊曆史上真是有數人物。新時代的人物，雖不必學他的自殺方法，也必須有他這樣真誠純潔的精神，才能夠救濟社會上種種黑暗墮落。

第二感想，就是梁先生主張一致，不像那班圓通派，心裏相信綱常禮教，口裏卻贊成共和；身任民主國的職務，卻開口一個綱常，閉口一個禮教，這種人比起梁先生來，在邏輯上犯了矛盾律，在道德上要發生人格問題。

第三感想，就是梁先生自殺，無論是殉清不是，總算以身殉了他的主義。比那把道德禮教綱紀倫常掛在口上的舊官僚，比那把共和民權自治護法寫在臉上的新官僚，到底真偽不同。

第四感想，就算梁先生是單純殉了清朝，我們雖然不贊成；然而他的幾根老骨頭，比那班滿嘴道德暮楚朝秦馮道式的元老，要重得幾千萬倍。

第五感想，就是梁先生《敬告世人書》中，預料一般人對他死後的評論，把鄙人放在大罵之列。不知道梁先生的眼中，主張革新的人，是一種什麼淺薄小兒！實在是遺憾千萬！

（選自《陳獨秀著作選》1 卷，上海：上海人民出版社，1984 年）

青年厭世自殺問題

李大釗

自林德揚君自殺，一時論壇對此問題頗有所討論。因此，我也把我近來對於青年自殺的意見寫出來和大家商榷。

我於討論這個問題以前，有幾個要點要預先聲明。

第一，自殺的情形因各個事件而有不同，我們不能夠泛就自殺而下籠統的判斷。我們應該分別自殺的種類，個別的論斷他的是非。

第二，自殺流行的社會，一定是一種苦惱煩悶的社會。自殺現象背後藏着的背景，一定有社會的缺陷存在。

第三，我們應該承認一個人於不直接妨害社會，迷惑他人的範圍內，有自己處決他自己的生命的自由權。

第四，我們只能批評自殺者的人生觀，説他是或非，指導一般生存的青年向人生進路的趨向，不能責備自殺者的個人，説他道德不道德，罪惡不罪惡；唯因自殺直接予人以迷惑，予社會以妨害的，又當別論。

把這四點認定，才可論青年厭世自殺問題。

本來自殺是人類生活特有的現象，人類以外的動物，不發生自殺的現象，因為自殺是智慧的結果。野蠻人多有不了解自殺是怎樣一回事，牙崗人和安德曼島的土人，看見白人有在他們部落內自殺的，他們一定想是被別人殺的，嘲着要大索犯人。你若向中部澳

洲的土人説自殺的事，他一定説你是説笑話，萬不相信。可是這也有例外，那康甲卡人和赫士人又有胡亂自殺的傾向：媳婦因為婆母不吃他做的飯，也自殺；老年人因為身子衰怠，也自殺；小姑娘臉上一發赤就得嚴加監視，直到伊全然忘記了伊害羞的事而後已。加冷人晚間飲酒的時候，夫妻有三言兩語的不合，明朝夫或妻必有一人在樹枝上自縊。這或者是因為這些人種生理上、心理上，或他們所住的地方地理上、氣候上有特別的原因。大體看來，智慧多的人容易自殺，自殺的現象多盛行於教育階級、智識階級中。那有關於自殺的名著的意大利人摩塞里，曾於意國發見自殺最多者為從事科學文學的人，百萬人中有六百十四人，其次就是從事國防的四百零四人，從事教育的三百五十五人，從事行政的三百二十四人，商人二百七十七人，司法官二百十八人，醫師二百零一人，從事工業的八十人，從事原料製造的二十五人。法國亦然，奴婢八十三人，商人及運送業者九十八人，原料製造者百十一人，工業家百五十九人，從事所謂自由職業的五百十人。其餘統計家所得的結果，雖也有與此不同的，但自殺在生活狀態簡單者最少，與生活狀態複雜的程度遞加，幾乎是一個普通的原則。

文明進步的結果，生活狀態愈趨於複雜。人類的生活，去原始的自然生活、勞動生活日遠，而偏於耗用腦智精神，因而過勞；又因生活上的慾望增高，內容擴大，往往招來失望和災難；所以自殺的激增是十九世紀內各國普遍的現象。我們可以説自殺是十九世紀的時代病，我們可以説十九世紀是「自殺時代」！

意大利人摩塞里著有《自殺論》。他説：十九世紀間，歐洲各國的泰半，不但自殺的數都是增加，而且增加的比例略同。法國由千八百二十六年至千八百七十五年五十年間，一年自殺的平均數，

由人口百萬中五十四人升到百五十四人。普國由千八百十六年至千八百七十七年，由七十人二分升到百七十三人五分。日爾曼和奧大利增加更甚。唯有英國和挪威不見增加：英國每百萬人中平均在六十五人左右，挪威由八十人降到七十人，這是一個例外。

日本近年自殺者的增加，尤為可驚。據他們警視廳的調查，就在他所管的地方，東京市十五區與六郡八島的自殺者，明治四十三年一一一二人，四十四年一一五七人；大正元年一二六八人，二年一三一二人，三年一三八九人；——合計自殺既遂者和未遂者——全國合計起來，明治四十四年一萬零七百五十三人，大正元年一萬一千百二十八人。

中國全國的自殺統計，雖然未必精確，然亦可以看出增加的趨勢。各省的統計表，我還未蒐集完全，暫且不論。但據內務部的〈內務統計〉京師人口之部和京師警察廳的〈京師警務一覽圖表〉裏面所載北京內外城自殺的統計：前清光緒三十三年，男四十六，女三十四，合計八十人。光緒三十四年，男五十三，女三十七，合計九十人。宣統元年，男五十九，女三十四，合計九十三人。宣統二年，男三十九，女二十二，合計六十一人。宣統三年，男五十八，女三十二，合計九十人。民國元年，男五十，女三十六，合計八十六人。民國二年，男女合計八十三人。民國三年，五十四人。民國四年，男六十八，女四十二，合計一百一十人。民國五年，自殺已遂者，男五十五，女三十，合計八十五人；未遂者，男四十，女五十七，合計九十七人。民國六年，自殺已遂者，男九十三，女三十三，合計一百二十六人；未遂者，男四十六，女三十八，合計八十四人。亦足以證明自殺者增加的趨勢。

普通說，夏季是「自殺季節」，因為太陽的光線刺激人的神經，挑撥人的感情，足以擾亂人心的安定，使人的心理上精神上起一種變化。在這個時候，凡是生活上失意的人，絕望的人，或是對於人生問題懷疑的人，對於社會現狀苦悶的人，往往被誘到死路上去。近來生活困難的結果，年關也成了生活上的生死關頭，也成了一種「自殺季節」，不過這是由人事的關係發生的，不是由自然的影響發生的。這「自殺時代」誘引人逼迫人上自殺的途徑去，也和「自殺季節」的誘引與逼迫一樣。因為十九世紀末年的世界，已經充滿了頹廢的氣氛，物質文明漸漸走入死境，所以牽着人也到死路上去。各人生活上塞滿了煩悶，苦惱，疲倦，頹廢，失望，懷疑。青年的神經銳敏，很容易感受刺激，所以有許多的青年，作了「自殺時代」的犧牲。

　　自殺的原因不　，所以自殺者的類別也不同：有因犯了罪惡愧悔而自殺的，有因窮餓所迫而自殺的，有因失戀而自殺的，有因殉情而自殺的，有因家庭不和而自殺的，有因考試落第而自殺的，有因社會政治不良而自殺的，有因職務上不能如意執行而自殺的，有因神經失常而自殺的，有因避病苦而自殺的，有因哲學上對於人生起了煩悶懷疑而自殺的，有因堅持自己的主義信仰保全自己的人格名譽而自殺的，有因宗教上的迷信而自殺的，有因外界自然的誘引，或受他人的暗示（模仿）而偶然自殺的。這些樣的自殺，個別的原因雖然不同，而時代文明與社會制度的缺陷，實在是他們的根本原因，共同原因。社會制度若是沒有經濟上的不平，不會發生因窮餓而自殺的人。社會制度若是不迫人犯罪，不會發生因愧悔而自殺的人。若是婚姻制度沒有弊病，不會發生因失戀殉情而自殺的

人。若是家庭制度有解放個性的精神，不會發生因家庭不和而自殺的人。若是學校制度、教育制度沒有缺陷，不會發生考試落第、或因課業過勞患神經病而自殺的青年。若是政治制度明良，不會有因憤世，或因不能自由執行職務而自殺的人。就是病苦的人，也與日常生活的安與不安，很有關係。就是那些因哲學上對於人生起了懷疑與夫那些為主義、信仰、人格、名譽甘願犧牲而自殺的人，也多發生在黑暗社會裏，或黑暗勢力的下面。千八百五十年頃的俄羅斯專制的黑暗勢力，把人民的生活趣味，完全遮斷。社會一切現象，都呈出死氣。那裏的文學家，只有謳歌「死」、描寫「死」的莊嚴、「死」的美善。那時的青年，只有「死」、只有自殺是他們的天國。就有不自殺的，也沒有什麼生趣了，這就是一個顯例。至於模仿的自殺，也多發生於自殺流行的社會。為自然誘引的自殺，也多發生於懷有隱痛的人。看那日本的青年，自從叫藤村操的一位青年，因哲學上的懷疑投入華嚴瀧以後，投華嚴瀧自殺而死的年以數十計。警察設種種方法防阻自殺的人，終不奏效。這一個景致絕美的瀑，幾乎成了「死之瀑」，成了日本人的唯一死所。其他投入淺間山噴火口，或在富士山巔自殺的青年，尚在接踵而起。請問這些青年，全是模仿藤村操的麼？都是為湖光山色所誘引的麼？他們自殺的原因，模仿、誘引而外，果然沒有生活上的苦痛麼？我想往那裏去的人，去時雖然未必有自殺的決心，但是在那裏自殺的人，生活上未必沒有可以供他自殺的隱痛，不過加上一層模仿與誘引，更容易促他實行就是了。這樣看來，與其說自殺的行為是罪惡的行為，不如說自殺流行的社會，是罪惡的社會；與其責難自殺的人，不如補救促起自殺流行的社會的缺陷。志希君論林德揚君的自殺標題曰：〈是青年自殺？還是社會殺青年？〉蓋含有沉痛的意義！

各宗教對於自殺的是非觀，亦有不同的地方。回教以自殺為逆神的命令，比殺人的罪更重，故教中懸為厲禁。耶教十戒中，有禁殺一條，不但禁止殺人，並且禁止自殺。儒教有「身體髮膚，受之父母，不敢毀傷」；「匹夫匹婦，自經溝瀆」的話，大概也是反對自殺。佛教於一定的事情，許人自殺，但通常都以為自殺者，死後受慘苦，是前世的罪孽。唯波羅門教因有死後靈魂可以崇敵的信仰，故認因為復仇而自殺為勇敢行為。

　　哲學家對於自殺的意見，也不一樣。康德以自殺為輕蔑存於人中的人道。菲西的以欲保生命，欲生是吾人的義務。海格爾以人能左右自己的生命的權利為絕大的矛盾，所以自殺是一種罪惡。陶馬士・穆阿主張人若罹不治的病，很以為苦的，得牧師或長官的同意可以自殺。但牧師或長官須照自殺志願者的志願與病狀，務求合於他的希望。美國某州已採取此說，公認罹不治難醫的病的，可以自殺。柏拉圖說，不可非難因苦運命或難堪的恥辱而自殺的人。耶比丘拉士說待死與自殺孰宜，不可不加以考究。這是很有含蓄的話。

　　關於自殺的道德觀，又因國因民族而有差異，在東洋犧牲個性的消極的厭世的靜的文明，多可認自殺。有時認自殺為無上的道德。中國之旌表節烈，日本以切腹為武士道的要素，都是例證。在西洋保存個性的積極的樂天的動的文明，多否認自殺。以自殺者為犯了罪惡，認他是殺人罪的被害者，同時又是加害者。英國以前不許自殺者葬普通的墳墓。

　　中國自潘宗禮、楊篤生、陳星台相繼蹈海而後，各處青年厭世自裁的，漸漸有了。民國二三年頃，湘中少年有因外交失敗而自殺者，我當時適在日本，曾致書《甲寅》，與章行嚴先生討論過這

個問題。當時我以為少年不應自殺，應該留此身以為奮鬥之用。行嚴先生覆書頗有幾句沉痛的話，他說：「吾國之所大患，亦偷生苟容之習而已。自殺之風果昌，尚能矯起一二」；「匹夫溝瀆之言，乃先民半面的教訓，古今幾多馮道、吳廣之輩，依此以藏其身」；「無自殺之決心者，未必即能立效命之宏願。往者曾滌生敗於靖港，憤投湘江，吾家價人負之以起。負之以起，非滌生所及料也，爾後成功，即卜於此」；「今吾國之所患，不在厭世而在不厭世。有真厭世者，一方由極而反，可以入世收捨己救人之功，一方還其故我，與濁世生死辭，極廉頑立懦之致。」如今思之，他的話實含有至理。中國社會，到了今日黑暗算是達於極點。中國若有血氣、有理想、有精神的青年，對於這種黑暗的社會，沒有趣味的生活，當然不滿意、失望、悲觀。將來青年的理想，日高一日，這種不滿意、失望、悲觀，也必日多一日；青年厭世自殺的風，恐怕也日盛一日。我們對於這種自殺而死的不幸青年，當然要流幾點同情的熱淚，因為他們實在不是醉生夢死的青年。然而對於他們的自殺，終不能不抱一點遺憾，因為他們只知厭倦卑污的生活，不知創造高尚的生活，他們只知道向死裏逃避舊生活，不知道向死裏尋找新生活。我希望活潑潑的青年們，拿出自殺的決心，犧牲的精神，反抗這頹廢的時代文明，改造這缺陷的社會制度，創造一種有趣味有理想的生活。我們應該拿出那日本人情死的精神，與我們的新生活相抱合，任他是車輪，是白刃，是華嚴瀧的水，是噴火山的火，我們也要前進，與我們理想的新生活握手。我們斷斷不可只為厭世，為生苦而不怕死，應該為造世為求樂而不怕死。

由此說來，青年自殺的流行，是青年覺醒的第一步，是迷亂社會頹廢時代裏的曙光一閃。我們應該認定這一道曙光的影子，努力向前衝出這個關頭，再進一步，接近我們的新生命。諸君須知創造今日的新俄羅斯的，是由千八百五十年頃自殺的血泡中闖出去的青年。創造將來的新中國的，也必是由今日自殺的血泡裏闖出去的青年。我憫弔這厭世自殺的青年，我不能不希望那造世不怕死的青年！我不願青年為舊生活的逃避者，而願青年為舊生活的反抗者！不願青年為新生活的絕滅者，而願青年為新生活的創造者！

（選自《李大釗文集》，北京：人民出版社，1984 年）

論自殺

徐志摩

一、讀桂林梁巨川先生遺書

前七年也是這秋葉初焦的日子，在城北積水潭邊一家臨湖的小閣上伏處着一個六十老人；到深夜裏鄰家還望得見他獨自挑着熒熒的燈火，在那小樓上伏案疾書。

有一天破曉時他獨自開門出去，投入淨業湖的波心裏淹死了。那位自殺的老先生就是桂林梁巨川先生，他的遺書新近由他的哲嗣煥鼐與漱冥兩先生印成六卷共四冊，分送各公共閱覽機關與他們的親友。

遺書第一卷是「遺筆彙存」，就是巨川先生成仁前分致親友的絕筆，共有十七緘，原跡現存彭冀仲先生別墅樓中（我想一部分應歸京師圖書館或將來國立古物院保存），這裏有影印的十五緘；遺書第二卷是先生少時自勉的日記（感叩山房日記節鈔一卷）；第三卷侍疾日記是先生侍疾他的老太太時的筆錄；第四卷是辛亥年的奏疏與民國初年的公牘；第五卷「伏卵錄」是先生從學的札記；末第六卷「別竹辭花記」是先生決心就義前在纓子胡同手建的本宅裏回念身世的雜記二十餘則，有以「而今不可得矣」句作束的多條。

梁巨川先生的自殺在當時就震動社會的注意。就是昌言打破偶像主義與打破禮教束縛的新青年，也表示對死者相當的敬意，不

完全駁斥他的自殺行為。陳獨秀先生說他「總算是為救濟社會而犧牲自己的生命，在舊曆史上真是有數人物……言行一致的……身殉了他的主義，」陶孟和先生那篇「論自殺」是完全一個社會學者的看法；他的態度是嚴格批評的。陶先生分明是不贊成他自殺的；他說他「政治觀念不清，竟至誤送性命，毃怎樣的危險啊！」陶先生把性命看得很重。「自殺的結果是損失一個生命，並且使死者之親族陷於窮困……影響是及於社會的。」一個社會學家分明不能容許連累社會的自殺行為。「但是梁先生深信自殺可以喚起國民的愛國心」；「為喚醒國民的自殺」，陶先生那篇論文的結句說，「是藉着斷絕生命的手段做增加生命的事，豈能有效力嗎？」

「豈能有效力嗎？」巨川先生去世以來整整有七年了。我敢說我們都還記得曾經有這麼一回事。他為什麼要自殺？一般人的答話，我猜想，一定說他是盡忠清室，再沒有別的了。清室！什麼清室！今天故宮博物院展覽，你去了沒有？坤壽宮裏有溥儀太太的相片，長得真不錯，還有她的親筆英文，你都看了沒有！那老頭多傻！這二十世紀還來盡忠！白白的淹死了一條老命！

同時讓我們來聽聽巨川自表的話：——

> 我身值清朝之末，故云殉清；其實非以清朝為本位，而以幼年所學為本位。……幼年所聞以對於世道有責任為主義，此主義深印於吾腦中，即以此主義為本位故不容不殉。

> 殉清又何言非本位？曰義者天地間不可歇絕之物，所以保全自身之人格，培補社會之元氣，當引為自身當行之事，非因外勢之牽迫而為也……諸君試思今日世局因何故而敗壞至於此極。正由朝三暮四，反覆無常，既賣舊君，復賣良友，又賣主

帥，背棄平時之要約，假託愛國之美名，受金錢收買，受私人喉使，買刺客以壞長城，因個人而破大局，轉移無定，面目靦然。由此推行，勢將全國人不知信義為何物，無一毫擁護公理之心，則人既不成為人。國焉能成為國……此鄙人所以自不量力，明知大勢難救，而捐此區區，聊為國性一線之存也。

　　……辛亥之役無捐軀者為歷史缺憾，數年默審於心，今更得正確理由，曰不實行共和愛民之政（口言平民主義之官僚錦衣玉食威福自雄視人民皆為奴隸民德墮落民生麼窮南北分裂實在不成事體），辜負清廷禪讓之心。遂於戊午年十月初六夜或初七晨赴積水潭南岸大柳根一帶身死……

　　由這幾節裏，我們可以看出巨川先生的自殺，決不是單純的「盡忠」；即使是盡忠，也是盡忠於世道（他自己說）。換句話說，他老先生實在再也看不過革命以來實行的，也最流行的不要臉主義；他活着沒法子幫忙，所以決意犧牲自己的性命，給這時代一個警告，一個抗議。「所欲有甚於生者，」是他總結他的決心的一句話。

　　這裏面有消息，巨川先生的學力、智力，在他的遺著裏可以看出，決不是尋常的；他的思想也絕對不能說叫舊禮教的迷信束縛住了的。不，甚至他的政治觀念，雖則不怎樣精密，怎樣高深，卻不能說他（像陶先生說他）是「不清」，因而「誤送了命」。不；如其曾經有一個人分析他自己的情感與思路的究竟，得到不可避免自殺的結論，因而從容的死去，那個人就是梁巨川先生。他並不曾「誤送了」他的命。我們可以相信即使梁先生當時暫緩他的自殺，去進大學校的法科，理清他所有的政治觀念（我敢說梁先生就在老年，他的理智攝收力也決不比一個普通法科學生差）──結果積水

潭大柳根一帶還是他的葬身地。這因為他全體思想的背後還閃亮着一點不可錯誤的什麼——隨你叫他「天理」、「義」、信念、理想，或是康德的道德範疇——就是孟子說的「甚於生」的那一點，在無形中制定了他最後的慘死，這無形的一點什麼，決不是教科書知識所可淹沒，更不是尋常教育所能啟發的。前天我正在講起一民族的國民性，我說「到了非常的時候它的偉大的不滅的部分，就在少數或是甚至一二人的人格裏，要求最集中最不可錯誤的表現……因此在一個最無恥的時代裏往往挺生出一兩個最知恥的個人，例如宋末有文天祥，明末有黃梨洲一流人。在他們幾位先賢，不比當代看得見的一群遺老與新少，忠君愛國一類的觀念脫卸了膚淺字面的意義，卻取得了一種永久的象徵的意義，……他們是為他們的民族爭人格，爭『人之所以為人』……在他們性靈的不朽裏呼吸着民族更大的性靈。」我寫那一段的時候並不曾想起梁巨川先生的烈跡，卻不意今天在他的言行裏（我還是初次拜讀他的遺著）找到了一個完全的現成的例證。因此我覺得我們不能不尊敬梁巨川自殺的那件事實，正因為我們尊敬的不是他的單純自殺行為的本體，而是那事實所表現的一點子精神。「為喚醒國民的自殺，」陶孟和先生說，「是藉着斷絕生命的手段做增加生命的事；」粗看這話似乎很對，但是話裏有語病，就是陶先生籠統的拿生命一個字代表截然不同的兩件事：他那話裏的第一個生命是指個人軀殼的生存，那是遲早有止境的，他的第二個生命是指民族或社會全體靈性的或精神的生命，那是沒有寄居的軀殼同時卻是永生不滅的。至於實際上有效力沒有效力，那是另外一件事又當別論的。但在社會學家科學的立場看來，他竟許根本否認有精神生命這回事，他批評一切行為的標準只是它影響社會肉眼看得見暫時的效果；我們不能不羨慕他的人生觀的簡

單、舒服、便利，同時卻不敢隨聲附和。當年錢牧齋也曾立定主意殉國，他僱了一隻小船，滿載着他的親友，搖到河身寬闊處死去，但當他走上船頭先用手探入河水的時候他忽然發明「水原來是這樣冷的」的一個真理，他就趕快縮回了溫暖的船艙，原船搖了回去。他的常識多充足，他的頭腦多清明！還有吳梅村也曾在梁上掛好上吊的繩子，自己爬上了一張桌子正要把脖子套進繩圈去的時候，他的妻子家人跪在地下的哭聲居然把他生生的救了下來。那時候，吳老先生的念頭，我想竟許與陶先生那篇論文裏的一個見解完全吻合：「自殺的結果是損失一個生命，並且使死者的親屬陷於窮困之影響是及於社會的，」還是收拾起梁上的繩子好好伴太太吃飯去吧。這些社會學者的頭腦真的完全佔了實際的勝利，不曾誤送人命哩！固然像錢吳一流人本來就沒有高尚的品格與獨立的思想，他們的行為也只是陶先生所謂方式的，即使當時錢老先生沒有怪嫌水冷居然淹了進去，或是吳先生硬得過妻子們的哭聲，居然把他的脖子套進了繩圈去勒死了——他們的自殺也只當得自殺，只當得與殉夫殉貞節一例看，本身就沒有多大精神的價值，更說不上增加民族的精神的生命。但他們這要死又縮回來不死，可真成了笑話——不論它怎樣暗合現代社會學家合理的論斷。

順便我倒又想起一個近例。就比如蔡子民先生在彭允彝時代宣言，並且實行他的不合作主義，退出了混濁的北京，到今天還淹留在外國。當初有人批評他那是消極的行為。胡適之先生就在《努力》上發表了一篇極有精彩的文章——「蔡元培是消極嗎？」——說明蔡先生的態度正是在那時情況下可能的積極態度，涵有進取

的，抗議的精神，正是昏瞀時代的一聲警鐘。就實際看，蔡先生這走的確並不曾發生怎樣看得見的效力；現在的政治能比彭允彝時期清明多少是問題，現在的大學能比蔡先生在時乾淨多少是問題。不，蔡先生的不合作行為並不曾發生什麼社會的效果。但是因此我們就能斷定蔡先生的出走，就比如梁巨川先生的自殺，是錯誤嗎？不，至少我一個人不這麼想。我當時也在「努力」上說了話，我說「蔡元培所以是個南邊人說的『戇大』，愚不可及的一個書呆子，卑污苟且社會裏的一個最不合時宜的理想者。所以他的話是沒有人能懂的；他的行為只有極少數人——如真有——敢表同情的；他的主張，他的理想，尤其是一盆飛旺的炭火，大家怕炙手，如何敢去抓呢？」「小人知進而不知退，」「不忍為同流合污之苟安，」「不合作，」「為保持人格起見，」「生平僅知是非公道，從不以人為單位」——這些話有多少人能懂，有多少人敢懂？這樣的 一個理想主義者非失敗不可，因為理想主義者總是失敗的。若然理想勝利，那就是卑污苟且的社會政治失敗——那是一個過於奢侈的希望了。

我先前這樣想，現在還是這樣想。歸根一句話，人的行為是不可以一概論的；有的，例如梁巨川先生的自殺，甚至蔡先生的不合作，是精神性的行為，它的起源與所能發生的效果，決不是我們常識所能測量，更不是什麼社會的或是科學的評價標準所能批判的。在我們一班信仰（你可以說迷信）精神生命的痴人，在我們還有寸土可守的日子 決不能讓功利主義的重量完全壓倒人的性靈的表現，更不能容忍某時代迷信（在中世是宗教，現代是科學）的黑影完全淹沒了宇宙間不變的價值。

二、再論梁巨川先生的自殺

志摩：

你未免太挖苦社會學的看法了。我的那篇沒有什麼價值的舊作是不是社會學的或科學的看法，且不必管，但是你若說社會學家科學的人生觀是「簡單」、「舒服」、「便利」，我卻不敢隨聲附和，我有點替社會科學抱不平。我現在還沒有工夫替社會科學做辯護人，我且先替我自己說幾句罷。

在我讀你的在今日（十月十二日）晨報副刊的大作之先，我也正讀了梁漱冥先生送給我的那部遺書。我這次讀了巨川先生的年譜，辛壬類稿的跋語，伏卵錄、別竹辭花記幾種以後，我對於巨川先生堅強不拔的品格，謹慎廉潔的操行，忠於戚友的熱誠，益加佩服。在現在一切事物都商業化的時代裏，竟有巨川先生這樣的人，實在是稀有的現象。我雖然十分的敬重巨川先生，我雖然希望自己還有旁人都能像巨川先生那樣的律己，對於父母、家庭、朋友、國家或主義那樣的忠誠，但是我總覺得自殺不應該是他老先生所採的辦法。

志摩，你將來對於自殺或者還有什麼深微奧妙的見解，像我這樣淺見的人，總以為自殺並不是挽救世道人心的手段。我所不贊成的是消極的自殺，不是死。假使一個人為了一個信仰，被世人殺死，那是一個奮鬥的殉道者的光榮的死。這是我所欽佩的。假使一個人因為自己的信仰，不為世人所信從，竟自己將自己的生命斷送，這是一種消極的行為，是失敗後的憤激的手段，雖然自殺者自己常聲明說這個死是為的要喚醒同

胞。假使一個醫生因為設法支配微生物，反為微生物侵入身體內部而死，這是科學家犧牲的精神，這是最可景仰的行為。假使一個軍官因為他的軍人都不聽從他的命令，他想要用他的自己的死感化他們，叫他們聽從，這未免有點方法錯誤。我覺得巨川先生的死是這一類。

為喚醒一個人，一個與自己極有關係的人，用「屍諫」或者可以一時的有效。至於挽回世道人心總不是屍諫所能奏功的。

世界上曾有一個大教主是用死完成他的大功業的，他就是耶穌。但是耶穌並不是自殺。他的在十字架上的死，是證明他的衛道的忠心，而他的徒弟們採用唯理的解釋法說他是為人類贖罪孽。

一般的說來，物理的生命是心理的生命的一個主要條件。沒有身體那裏還有理想呢？誠然的，在世界上也常有身體消滅反能使理想生存的時候。蘇格拉底飲鴆而哲學的思想大昌。文天祥遇害而忠氣亘古今。但是所謂「殺身成仁」只限於殺身是奮鬥的必不可免的結果的時候。殺身有種種的情形，有種種的方法，絕不是凡是殺身都是成仁的，更不是成仁必須殺身的。

但是，志摩：你千萬不要以為這個見解就是愛惜生命，而不愛惜主義或理想。愛惜生命正是因為愛惜一種主義。志摩：假使你有一個理想是你認為在你的生命的價值以上無數倍的，你怎樣想得到那個理想？你用自殺的方法去得到那個理想呢？你還是活着用種種的方法去得到那個理想呢？假使你——或隨便一個男子戀愛了一個女子，好像丹梯的愛毗亞特里斯，或哥德小說中少年維特的愛夏羅特（我舉這個例，但是不要忘記維特的苦惱不過是一本小說，並且他的戀愛又有複雜的情形），

這個男子用自殺的方法贏取那女子的愛呢，還是用種種戀愛的行為與表示去贏取那女子的愛呢？這個男子在有的時候或者以為即使他自己失去了生命，果然那女子能對於他有愛意，他也情願，他也就達到了他的理想，但是像我這樣的俗人，你或者稱為一個功利主義者，總覺得這不過是失望者的自己安慰自己，與戀愛的本意不同。

我也並不是根本的反對自殺，我承認各人有自殺的自由，但是如以改良社會，挽回世道人心或忠於一種主義、信仰，或精神的生命為志願，便不應該自殺，因為自殺與這些種志願是相矛盾的。凡是志願必須活着的人努力才有達到的希望，如巨川先生一生高潔的救世的行為尚不能喚起多人的注意與摹仿，他老先生的一死會可以喚醒全世人嗎？即使他老先生的自殺一時的可以警醒了許多人，那也不過是一般人一時的感情的表現，人類本能的愛惜生命的感情的表現，又於世道人心有什麼關係呢？無論巨川先生的志願是救世，或是醒世，都必須積極努力，以本人為始，聯合無數人努力的做去。救世或醒世沒有捷徑的，只有持久不懈的努力。我欽佩巨川先生之餘還不得不說他老先生的自殺實是一個遺憾。這或者是因為我曾進過大學法科的緣故！

孟和十月十二日

陶孟和先生是我們朋輩中的一位隱士：他的家遠在北新橋的北面；要不是我前天無意中從塵封的書堆裏撿出他的舊文來與他挑釁，他的矜貴的墨瀋是不易滴落到宣武門外來的。我想我們都很樂

意有機會得讀陶先生的文章，他的思路的清澈與他文體的從容永遠是讀者們的一個有利益的愉快。這裏再用不着我的不識趣的蛇足。我也不須答辯；陶先生大部分的見解都是我最同意的。活着努力，活着奮鬥，陶先生這樣說，我也這樣說。我又不是乾傻子，誰來提倡死了再去奮鬥？ ——除非地下的世界與地上的世界同樣的不完全。不，陶先生不要誤會，我並不曾說自殺是「改良社會，挽回世道人心」的一個合理辦法。我只說梁巨川先生見到了一點，使他不得不自殺；並且在他，這消極的手段的確表現了他的積極的目的；至於實際社會的效果，不但陶先生看不見，就我同情他自殺的一個也是一樣的看不見。我的信仰，我也不怕陶先生與讀者們笑話，我自認永遠在虛無縹緲間。

志摩附言

（選自《徐志摩全集》3 卷，香港：商務印書館，1983 年）

死法

周作人

「人皆有死」，這句格言大約是確實的，因為我們沒有見過不死的人，雖然在書本上曾經講過有這些東西，或稱仙人，或是「屍忔盧耳不盧格」（Struldbrugg），這都沒有多大關係。不過我們既然沒有親眼見過，北京學府中靜坐道友又都剩下蒲團下山去了，不肯給予凡人以目擊飛升的機會，截至本稿上版時止本人遂不能不暫且承認上述的那句格言，以死為生活之最末後的一部分，猶之乎戀愛是中間的一部分——自然，這兩者有時並在一處的也有，不過這仍然不會打破那個原則，假如我們不相信死後還有戀愛生活。總之，死既是各人都有分的，那麼其法亦可得而談談了。

統計世間死法共有兩大類，一曰「壽終正寢」，二曰「死於非命」。壽終的裏面又可以分為三部。一是老熟，即俗云燈盡油乾，大抵都是「喜喪」，因為這種終法非八九十歲的老太爺老太太莫辦，而佢們此時必已四世同堂，一家裏擁上一兩百個大大小小男男女女，實在有點住不開了，所以佢的出缺自然是很歡送的。二是猝斃，某一部機關發生故障，突然停止進行，正如鐘錶之斷了發條，實在與磕破天靈蓋沒有多大差別，不過因為這是屬於內科的，便是在外面看不出痕跡，故而也列入正寢之部了。三是病故，說起來似乎很是和善，實際多是那「秒生」（Bacteria）先生作的怪，用了種種凶惡的手段，謀害「蟻命」，快的一兩天還算是慈悲，有些簡直

是長期的拷打，與「東廠」不相上下，那真是厲害極了。總算起來，一二都倒還沒有什麼，但是長壽非可幸求，希望心臟麻痺又與求仙之難無異，大多數人的運命還只是輪到病故，揆諸吾人避苦求樂之意實屬大相徑庭，所以欲得好的死法，我們不得不離開了壽終而求諸死於非命了。

　　非命的好處便是在於他的突然，前一刻鐘明明是還活着的，後一刻鐘就直挺地死掉了，即使有苦痛（我是不大相信）也只有這一刻，這是他的獨門的好處。不過這也不能一概而論。十字架據說是羅馬處置奴隸的刑具，把他釘在架子上，讓他活活地餓死或倦死，約莫可以支撐過幾天；茶毗是中世紀衛道的人對付異端的，不但當時烤得難過，隨後還剩下些零星末屑，都覺得不很好。車邊斤原是很爽利，是外國貴族的特權，也是中國好漢所歡迎的，但是孤零零的頭像是一個西瓜，或是「柚了」，如一位友人在長沙所見，似乎不大雅觀，因為一個人的身體太走了樣了。吞金喝鹽鹵呢，都不免有點婦女子氣，吃鴉片煙又太有損名譽了，被人叫做煙鬼，即使生前並不曾「與芙蓉城主結不解緣」。懷沙自沉，前有屈大夫，後有……倒是頗有英氣的，只恐怕泡得太久，卻又不為魚鱉所親，像治咳嗽的「胖大海」似的，殊少風趣。吊死據說是很舒服（注意：這只是據說，真假如何我不能保證），有島武郎與波多野秋子便是這樣死的，有一個日本文人曾經半當真半取笑地主張，大家要自盡應當都用這個方法。可是據我看來也有很大的毛病。什麼書上說有縊鬼降乩題詩云：

　　　　目如魚眼四時開，
　　　　身若懸旌終日掛。

（記不清了，待考；彷彿是這兩句，實在太不高明，恐防是不第秀才做的。）又聽說英國古時盜賊處刑，便讓他掛在架上，有時風吹着骨節珊珊作響（這些話自然也未可盡信，因為盜賊不會都是鎖子骨，然而「聽説」如此，我也不好一定硬反對），雖然有點唐珊尼爵士（Lord Dunsany）小説的風味，總似乎過於怪異——過火一點。想來想去都不大好，於是乎最後想到槍斃。槍斃，這在現代文明裏總可以算是最理想的死法了。他實在同丈八蛇矛嚓喇一下子是一樣，不過更文明了，便是説更便利了，不必是張翼德也會使用，而且使用得那樣地廣和多！在身體上鑽一個窟窿，把裏面的機關攪壞一點，流出些蒲公英的白汁似的紅水，這件事就完了：你看多麼簡單。簡單就是安樂，這比什麼病都好得多了。三月十八日中法大學生胡錫爵君在執政府被害，學校裏開追悼會的時候，我送去一幅對聯，文曰：

什麼世界，還講愛國？
如此死法，抵得成仙！

這末一聯實在是我衷心的頌辭。倘若説美中不足，便是彈子太大，掀去了一塊皮肉，稍為觸目，如能發明一種打鳥用的鐵砂似的東西，穿過去好像是一支粗銅絲的痕，那就更美滿了。我想這種發明大約不會很難很費時日，到得成功的時候，喝酸牛奶的梅契尼柯夫（Metchnikoff）醫生所説的人的「死慾」一定也已發達，那麼那時真可以説是「合之則雙美」了。

我寫這篇文章或者有點受了正岡子規的俳文《死後》的暗示，但這裏邊的話和意思都是我自己的。又上文所說有些是玩話，有些不是，合並聲明。

一九二六年五月

案，所說俳文《死後》已由張鳳舉先生譯出，登在沉鐘第六期上。一九二七年八月編校時再記。

（選自《談虎集》，長沙：岳麓書社，1989 年）

關於活埋

周作人

　　從前有一個時候偶然翻閱外國文人的傳記，常看見說起他特別有一種恐怖，便是怕被活埋。中國的事情不大清楚，即使不成為心理的威脅，大抵也未必喜歡，雖然那《識小錄》的著者自稱活埋庵道人徐樹丕，即在余澹心的《東山談苑》上有好些附識自署同學弟徐晟的父親，不過這只是遺民的一種表示，自然是另外一件事了。

　　小時候讀英文，讀過美國亞倫坡的短篇小說《西班牙酒桶》，誘人到洞窟裏去喝酒，把他鎖在石壁上，砌好了牆出來，覺得很有點可怕。但是這羅馬的幻想白晝會出現麼，豈不是還只往來於醉詩人的腦中而已？俄國陀思妥益夫思奇著有小說曰《死人之家》，英譯亦有曰「活埋」者，是記西伯利亞監獄生活的實錄，陀氏親身經歷過，是小說亦是事實，確實不會錯的了。然而這到底還只是個譬喻，與徐武子多少有點相同，終不能為活埋故實的典據。我們雖從文人講起頭，可是這裏不得不離開文學到別處找材料去了。

　　講到活埋，第一想到的當然是古代的殉葬。但說也慚愧，我們實在還不十分明白那葬是怎麼殉法的。聽說近年在殷墟發掘，找到殷人的墳墓，主人行蹤不可考，卻獲得十個殉葬的奴隸或俘虜的骨殖，這可以說是最古的物證了，據說——不幸得很——這十個卻都是身首異處的，那麼這還是先殺後埋，與一般想像不相合。古希臘人攻忒羅亞時在巴多克勒思墓上殺俘虜十人，又取幼公主波呂克

色那殺之，使從阿吉婁思於地下，辦法頗有點相象。武羅亞十年之役正在帝乙受辛時代，那麼與殷人東西相對，不無香火因緣，或當為西來說學者所樂聞乎。《詩經·秦風》有《黃鳥》一篇，《小序》云哀三良也，我們記起「臨其穴，惴惴其栗」，覺得彷彿有點意思了，似乎三良一個一個地將要牽進去，不，他們都是大丈夫，自然是從容地自己走下去吧。然而不然。孔穎達疏引服虔云，「殺人以葬，旋環其左右曰殉」。結果還是一樣，完全不能有用處。第二想到的是坑儒，從秦穆公一跳到了始皇，這期間已經隔了十七八代了。孔安國《尚書》序云：

「及秦始皇，滅先代典籍，焚書坑儒。」孔穎達疏依《史記·秦始皇本紀》說明云：

「三十五年始皇以方士盧生求仙藥不得，以為誹謗，諸生連相告引，四百六十餘人，皆坑之咸陽，是坑儒也。」但是如李卓吾在《雅笑》卷三所說，「人皆知秦坑儒，而不知何以坑之。」這的確是一大疑問。孔疏又引衛宏《古文奇字序》云：

「秦改古文以為篆隸，國人多誹謗。秦患天下不從而召諸生，至者皆拜為郎，凡七百人。又密令冬月種瓜於驪山坑穀之中溫處，瓜實，乃使人上書曰瓜冬有實。有詔天下博士諸生說之，人人各異，則皆使往視之，而為伏機，諸生方相論難，因發機從上填之以土，皆終命也。」這坑法寫得「活龍活現」，似乎確是活埋無疑了，但是理由說的那麼支離，所用種瓜伏機的手段又很拙笨，我們只當傳說看了覺得好玩，要信為事實就有點不大可能。《史記·項羽本紀》云：

「楚軍夜擊坑秦卒二十餘萬人新安城南。」計時即坑儒後六年。〈白起列傳〉記起臨死時語云：

「長平之戰，趙卒降者數十萬人，我詐而盡坑之。」據列傳中說凡四十萬人，武安君慮其反覆，「乃挾詐而盡坑殺之」。彷彿是坑與秦總很有關係似的，可是詳細還不能知道，掘了很大很大的坑，把二十萬以至四十萬人都推下去，再蓋上土，這也不大像吧。正如《鏡花緣》的林之洋常說的「坑死俺也」，我們對於這坑字似乎有點不好如字解釋，只得暫且擱起再說。

英國貝林戈耳特老牧師生於一八三四年，到今年整整一百零一歲了，但他實在已於一九二四年去世，壽九十。所著《民俗志》小書系民國初年出版，其第五章《論犧牲》中講到古時埋人於屋基下的事，是歐洲的實例。在一八九二年出版的《奇異的遺俗》中有《論基礎》一章專說此事，更為詳盡，今錄一二於後：

一八八五年呵耳思華西教區修理禮拜堂，西南角的牆拆下重造。在牆內，發見一副枯骨，夾在灰石中間。這一部分的牆有點壞了，稍為傾側。據發見這骨殖的泥水匠說，那裏並無一點墳墓的痕跡，卻顯見得那人是被活埋的，而且很急忙的。一塊石灰糊在那嘴上，好些磚石亂堆在那死體的周圍，好像是急速地倒下去，隨後慢慢地把牆壁砌好似的。

亨納堡舊城是一派強有力的伯爵家的住所，在城壁間有一處穿門，據傳說云造堡時有一匠人受了一筆款答應把他的小孩砌到牆壁裏去。給了小孩一塊餅吃，那父親站在梯子上監督砌牆。末後的那塊磚頭砌上之後，小孩在牆裏邊哭了起來，那人悔恨交並，失手掉下梯子來，摔斷了他的項頸。關於利本思坦

的城堡也有相似的傳說。一個母親同樣地賣了她的孩子。在那小東西的周圍牆漸漸地高起來的時候，小孩大呼道，媽媽，我還看見你！過了一會兒，又道，媽媽，我不大看得見你了！末了道，媽媽，我看你不見了！

日本民俗學者中山太郎翁今年六十矣，好學不倦，每年有著作出版，前年所刊行的《日本民俗學論考》共有論文十八篇，其第十七曰「埴輪的原始形態與民俗」，說到上古活埋半身以殉葬的風俗。埴輪即明器中之土偶，大抵為人或馬，不封入墓穴中，但植立於四周。土偶有像兩股者，有下體但作圓筒形者，中山翁則以為圓筒形乃是原始形態，即表示殉葬之狀，像兩股者則後起而昧其原意者也。這種考古與民俗的難問題我們外行無從加以判斷，但其所引古文獻很有意思，至少於我們現在很是有用。據《日本書紀·垂仁紀》云：

> 二十八年冬十月丙寅朔庚午，天皇母弟倭彥命薨。十一月丙申朔丁酉，葬倭彥命於身狹桃花鳥阪。於是集近習者，悉生立之於陵域。數日不死，晝夜泣吟。遂死而爛臭，犬鳥聚啖。天皇聞此泣吟聲，心有悲傷，詔群卿曰，夫以生時所愛使殉於亡者，是甚可傷也。斯雖古風而不良，何從為，其議止殉葬。

垂仁天皇二十八年正當基督降生前二年，即漢哀帝元壽元年也。至三十二年皇后崩，野見宿禰令人取土為人馬進之，天皇大喜，詔見宿禰曰，爾之嘉謀實洽朕心。遂以土物立於皇后墓前，號曰埴輪。此以土偶代生人的傳說本是普通，可注意的是那種特別的埋法。《孝德紀》載大化二年（六四六）的命令云：

人死亡時若自經以殉，或絞人以殉，及強以亡人之馬為殉
等舊俗，皆悉禁斷。

可見那時殉葬已是殺了再埋，在先卻並不然，據《類聚三代
格》中所收延曆十六年（七九七）四月太政官符云：

　　上古淳樸，葬禮無節，屬山陵有事，每以生人殉埋，鳥吟
魚爛，不忍見聞。

與《垂仁紀》所說正同，鳥吟魚爛也正是用漢文煉字法總括那
數日不死云云十七字。以上原本悉用一種特別的漢文，今略加修改
以便閱讀，但仍保留原來用字與句調，不全改譯為白話。至於埋半
身的理由，中山翁謂是古風之遺留，上古人死則野葬，露其頭面，
親族日往視之，至腐爛乃止，琉球津堅島尚有此俗，近始禁止，見
伊波普猷著文《南島古代之葬儀》中，伊波氏原系琉球人也。

醫學博士高田義一郎著有一篇《本國的死刑之變遷》，登在《國
家醫學雜誌》上，昭和三年（一九二八）出版《世相表裏之醫學的
研究》共文十八篇，上文亦在其內。第四節論德川幕府時代的死
刑，約自十七世紀初至十九世紀中間，內容分為五類，其四曰鋸拉
及坑殺。鋸拉者將犯人連囚籠埋土中，僅露出頭顱，傍置竹鋸，令
過路人各拉其頸。這使人想起《封神傳》的殷郊來。至於坑殺，那
與鋸拉相像，只把犯人身體埋在土中，自然不連囚籠，不用鋸拉，
任其自死。在《明良洪範》卷十九有一節云「記稻葉淡路守殘忍
事」，是很好的實例：

稻葉淡路守紀通為丹州福知山之城主，生來殘忍無道，惡行眾多。代官中有獲罪者，逮捕下獄，不詳加審問，遽將其妻兒及服內親族悉捕至，於院中掘穴，一一埋之，露出其首，上覆小木桶，朝夕啟視以消遣。餘人逐漸死去，唯代官苟延至七日未絕。淡路守每朝巡視，見其尚活，嘲弄之曰妻子親族皆死，一人獨存，真罪業深重哉。代官張目曰，餘命尚存，思報此恨，今妻子皆死亡，無可奈何矣。身為武士，處置亦應有方，如此相待，誠自昔所未聞之刑罰也。會當有以相報！忿恨嚼舌而死。自此淡路守遂迷亂發狂，終乃裝彈鳥槍中，自點火穿胸而死。

　　案稻葉紀通為德川幕府創業之功臣，位為諸侯，死於慶安元年，即西曆一六四八，清順治五年也。

　　外國的故事雖然說了好些，中國究竟怎樣呢？殉葬與鎮厭之外以活埋為刑罰，這有沒有前例？官刑大約是不曾有吧，雖然自袁氏軍政執法處以來往往有此風說，這自然不能找出證據，只有義威上將軍張宗昌在北京時活埋其汽車夫與教書先生於豐台的傳說至今膾炙人口，傳為美談。若盜賊群中本無一定規律，那就難說了，不過似乎也不盡然，如《水滸傳》中便未說起，明末張李流寇十分殘暴，以殺燒剝皮為樂，（這其實也與明初的永樂皇帝清初的大兵有同好而已，還不算怎麼特別，）而活埋似未列入。較載太平天國時事的有李圭著《思痛記》二卷，光緒六年（一八八〇）出版，卷下紀咸豐十年（一八六〇）七月間在金壇時事有云：

十九日汪典鐵來約陸疇楷殺人，陸欣然握刀，促余同行。至文廟前殿，東西兩偏室院內各有男婦大小六七十人避匿於此，已數日不食，面無人色。汪提刀趨右院，陸在左院。陸令余殺，余不應，以余已司文札不再逼而令余視其殺。刀落人死，頃刻畢數十命，地為之赤，有一二歲小兒，先置其母腹上腰截之，然後殺其母。復拉余至右院視汪殺，至則汪正在一一剖人腹焉。

光緒戊戌之冬我買得此書，民國十九年八月曾題卷首云：

中國民族似有嗜殺性，近三百年中張李洪楊以至義和拳諸事即其明徵，書冊所說錄百不及一二，至今讀之猶令人悚然。今日重翻此記，益深此感。嗚呼，後之視今亦猶今之視昔乎。

然而此記中亦不見有活埋的紀事焉。民國二十四年九月十九日《大公報》乃載唐山通信云：

玉田訊：本縣鴉鴻橋北大定府莊村西野地內於本月十二日發現男屍一具，倒埋土中，地面露出兩腳，經人起出，屍身上部已腐爛，由衣服體態辨出系定府莊村人王某，聞系因仇被人謀殺，該村鄉長副報官檢驗後，於十五日由屍親將屍抬回家中備棺掩埋。又同日城東吳各莊村北裏新地內亦發現倒埋無名男屍一具，嗣由鄉人起出，年約三十許，衣藍布褲褂，全身無傷，系生前活埋，於十三日報官檢驗，至今尚無人認領云。

這真是——

踏破鐵鞋無覓處　得來全不費工夫

想不到在現代中華民國河北省的治下找着了那樣難得的活埋的實例。上邊中外東西地亂找一陣，亂説一番，現在都可以不算，無論什麼希奇事在百年以前千里之外，也就罷了，若是本月在唐山出現的事，意義略有不同，如不是可怕也總覺得值得加以注意思索吧。

死只一個，而死法有好些，同一死法又有許多的方式。譬如窒息是一法，即設法將呼吸止住了，凡縊死，扼死，煙煤等氣薰死，土囊壓死，燒酒毛頭紙糊臉，武大郎那樣的棉被包裹上面坐人，印度黑洞的悶死，淹死，以及活埋而死，都屬於這一類。本來死總不是好事，而大家對於活埋卻更有凶慘之感，這是為什麼呢？本來死無不是由活以至不活，活的投入水中與活的埋入土內論理原是一樣，都因在缺乏空氣的地方而窒息，以云苦樂殆未易分，然而人終覺得活埋更為凶慘，此本只是感情作用，卻亦正是人情之自然也。又活埋由於以上墓口鼻而死，順埋倒埋並無分別，但人又特別覺得倒埋更為凶慘者，亦同樣地出於人情也。世界大同無論來否，戰爭刑罰一時似未必能廢，鬥毆謀殺之事亦殆難免，但野蠻的事縱或仍有，而野蠻之意或可減少。船火兒待客只預備餛飩與板刀面，殆可謂古者盜亦有道歟。人情惡活埋尤其是倒埋而中國有人喜為之，此蓋不得謂中國民族的好事情也。

（選自《苦竹雜記》，長沙：岳麓書社，1987 年）

說死以及自殺情死之類

郁達夫

　　死是全部的生物必須經過的最後的一重門，但我們人類——尤其是中國人——彷彿對死這一件事情，來得特別的怕，因而在新年裏，在喜慶場等地方，大家都不敢提到這一個字，以為不吉。其實我們人類是時時刻刻，日日年年，在那裏死下去的，今日之我，並非昨日之我，一刻前之我，當然不是現在的一刻之我了。死，怕它幹嗎？照英國裴孔（一五六一至一六二六）說來，人對死的恐怖，是因見了臨終的難過，朋友的悲啼，喪葬的行列，與夫死相的難看等而增加，正如小孩的恐懼黑暗，會因聽了大人的傳說而增加一樣。偉大善良，有作為的人，是不怕死的。裴孔在他那篇論死的文章裏，並且還引了許多賽乃喀、該撒、在諾的話在那裏，教人不要怕死，教人須做好人，做事業，熱心於令名的流傳。但我想寫這一篇論文的裴孔自身，當傷了風，睡在他朋友家裏的冷床之上，到了將死的時候，一定也在那裏後悔的，後悔着不該去做那一回冰肉的試驗，致受了寒。哲人中間，話雖說得很透闢，年紀雖也活得相當的高，但對於死的恐怖，仍舊是避免不脫，到後來仍要去迷信鬼神的，很多很多。尤其年老的人，怕死更加怕得厲害，這只須讀一讀高爾基做的《托爾斯泰的印象記》，就可以曉得這位八十幾歲的老先生對死是如何的恐怖了。

厭世哲學家愛杜華特・豐・哈爾脫曼，從科學的生物學的研究，而說到了人的不得不死。教人時時刻刻記住，生是偶然，而細胞的崩潰，與肉體的死去，卻是千真萬確，沒有例外的。在這教訓裏，當然是可以使智者見智，仁者見仁，並不是在說，人橫豎是要死的，還不是貓貓虎虎地過去一輩子就算了。反之，因感到了生也有涯，而知也無涯之故，加緊速力去用功做事業的人也不在少數，這原是死對人類的一種積極的貢獻。再退一步說，假使中國的各要人，都能想到最後是必有一個死在那裏等他的話，那從我們四萬萬窮苦同胞身上所絞榨去的一百三十萬萬的公債，及不知幾千萬萬的租稅等，都不會變成私人的戶頭，存到外國銀行裏去了。人是總有一死的，要昧盡天良，搜括這麼許多錢幹嗎？這豈不是死之一念，對人類的消極的貢獻？可惜中國人只在怕死，而沒有想到死的必不能避免。厭世哲學，從這一方面看來，我倒覺得在中國還有人來提倡的必要。從厭世哲學裏，必然要演繹出來的結論，是自殺。善哉，叔本華之言，「自殺何罪？」人之所以比上帝厲害的地方，就在上帝要想自殺，也死不成功（因為神是永生的），而人卻可以以他自己的意志，來解決自己的生命。既然入世是苦，生存是空的時候，那自殺也不過是空中之空罷了，罪於何有？吃白食的宣教師們說自殺是罪惡，全系空談，不通的立法者們，把自殺列入刑條，欲對自殺者加以重刑，尤其是滑稽得可笑。一個對死都沒有恐懼的人，對於刑律的威脅，還有一點什麼恐懼呢？

　　不過自殺既不是罪惡，而人生總不免一死的話，那直接了當，還不如大家去自殺去罷，倒可以免得許多麻煩。厭世哲學的真義，是不是在這裏？這我想不但哈爾脫曼沒有說過，就是厭世哲學的老

祖宗叔本華也不在那麼想的。否則像猴子似的這一位醜奴兒，何必要著他的《想像與觀念的世界》，何必要見英國詩人貝郎而吃醋，何必要和他娘去為爭財產而涉訟，何必要和一個同居的女裁縫師去打架呢？人之自殺，蓋出於不得已也，必定要精神上的苦痛，能勝過死的時候的肉體上的苦痛的時候，才幹得了的事情。若同吃茶喝酒一樣，自殺是那麼便利快樂的話，那受了重重壓迫的中國民眾，早就個個都去自殺了，誰還願意去完糧納稅，為幾個軍閥要人做牛馬呢？

快樂的自殺，有是一定有的，猜想起來，大約情死這一件事情，是比較其他的死來得快樂一點。「一聲河滿子，雙淚落君前」，還不算情死，綠珠、關盼盼、柳如是等，也算不得情死，至於黃慧如、馬振華等，更不是情死了。快樂的情死，由我看來，在想像中出現的，只能算《金瓶梅》裏的西門慶，這從肉體的方面着想，大約一定是同喝酒醉殺，跳舞跳殺是一樣的結果。其次在史實上出現，而死的時候，男女兩人又各感到精神上的快樂的，大約總要算德國的薄命詩人亨利・克拉衣斯脱（Heinrich von Kleist，一七七七至一八一一）和福艾兒夫人亨利愛戴（Frau Henriette Vogel）的情死了。當這快樂的耶穌聖誕節前，且向大家先告個罪兒，讓我來把這一齣悲壯的大戲劇的結末，詳細說一說，權當作這一篇短文的煞尾罷！

克拉衣斯脱不幸，生作了和會向拿破侖低頭，會對伐以瑪公喀兒・奧古斯脱獻媚而做大官的大詩人歌德並世的人。因而潦倒一生，弄得饘粥不全，聲名狼藉，倒還是小事，到了一八一一年的時候，他的憂傷鬱悶，竟使他對人類對世界的希望完全斷絕，成

了一個為憂鬱症所壓倒的病人。正在這前後，他因他朋友亞·彌勒（A. Mueller）的介紹，認識了福艾兒夫人亨利愛戴。她的憂傷鬱悶，多病多愁，卻正好和克拉衣斯脫並駕齊驅。兩人之間，就因互愛音樂的結果，而成了莫逆的摯交。有一天克拉衣斯脫聽了她的歌唱之後，覺得這高尚的頌讚歌詩，唱得分外的美麗，他就興奮着對她說：「多麼美麗嚇！這是最適合於自殺的時候的。」當時她還不說什麼，只默默地對他凝視了一回。後來她又問起他說：「前回的戲言，你記不記得起了？我若要求你將我殺死的時候，你能不食言否？」「我克拉衣斯脫是一諾千金的男子漢，哪會食言！」於是一八一一年十一月二十的午後，兩個人就快快活活的坐車出了柏林，到了去樸此達姆有三五里遠的萬歲湖濱（Wannsee）。在旅舍裏高高興興的過了一夜，第二日並且還打發人送信到了城裏。便在這翌日的午後，兩個人散步到了湖濱的窄處，拍拍的兩聲，他們的多愁多病的軀殼，就此解脫了。城裏的朋友們接到了他們兩人合寫的很快樂的報告最後消息的信後，急急趕來，他們倆的不幸的靈魂，早就飛到了天國裏去了。福艾兒夫人是向天躺着，一彈系從左胸部衣服解開之後穿入，從左肩後穿出的，兩隻纖手還好好地疊着攔在胸前。克拉衣斯脫是跪在亨利愛戴的面前，一彈系從嘴裏打進腦裏穿出的。兩人的紅白相間的面上，笑容都還在那裏蕩漾着哩！

九二二年十二月廿二日

（選目《郁達夫文集》8 卷，香港：三聯書店；廣州：花城出版社，1983 年）

論秦理齋夫人事

　　這幾年來，報章上常見有因經濟的壓迫，禮教的制裁而自殺的記事，但為了這些，便來開口或動筆的人是很少的。只有新近秦理齋夫人及其子女一家四口的自殺，卻起過不少的回聲，後來還出了一個懷着這一段新聞記事的自殺者，更可見其影響之大了。我想，這是因為人數多。單純的自殺，蓋已不足以招大家的青睞了。

　　一切回聲中，對於這自殺的主謀者——秦夫人，雖然也加以恕辭；但歸結卻無非是誅伐。因為——評論家説——社會雖然黑暗，但人生的第一責任是生存，倘自殺，便是失職，第二責任是受苦，倘自殺，便是偷安。進步的評論家則説人生是戰鬥，自殺者就是逃兵，雖死也不足以蔽其罪。這自然也説得下去的，然而未免太籠統。

　　人間有犯罪學者，一派説，由於環境；一派説，由於個人。現在盛行的是後一説，因為倘信前一派，則消滅罪犯，便得改造環境，事情就麻煩，可怕了。而秦夫人自殺的批判者，則是大抵屬於後一派。

　　誠然，既然自殺了，這就證明瞭她是一個弱者。但是，怎麼會弱的呢？要緊的是我們須看看她的尊翁的信札，為了要她回去，既聳之以兩家的名聲，又動之以亡人的乩語。我們還得看看她的令弟的輓聯：「妻殉夫，子殉母……」不是大有視為千古美談之意嗎？

以生長及陶冶在這樣的家庭中的人，又怎麼能不成為弱者？我們固然未始不可責以奮鬥，但黑暗的吞噬之力，往往勝於孤軍，況且自殺的批判者未必就是戰鬥的應援者，當他人奮鬥時，掙扎時，敗績時，也許倒是鴉雀無聲了。窮鄉僻壤或都會中，孤兒寡婦，貧女勞人之順命而死，或雖然抗命，而終於不得不死者何限，但曾經上誰的口，動誰的心呢？真是「自經於溝瀆而莫之知也」！

人固然應該生存，但為的是進化；也不妨受苦，但為的是解除將來的一切苦；更應該戰鬥，但為的是改革。責別人的自殺者，一面責人，一面正也應該向驅人於自殺之途的環境挑戰，進攻。倘使對於黑暗的主力，不置一辭，不發一矢，而但向「弱者」嘮叨不已，則縱使他如何義形於色，我也不能不說──我真也忍不住了──他其實乃是殺人者的幫凶而已。

（選自《魯迅全集》5 卷，北京：人民文學出版社，1981 年）

論「人言可畏」

魯迅

　　「人言可畏」是電影明星阮玲玉自殺之後，發見於她的遺書中的話。這哄動一時的事件，經過了一通空論，已經漸漸冷落了，只要《玲玉香消記》一停演，就如去年的艾霞自殺事件一樣，完全煙消火滅。她們的死，不過像在無邊的人海裏添了幾粒鹽，雖然使扯淡的嘴巴們覺得有些味道，但不久也還是淡，淡，淡。

　　這句話，開初是也曾惹起一點小風波的。有評論者，說是使她自殺之咎，可見也在日報記事對於她的訴訟事件的張揚；不久就有一位記者公開的反駁，以為現在的報紙的地位，輿論的威信，可憐極了，那裏還有絲毫主宰誰的運命的力量，況且那些記載，大抵採自經官的事實，絕非捏造的謠言，舊報具在，可以復按。所以阮玲玉的死，和新聞記者是毫無關係的。

　　這都可以算是真實話。然而——也不盡然。

　　現在的報章之不能像個報章，是真的；評論的不能逞心而談，失了威力，也是真的，明眼人決不會過分的責備新聞記者。但是，新聞的威力其實是並未全盤墜地的，它對甲無損，對乙卻會有傷；對強者它是弱者，但對更弱者它卻還是強者，所以有時雖然吞聲忍氣，有時仍可以耀武揚威。於是阮玲玉之流，就成了發揚餘威的好材料了，因為她頗有名，卻無力。小市民總愛聽人們的醜聞，尤其

是有些熟識的人的醜聞。上海的街頭巷尾的老虔婆，一知道近鄰的阿二嫂家有野男人出入，津津樂道，但如果對她講甘肅的誰在偷漢，新疆的誰在再嫁，她就不要聽了。阮玲玉正在現身銀幕，是一個大家認識的人，因此她更是給報章湊熱鬧的好材料，至少也可以增加一點銷場。讀者看了這些，有的想：「我雖然沒有阮玲玉那麼漂亮，卻比她正經」；有的想「我雖然不及阮玲玉的有本領，卻比她出身高」；連自殺了之後，也還可以給人想：「我雖然沒有阮玲玉的技藝，卻比她有勇氣，因為我沒有自殺」。化幾個銅元就發見了自己的優勝，那當然是很上算的。但靠演藝為生的人，一遇到公眾發生了上述的前兩種的感想，她就夠走到末路了。所以我們且不要高談什麼連自己也並不了然的社會組織或意志強弱的濫調，先來設身處地的想一想罷，那麼，大概就會知道阮玲玉的以為「人言可畏」，是真的，或人的以為她的自殺，和新聞記事有關，也是真的。

但新聞記者的辯解，以為記載大抵採自經官的事實，卻也是真的。上海的有些介乎大報和小報之間的報章，那社會新聞，幾乎大半是官司已經吃到公安局或工部局去了的案件。但有一點壞習氣，是偏要加上些描寫，對於女性，尤喜歡加上些描寫；這種案件，是不會有名公巨卿在內的，因此也更不妨加上些描寫。案中的男人的年紀和相貌，是大抵寫得老實的，一遇到女人，可就要發揮才藻了，不是「徐娘半老，風韻猶存」，就是「豆蔻年華，玲瓏可愛」。一個女孩兒跑掉了，自奔或被誘還不可知，才子就斷定道，「小姑獨宿，不慣無郎」，你怎麼知道？一個村婦再醮了兩回，原是窮鄉僻壤的常事，一到才子的筆下，就又賜以大字的題目道，「奇淫不減武則天」，這程度你又怎麼知道？這些輕薄句子，加之村姑，大

約是並無什麼影響的，她不識字，她的關係人也未必看報。但對於一個智識者，尤其是對於一個出到社會上了的女性，卻足夠使她受傷，更不必說故意張揚，特別渲染的文字了。然而中國的習慣，這些句子是搖筆即來，不假思索的，這時不但不會想到這也是玩弄着女性，並且也不會想到自己乃是人民的喉舌。但是，無論你怎麼描寫，在強者毫不要緊的，只消一封信，就會有正誤或道歉接着登出來，不過無拳無勇如阮玲玉，可就正做了吃苦的材料了，她被額外的畫上一臉花，沒法洗刷。叫她奮鬥嗎？她沒有機關報，怎麼奮鬥；有冤無頭，有怨無主，和誰奮鬥呢？我們又可以設身處地的想一想，那麼，大概就又知她的以為「人言可畏」，是真的，或人的以為她的自殺，和新聞記事有關，也是真的。

然而，先前已經說過，現在的報章的失了力量，卻也是真的，不過我以為還沒有到達如記者先生所自謙，竟至一錢不值，毫無責任的時候。因為它對於更弱者如阮玲玉一流人，也還有左右她命運的若干力量的，這也就是說，它還能為惡，自然也還能為善。「有聞必錄」或「並無能力」的話，都不是向上的負責的記者所該採用的口頭禪，因為在實際上，並不如此，──它是有選擇的，有作用的。

至於阮玲玉的自殺，我並不想為她辯護。我是不贊成自殺，自己也不豫備自殺的。但我的不豫備自殺，不是不屑，卻因為不能。凡有誰自殺了，現在是總要受一通強毅的評論家的呵斥，阮玲玉當然也不在例外。然而我想，自殺其實是不很容易，決沒有我們不豫備自殺的人們所渺視的那麼輕而易舉的。倘有誰以為容易麼，那麼，你倒試試看！

自然，能試的勇者恐怕也多得很，不過他不屑，因為他有對於社會的偉大的任務。那不消說，更加是好極了，但我希望大家都有一本筆記簿，寫下所盡的偉大的任務來，到得有了曾孫的時候，拿出來算一算，看看怎麼樣。

（選自《魯迅全集》6卷，北京：人民文學出版社，1981年）

略論暗暗的死
寫於深夜裏（二）

魯迅

這幾天才悟到，暗暗的死，在一個人是極其慘苦的事。

中國在革命以前，死囚臨刑，先在大街上通過，於是他或呼冤，或罵官，或自述英雄行為，或説不怕死。到壯美時，隨着觀看的人們，便喝一聲采，後來還傳述開去。在我年青的時候，常聽到這種事，我總以為這情形是野蠻的，這辦法是殘酷的。

新近在林語堂博士編輯的《宇宙風》裏，看到一篇銖堂先生的文章，卻是別一種見解。他認為這種對死囚喝采，是崇拜失敗的英雄，是扶弱，「理想是不能不算崇高。然而在人群的組織上實在要不得。抑強扶弱，便是永遠不願意有強。崇拜失敗英雄，便是不承認成功的英雄。」所以使「凡是古來成功的帝王，欲維持幾百年的威力，不定得殘害幾萬幾十萬無辜的人，方才能博得一時的懾服」。

殘害了幾萬幾十萬人，還只「能博得一時的懾服」，為「成功的帝王」設想，實在是大可悲哀的：沒有好法子。不過我並不想替他們劃策，我所由此悟到的，乃是給死囚在臨刑前可以當眾説話，倒是「成功的帝王」的恩惠，也是他自信還有力量的證據，所以他有膽放死囚開口，是他在臨死之前，得到一個自誇的陶醉，大家也明白他的收場。我先前只以為「殘酷」，還不是確切的判斷，其中

是含有一點恩惠的。我每當朋友或學生的死，倘不知時日，不知地點，不知死法，總比知道的更悲哀和不安；由此推想那一邊，在暗室中畢命於幾個屠夫的手裏，也一定比當眾而死的更寂寞。

然而「成功的帝王」是不秘密殺人的，他只秘密一件事：和他那些妻妾的調笑。到得就要失敗了，才又增加一件秘密：他的財產的數目和安放的處所；再下去，這才加到第三件：秘密的殺人。這時他也如銖堂先生一樣，覺得民眾自有好惡，不論成敗的可怕了。

所以第三種秘密法，是即使沒有策士的獻議，也總有一時要採用的，也許有些地方還已經採用。這時街道文明了，民眾安靜了，但我們試一推測死者的心，卻一定比明明白白而死的更加慘苦。我先前讀但丁的《神曲》，到《地獄》篇，就驚異於這作者設想的殘酷，但到現在，閱歷加多，才知道他還是仁厚的了：他還沒有想出一個現在已極平常的慘苦到誰也看不見的地獄來。

（選自《魯迅全集》6 卷，北京：人民文學出版社，1981 年）

處決

這是一個美麗的、爽快的北方的秋天。看見過北方秋天的景象的人，可以任意把它想得如何美好，說是有高高的藍藍的天，像一團花一團花的白雲，還有帶了哨子的鴿子，翩翩地，負了耀眼的陽光，適意地飛着，……

一陣軍號鬼叫一樣地響着了。

卻是在這樣的一個好天也有人要被處決了哩！

有多少個「勇敢」的兵士坐在汽車裏把槍口朝外警戒着，坐在那中間的，卻是一個比我們都年輕的孩子！

「就是他麼，就是他麼？」

有多少行路人是這樣問了自己，誰都不相信，問過了之後還是不相信，只是緊緊地跟着。慣於以歡悅的態度來欣賞殺人的那些人，也覺到一點黯然了。

他真是年輕，他不過二十歲多一點，很善良的樣子，他的臉色蒼白，但卻很鎮靜。

「為什麼他要被處決呢？」這個問題看起來是不好回答的，可是有那麼多愛殺人的人，就不得不有許多無辜被殺的人了。

載了他的那輛汽車是緩緩地緩緩地行着，多少人是隨了走着，平時慣於喝采叫好的，現在成為默默的了，他們只像送葬的、哀傷的行列。

陽光照在街上，他看着那漸漸移後的景物，他瞥了最後的留戀的一眼，於是就過去了。

車在路的盡頭停了，由兩個兵士把他攙扶下來，他搖着頭，擺開了兵士的手，自在地走着。他卻像一個英雄一樣地被處決，他的手和腳沒有一點拘束，他的眼睛也沒有蒙着布。他望着四周的觀眾笑着，好像在說：「朋友們，再見了。」觀眾中有的人已經在抹着眼睛。

本來是喧嚷的一群，現在已經成為啞然靜默的了。

他向前走着，一步，兩步，⋯⋯

「站住！ ⋯⋯」

突然一個聲音在他的耳邊像雷一樣地響了起來，「拍」的一聲，一顆子彈穿了他的胸部。他的手突然張開來，伸向左右，痛苦地叫着，又是「拍，拍」兩聲，兩顆子彈穿進了他的頭部。他的身子伏着倒下去，紅的血在溢着，血泊中他的手腳和他的身子在打着抖。

「拍！」又是一顆子彈穿了他的心臟。於是他靜止了。他不再動一動。

圍看的人無聲地走開了，有人在屍身上蓋了一張破席。

這是一個美麗的、爽快的北方的秋天！

可是一個年輕的善良的人，就這樣被處決了。

一九三四年秋

（選自《渡家》，北京：商務印書館，1937 年）

阮玲玉與食屍獸

柯靈

　　艾霞自殺一年後，聯華公司著名明星阮玲玉又於「三八」婦女節服毒自殉。

　　阮死後，陳屍萬國殯儀館，觀者數萬，報章喧騰，稱為「豔屍」，謂其曼妙如生，栩栩可愛！而食屍獸一哄而起，紛紛借死人以自賣，陸離光怪，無聊無恥，出人意表。現摘錄若干則，供他年修上海社會史者作參考。

　　唐季珊於阮玲玉死後，登報訃告，忽將唐家祖傳堂名改為「敬玉堂」。某國貨公司於春季大廉價中舉行阮玲玉女士遺影展覽，追諡阮為服用國貨的倡導者：下開「飛花縐旗袍料特價每件三元」。××書局登出廣告，大標題為「阮玲玉不死」，內載：欲明瞭阮玲玉的藝術和一切，請閱《女明星的日記》；欲知當代女明星戀愛香豔事實，請閱《女明星的情書》，兩書合購，加贈《阮玲玉自殺與小傳》一冊。「葫蘆神卜」某先生，於阮玲玉死後的廣告上說：電影明星阮玲玉女士與張達民訟案，引起社會注意，阮之親友，尤為關切，前夜有李君往占葫蘆測字，搖占「禾」「尹」二字，叩詢三月九日開審情形，能否調解，及阮能否投案。「神卜」斷曰：「禾」字為無口可和，而「尹」字象形為伊人不見；再加以剖析，赫然一屍，凶機畢現。李君聞斷，咋舌而退；而翌日阮竟以自殺聞，「神卜」其仙矣乎！

又，某報本埠零訊載一消息，首謂影壇巨星阮玲玉女士逝世，噩耗傳來，全國震悼；繼雲女士生前主演之《香雪海》外景，系攝自杭州超山。冠生園梅林；然後作結論曰：如今物在人亡，冠生園梅林正欣欣向榮，陳皮梅源源出貨，而阮女士則香消玉殞，與世長別。吾人食冠生園陳皮梅時，阮女士之玉影，每縈迴於吾人之腦海中也云。

但昏瞀混亂中，也自有理智清明者在，《新女性》劇作者孫師毅先生輓阮玲玉女士一聯，不但指明了阮自殺的因果關係，並可為上述現象作注腳：

> 誰不想活着？說影片教唆人自殺嗎？為什麼許許多多：志節攸虧，廉恥售盡，良心抹殺，正義偷藏，反自鳴衛道之徒，都尚苟安在人世。

> 我敢說死者 是社會脅迫她致死的，請只看羅羅唣唣，是非倒置，涇渭故淆，黑白不分，因果莫辨，卻號稱輿論的話，居然發賣到靈前。

一九三五年三月

（選自《柯靈雜文集》，北京：三聯書店，1984 年）

懷《柚子》

聶紺弩

　　十多年前，我曾讀到過魯彥的小說：《柚子》。

　　《柚子》的故事現在記不清楚了。背景是湖南，在人們通常叫做大革命的直前直後，或者以前的什麼時期，湖南某地方天天殺人，並且成群成群地殺。那些「驗明正身，綁赴刑場」的被殺的人們中間，當然也有盜匪什麼的，但多數恐怕還是青年，直到現在，某些人談起，還一定要在那形容詞上加個引號的前進的青年。殺了之後，人頭到處掛起，人走到什麼地方都可以碰見。人頭究竟不是件平常的東西，看得太多，可以使人神經失常的，那小說裏的某人後來在柚子上市的時候，一看見柚子了就聯想到人頭或者就以為是人頭。終於悲哀地說：「你們湖南，柚子不值錢，人頭也不值錢」（大意）。《柚子》的內容大概如此，似乎還曾引起湖南人的起哄，把作者趕走了的；後來，被收在書名《柚子》的小說集裏面，又被魯迅收入《中國新文學大系·小說二集》裏。

　　那時候，我對於文藝什麼的，毫無理解。看過《柚子》之後，並沒有什麼興感，只把裏面的幾句話，和別的一些不相干的事情一齊記住了。人的記憶頗有些奇怪，要記的東西，縱然費許多力，還是會忘得乾乾淨淨。沒有存心記憶的，又往往在沒有想到它的時候，自己從記憶裏浮現出來。《柚子》裏的那幾句話，就是如此。不知過了若干時日，不知是第幾次記起那幾句話，這才如有天啟，

恍然大悟地叫道：「這不就是人權思想麼？」於是我想：在咱們貴國，自古以來，殺人總是件極平常的事，殺了之後，把人頭掛起示眾，更其平常。人已經被殺了，即已經失去了知覺，他的頭之被掛不掛以及掛在什麼地方，在他真所謂無關痛癢了。民國初年，正是我十來歲的時候，住在城內，讀書的小學卻在城外，有一陣子，幾乎每天放晚學回家，都會看見城門口高掛着一兩個血跡模糊，膚色烏黑的人頭。同時城門瓮裏還一定有一張布告，宣佈那死者的罪狀，死者的名字上有一道通紅的硃筆杠子，似乎就用死者的鮮血塗的。

我不但看見那些人頭，還常常看見殺人。那時候，土匪和國民黨人似乎都特別多。土匪不必談，黨人被捉住了也往往要殺頭，據說是「亂黨」。起初，土匪是土匪，「亂黨」是「亂黨」，罪狀分得清清楚楚，也不同時殺；後來不知經過了些怎樣的過程，兩者就混淆起來，殺也一道兒殺了。但這，其實古已有之，據《新約全書》所載，耶穌就和竊賊同時在一塊兒上十字架的。當時看見殺人，因為年紀小，什麼事也不知道；後來回想一下，那些被殺的土匪和「亂黨」，有許多其實兩樣都不是，倒不過是鄉下的真正老牌的良民。咱們貴國人的固有的美德或民族性，據說是中庸，即不為已甚；和平，即不嗜殺人；以直報怨甚至以德報怨，即至少不誣陷自己的敵人。但這恐怕是指大家在平心靜氣地過日子，與世無爭，殺機未動的時候。這樣的時候，他們常常在茶樓酒肆平吃平喝，稱兄道弟，搶得惠鈔，而且以擯着了為快樂。然而「唯口興戎」，縱使這樣的場合，也不一定永久融融泄泄，和氣一團。萬一三言兩語意見不合，馬上就面紅耳赤，瞋目戟指地對罵起來。起初止於「×你的十八代祖宗」之類，無傷大雅。如果×不贏了，就不難聽見這麼一句話脫口而出：「你是××！」如果那時候「土匪」兩個字是要

人家的腦袋的，××就是土匪，決不是別的；如果「亂黨」當令，××就是「亂黨」，因時制宜，以此類推。但這樣當面指罵的，平心而論，或者只是一些所謂陽份人，相罵無好口，一時氣憤，並未顧及話的利害，縱使顧到，也不過想制伏對手，其意若曰：我有這樣的法寶。你還不投降麼？本意倒不在真地致人死命。至於被特殊任務的同志在鄰座聽見了，那只能算是對手倒霉，他自己不負責的。有一種陰險傢夥，當面什麼都不說，甚至人家罵他，他都不回言；但只要兩天不見，他卻早已溜進城裏告下狀了。狀子上寫的正是上述的××。不但告狀，還要自己作證，還要串通別人出來作證，還要買活死囚出來攀誣，還要賄賂上上下下的公家的人們。「一不做，二不休」，「殺人不死反成仇」，一到這樣程度，那就傾家蕩產，在所不恤，只要能夠把對手制死，好像對手真地×過他的十八代祖宗似的。在鄉下，足以引起這種事件的原因非常多：紳士和紳士鬥法，張家和李家比武，地主老爺懲戒佃戶的欠租，大姓侵佔小姓的田產，其起因往往很微，結局卻常常很慘。官府是異鄉他人，和本地人無關休戚，辦的土匪和「亂黨」的案子多，就顯得他有才幹，有政績，能得到上峰的嘉獎乃至升遷。同時又可趁此收到一邊或兩邊的「包袱」，把宦囊裝得滿滿的，不但眼前可以置姬妾，買田產，一生吃着不盡，將來子孫還可感激零涕地追念：「我們現在之所以得有飯吃，全靠×世祖在某處做過官的原故！」何樂而不為？據我所知，有一個紳士被另一個更有力的紳士指為土匪，因為沒有確證，只好關在牢裏。恰巧那時候有一個同姓的土匪也關在牢裏等候處決，那更有力的紳士顯出最大的神通，在處決那土匪時，移花接木，把紳士抓出去應名殺掉了（所謂應名，即「驗明正身」時，必定點名，要犯人答一聲「有！」才能「綁赴刑場」，但

這時候，將被殺的人早已魂死魄散，聽不清堂上喊的什麼，也不知道答應「有！」往往是提案人代答，所以可以舞弊），則當時殺人之多以及殺人之不問青紅皂白或故意混淆青紅皂白也可想見。

殺人有殺人的行列：走在前面的是「刀斧手」，穿着短裝便衣，挽着袖子，手裏提着雪亮的鬼頭刀，刀把上拖着一道鮮紅的綢子，也像是用誰的血染紅的。臉上帶着一點酒意，昂着頭，挺着胸，雄赳赳，氣昂昂，儼然天下無敵的英雄。接着是一排軍隊，全副武裝，肩上荷着槍，槍上上着刺刀，走着正步，軍號：「打大低，打大低！」皮鞋底在地上：「沙沙沙沙沙」，威風凜凜，殺氣騰騰，像開到戰場上去似的。再就是被綁赴刑場的犯人，灰白的赤膊，灰白的臉，他身上一定從來不曾有過血，縱使殺也殺不出血來；那臉隱藏在堅硬的，茨叢似的，長而且髒的頭髮和鬍子之間，呆板得和死人的一樣，假如不是有　對細小的眼睛正在躲避着陽光的迫害，同時也放出一點微弱的反光，你會懷疑他在被殺之前，早已死了。他的手反剪着，左右兩個人擒住他，推着他走，否則，他的發着顫的腿，發着顫的全身會一步也走不動，連站也站不起，難以走完他在人生的旅途上的這最後幾步的。這些犯人，這些被拖去殺的傢夥，都是一些特殊的人類，他們的樣子就極其特殊。除了他們，人決不會再看見那樣灰白的臉和赤膊，那樣髒的長頭髮和長鬍子，那樣害怕陽光的眼睛，那樣發顫的腿，臂腿和肩背，凡是拖去殺的人都是那樣子，凡是不拖去殺的人都不是那樣子。由於經驗的積累，於是得到一個確切不移的結論：「挨刀的相」！那樣的相的生之目的與意義就是挨刀，不是今天，就是明天，不是在這兒，就是在那兒，總是要挨刀的，雖是麻衣或柳莊相法上不知道規定過沒有。有這樣一個故事：一位什麼老爺天天殺人，以致他的朋友都寒心了，

於是勸他少殺幾個。他說：「我從來沒有殺過一個人，從公案上望下去，綁赴刑場的沒有一個是人的。不信，你下次站在我背後看看。」那位朋友後來果真站在他背後一看，這才恍然那些拖去殺的傢夥都是本該殺的，因為他看見他們只是一群豬羊！我雖然沒有站在老爺背後看過，挨刀的是豬羊的事，卻相信一定千真萬確；否則，在行列的最後，前呼後擁，坐着四人大轎的監斬官的態度，決不能那樣泰然自若。

招搖過市之後，終於到了西郊的刑場。打久了瘧疾的人，常有人勸他去看殺人，據說可以嚇走附在身上的瘧疾鬼。是否真能如此，不得而知。但因此可以明白：殺人的場景頗有些可怕的。記得第一次擠在人叢裏看見一隻「豬羊」身首異處，我嚇得渾身打顫，以致忘記了跟着別人一齊拍手，那一次被殺的是兩個人，看見殺了一個，就連忙從人叢中擠出，不敢看第二個了。看殺人的人們，在人頭落地的當兒，定要拍手，好像聽見精彩的講演或看見精彩的戲劇表演一樣，不知是什麼道理。父親告訴我：如果那人是該殺的，拍手的意思是：「可殺！可殺！」如果是不該殺的，意思則變成：「有手難救！」但我自己以及由觀察而感得的別人的拍手，卻實在並無此意。事先和事後，我們都無從得知被殺的人是屬於那一樣：拍起手來也非兩下一頓或四下一頓那麼有板有眼的。那時候有一支軍隊叫做「留鄂軍」，弟兄們都是河南人，大概官長們也是的。假如我們那兒的人對於河南人有什麼印象欠佳之處，就是那軍隊不但好殺人，並且幾乎每次殺了人都要把死者的心肝挖出來，在老百姓家的門樓口用磚瓦搭成灶炒得吃。軍隊裏的火食太值不得稱讚，打牙祭恐怕只逢年遇節才有，平常都是像魯智深所說：「口裏淡出鳥來！」口饞的人，想吃點油葷或嘗一點異味，都是極平常的事。

看見過許多次的殺人的行列，看見過許多次被殺的人身首異處的情景，也看見過許多次的人頭掛在示眾的地方。但是從來都沒有想到裏面會有些什麼問題，魯彥卻把它當作題材，寫成小說，向人類提出了他的控訴。

死刑的廢止，大概還在遙遠的將來。我們今天還處於一個殺以止殺，能殺才能生的悲慘的時代。但無論將來怎麼遙遠，一定要從現在走去：

無論走得怎樣遲緩，也一定要走。因此，關於殺人的誰殺，殺誰，怎樣殺，也就是是否合乎殺以止殺，以殺為生的原則的問題，不能不有所考究。不幸的是，只要略一考究，除了對於漢奸，賣國賊，貪污，違犯軍紀，喪師失地等人的殺以外，很少合乎這個原則；而這種殺，在無數的殺人事件中，卻只佔着極少的數目。漢朝殺功臣韓信、彭越等，清朝殺權臣年羹堯等，不合乎這原則；孔子殺少正卯，秦始皇坑儒，清朝殺戴名世及屢次由文字賈禍的人，也不合乎這原則；龍逢、比干、岳飛、袁崇煥、譚嗣同等人的被殺和文天祥、史可法、李秀成、秋瑾、徐錫麟、史堅如、熊成基、宋教仁……等人的被殺，更沒有一個合乎這原則。原來在這原則之上，還有個更大的原則，即權力者的自私：維持他們自己的統治。他們所希望止的是他們自己的被殺，也就是他們自己的生。孟子曰：「不嗜殺人者能一之」，血污的統治，決難持久，他們自己也未必就能因之而生，即未必能不被別人殺掉。當然和上述的原則衝突。殺人中之最理直氣壯，名正言順的是懲治盜匪；但盜匪是政治不良。民不聊生的結果，不從改良政治，改良人民生活着手，只是殺人，未免捨本逐末。老子曰：「民不畏死，奈何以死懼之？」實際也未能

止殺，未必有人能因之而生。何況統治者誅戮異己的時候，尤其對於代表進步勢力的個人或團體，無不指為盜匪，而刑罰則比施之於盜匪的還要酷烈。滿清對於太平天國，民初的北洋政府對於國民黨……就是例子。

凡是落後的民族，或各民族在過往的時代，法律思想不發達，道德觀念薄弱，同情心缺乏，對於罪犯的處分，不知道分為若干等級，或所分的等級極少，輕微的過失也都處以死刑，而且方法極為殘酷。殺了人不但毫無愧怍，反以多殺為雄武；以死者臨命時的觳觫驚恐，宛轉哀啼以及對屍體的若何處置，為可賞玩或者泄憤。古書上有「投畀豺虎」，「食肉寢皮」的忿語，有炮烙，蠆盆的傳說，有以人為祭品，作死人的殉葬的記載。可考的死刑有：烹、菹、醢、坑、車裂、腰斬、凌遲、剝皮……等等，罪犯死後，則人頭可以作「飲器」，可以掛起示威，血可以「釁鐘」，治病，心肝可以醒酒，生殖器可以「專車」。無論怎樣痛苦的死，都不過是短時間的，死者總能忍受也無法不忍受，死後的種種處置更與死者無關。問題是殺人者竟能想出如此其多而殘酷的殺人方法，竟能在別人如此其悲慘地死去的時候，從容逸豫，不動聲色；竟能從死者的屍體上想出如此其多的用途！在我們日益接近文明的今天的人看來，實在非常難以理解！不知道尊重別人的生命的人，自己的生命也必不被別人尊重，自己有時且欲尊重而不可得；不知道同情別人的痛苦的人，不能希望別人同情自己的痛苦。或者正因為不知道尊重自己的生命，自己沒有痛苦的感受官能，才也不尊重別人的生命，不同情人的痛苦。凡此種種，都由於心靈的麻痺，感情的粗暴，人性的喪失，人與人之間的隔絕而來，同時也使心靈更麻痺，感情更粗

暴，人性的萌芽更無從苗長，人與人之間的障壁更加厚而且堅！有如此麻痺粗暴的王侯將相高高在上，必然有同等麻痺粗暴的草民匍匐在下，或者被殘酷地殺掉，或者奔走擁擠，鑒賞別人的被殺；縱有一二不麻痺粗暴的人或改進這麻痺粗暴的人，則往往其不幸，他們要覺醒的靈魂去忍受那只有麻痺粗暴的人才能忍受，鑒賞那只有麻痺粗暴的人才能鑒賞的殘酷！一部二十四史，都是如此寫下；到了魯彥才提出他的控訴，雖然未免太遲，卻也幸而已經提出了！

「五四」新文化運動，被稱為中國的文藝復興。主要的思想內容，就是人的覺醒——人權思想的覺醒。這運動在歐洲只是有產者文化的抬頭；中國的情形稍為複雜一點，也因之直到現在，我們還沒有走完它的全程。關於人權思想，在藝術上盡過最大的努力，也獲得了較大的成功的：自然是魯迅（魯迅也寫過殺人的場景，《阿Q正傳》和《藥》）。但羅馬非一日一人之力所建造，藝術與思想的殿堂，也決非一磚一石所可完功。因為和盧梭同時有許多大大小小的盧梭，盧梭才能寫成他的《民約論》；因為和達爾文同時有許多大大小小的達爾文，才能證實達爾文的進化論的真確。魯迅的偉大，決不由於他是一個孤獨的天才，倒是因為他的前後以及同時的許多魯迅中的最大者。魯彥不但寫過《柚子》以及和《柚子》近似的別的小說，同時還翻譯過不少的被壓迫民族的作品，如顯克微支的集子《老僕人》之類，對於新文化的羅馬，對於人權思想的藝術殿堂，是盡過了他的一人一日之力；他的《柚子》及同性質的作品與譯品，也會永效着一磚一石之勞的。

今天，抗戰已經七年多了，軍事的頓挫和各方面進步的迂緩，使得二十多年來，其實並未宣告下野，倒無時無刻不在找機會奄有

天下的中國舊文化思想以及浸透了舊文化思想的別的東西，連自己也看見了面前的牆壁。倘沒有若何的改變，勝利的前途確保到如何程度，恐怕不容易斷言，於是朝野上下，同時喊出了「民主」「憲政」的呼聲。光看中國的先例，呼聲常常只是呼聲，或者只是白紙上的字跡，或者只是湯水的改換，對這次的呼聲，也不必樂觀得太早；如果同時也看看先進國的人民所走過的路程，則悲觀又太無理由。那麼，魯迅、魯彥以及許多別的先覺者所倡導鼓吹過的人權思想，遲早必定在中國發揚光大起來吧。自然，即使這思想現在已經浸透了每個角落，也嫌太遲；但中國民族究竟太老大，舊文化思想的歷史究竟太悠久，新思想若能早日貫徹，或者反是奇跡。無論經過怎樣的迂回折曲，艱辛困苦，只要終有貫徹之日，只要貫徹的前途，像遠海的帆影一樣能為我們所辨認，我們也就夠安慰了。展望當前，回顧既往，一面為未來的新中國祝福，一面向先行者們的業績致敬，同時也不期而然地感到自己肩頭上的負荷了。

一九四四年

（選自《聶紺弩雜文集》，北京：三聯書店，1981 年）

死之餘響

趙麗宏

　　有些情緒，用文字是很難描繪出來的，即便是語言大師，恐怕也未必能隨心所欲，把所有的情緒都真實而又形象地記錄下來。我很欽佩作曲家，他們手中掌握的音符的表現力，遠在文字之上，有時候文字只能狀其皮毛，音樂卻可以揭示內核，把複雜情緒的波動、回旋、變化、撞擊奇妙地再現出來。這是由內而外的再現，有如泉水從曲折的岩洞中噴湧而出。當水花晶瑩地四濺時，人們聽到了水石相叩的豐富的音響，每一個瞬間的音響都不會重複，它們由遠而近，由微弱的嗚咽發展成濁重的轟鳴，你可以從中想像水流的經歷，想像那岩洞的逶迤窄暗，想像清澈的泉水在衝出幽禁黑暗之後的狂喜⋯⋯這一切，你是聽到的而不是看到的，是音樂給了你具體又真切的聯想。

　　譬如死，這是人人都必須經歷的人生一課。這是一個休止符，生命的樂章到這裏便戛然而止了，從此以後，所有的一切都消失，沒有聲音，沒有色彩，只有誰也無法體會的無盡的黑暗和無底的深淵。很多作家寫過死，描繪得很具體，渲染得有聲有色，對於沒有經歷過死的讀者們來說，大概也無所謂不真實。不過總會有疑問產生，我少年時代讀小說時，便常常這樣自問：「真是如此麼？寫書的人自己沒有死過，怎麼會知道死者死時的感受呢？」結論是：都

是編出來的。後來聽到了法國作曲家聖桑的《死之舞蹈》，我的靈魂卻受到了震動。這位曾經寫過許多優美的小夜曲的音樂大師，居然用音符為死神畫了一幅活動的肖像。在沉重而怪誕的旋律中，我彷彿看到了一個飄然起舞的黑影，那舞姿僵硬拙笨，每一次搖晃都展示着凶兆。他也伏地扭動，痛苦萬狀地扭動，白骨和白骨在扭動中碰得格格作響。黑影愈舞愈瘋狂，終於被一陣風暴撕裂，裂成千千萬萬塊碎片，如同一群黑色的烏鴉，沉默着展翅朝天空飛去。它們佔據了天空，並且放聲歌唱了，歌聲並不是世間烏鴉那種令人心煩的聒噪，而是優美平靜的嘆息，像深秋的寒雨，一滴一滴疏朗而又均勻地落下來，落在遍地黃葉的原野上，激起悠長無盡的，激動人心的回聲……

聖桑為我描繪的死神並不可怕，也不可憎，倒有點令人神往，其中有一種浪漫美妙的詩意。這和世人聞之色變的那個死神完全是兩碼事。唉，聖桑寫《死之舞蹈》時畢竟也是個會說會笑的大活人，和作家們一樣，他也未曾嘗過死的滋味。也許，用一張黑紙或者一盤無聲的磁帶來描繪死神更好，在冥冥之中，無形的死神默默地跳着誰也看不見的舞，無法預料他將在哪一個男人或哪一個女人的身邊停下腳步……

愈是神秘莫測的東西，愈是吸引人的注意力，這大概也是人類高明於其他生物的特點之一。死，作為一種必然的生理歸宿，使很多人望而生畏，沒有多少人樂意把自己的名字和這個動詞連在一起；然而作為一種話題，死，卻總是受人歡迎的，用悲傷、哀悼、同情、惋惜或者幸災樂禍的語言談論別人的死，可以消磨那些寂寞的時光。

我很難忘記我在旅途中的一次關於死的閒談。那是幾年前在南方某地的一個小旅館中，當夜幕降臨的時候，同室的四個人相對而坐，一起看着窗外寂寥的夜色默不作聲，氣氛很有些尷尬。中國的小旅館習慣了把素不相識的人硬塞到一間屋子裏作伴，於是那些生性靦腆孤僻的人便有罪可受了。好在同室的另外三位都是走南闖北慣了的小旅館常客，很快便找到話題打破了尷尬的局面。話題是繽紛的，古今中外，天南海北，那幾位似乎都想炫耀一下自己的見識。但他們的話題引不起我的興趣。這時，門外旅館女服務員的一隻半導體收音機裏突然大聲放起了音樂，正巧，是聖桑的《死之舞蹈》。音樂不客氣地從門縫裏鑽出來，幾乎淹沒那幾位興致勃勃的聲音。

　　「倒霉，放這種死人音樂！」

　　睡在我對面的一個中年人忿忿地嚷了一聲。他的抱怨使我大感興趣，我問：「你知道這是什麼曲子？」

　　「知道，是《死人跳舞》。」中年人不假思索地回答後，又補充道，「那是聽我的一個鄰居說的，他是個醫生，不知為什麼老喜歡聽這號小曲，知道這曲兒叫《死人跳舞》後，我一聽見它心裏就發毛，背心裏直起雞皮疙瘩。為啥？這曲兒讓我想起『文革』中那些個跳樓自殺的人。」

　　「你見過跳樓的人？」另一位房客插進來問道。

　　「見過！離我家不遠有一幢大樓，人稱自殺大樓，『文革』中有十幾個人從這樓上跳下來。我親眼就看見了四個。有一個老人摔折了腿骨，白花花的骨頭從腳彎裏戳出來，戳穿了褲腿，老人還沒斷

氣，手指還一顛一顛往地裏摳。看熱鬧的裏三層外三層擠得人山人海，就是沒有人來救他，眼看着他躺在地上死過去。看熱鬧的都說這老頭準是畏罪自殺，可等收屍的把老人抬起來時，他的手心裏飄下一張白紙來，紙上是三個血寫的字：我無罪。聽說這老人是個教師，教了一輩子書，真慘了。還有個年輕輕的女人，也不知道是幹啥的，半夜裏從樓上跳下來，摔破了腦殼，腦漿整個飛出來，濺得滿地都是……」

中年人聲音幽下來，再也不往下說。過好久，才有人打破了沉默：

「唉，真作孽！『文革』中自殺的人太多了，我也見過好幾個，有服毒的、有投河的、有吸煤氣的、也有吊死的。我們那裏的一所醫院裏有個老中醫，挺出名的，外省的人都來找他治病，『文革』一開始，他就變成了特務，天天戴高帽子遊街，老醫生活不下去了，自殺啦……」

「怎麼自殺的？」

「是服毒的吧？他是醫生嘛！」

「不，是用襯衫把自己勒死的。他被關起來隔離審查，哪裏找得到毒藥，連褲帶也被收了去。夜深人靜後，他脫下襯衫，撕成一條一條，搓成一根繩子，繩子一頭繫在床架上，一頭套在脖子上，兩隻腳也無法懸空，不知怎麼就自己把自己勒死了。」

「唉，說起上吊，我在『文革』頭一年見到過兩個上吊自殺的人，那場面才叫壯觀。也是老人，兩個，一對老夫妻，男的八十三歲，是一個著名技術權威，從前一家老小都在美國和加拿大，解放後，他就帶着老婆回國參加建設來了，把兒女都擱在了國外。『文

革』一開始就搞到了他頭上。抄家抄了三天三夜，財產家具整整運走了八大卡車。那幫抄家的爺兒們也實在缺德，從箱子裏翻出兒女們從國外帶給老兩口的壽衣，硬逼他們穿上，大伏天，穿着厚厚的大袍大褂，人不人鬼不鬼的，滿身大汗地被牽着遊鬥。小孩子跟在後面朝他們身上扔番茄皮、煤球灰。幾個鐘點遊鬥下來，老夫妻倆全癱了。你想，他們受的西方教育，一直被人敬重，哪裏受得了這樣的屈辱。他們住宅的窗戶面對着一條最熱鬧的大馬路，第二天早晨，這條馬路交通堵塞了，成千上萬的人從四面八方擁到這條馬路上來看熱鬧。看什麼？看兩個上吊自殺的人！這對老夫妻想得絕了，打開了窗戶，把繩索繫在窗框上，然後將繩索套在頸脖上往窗外跳，這樣人就懸掛在窗外了。老夫妻倆身穿着寬大挺刮的壽衣，雙雙懸掛在大馬路上空，就像兩面迎風飄揚的黑旗。這場面，我死也忘不了。成千上萬人站在卜面抬頭向上看，誰也不敢大聲說話，只聽見一片輕輕的嘖嘖聲……」

屋子裏又是一陣靜默，過一會，又有人開腔了：

「這些自殺的人，真得有些勇氣才行。我佩服他們。你們不把人當人看，我就死給你們看！有種！那些窩窩囊囊活着的人，真該向他們學學才對呢。」

「你這話怎麼講？『文革』中窩窩囊囊活過來的人太多啦，要是都去自殺，中國恐怕要死一大半人呢！我們那裏有個京劇團，『文革』開始後，團裏有一半演員挨批挨鬥，鬥得可慘了，有的被剃光了頭，有的被打折了腰，從前被人喝彩捧場，現在天天沖廁所掃馬路，還時不時要低頭下跪地請罪，你說窩囊不窩囊。可他們還是活過來了，現在一個個又都名氣響噹噹了……」

「不，也有例外的！我就聽說過一個女演員自殺的事。也是個唱京劇的，才二十幾歲，『文革』前，剛開始唱得有點紅，很多人捧她。後來被鬥得一塌糊塗，還被關進了『牛棚』。一天，看『牛棚』的突然發現她越窗逃走了，到處找也找不到。第二天才在劇團的化妝室裏找到了她。她換上了大紅緞子的戲裝，頭上戴着鳳冠，臉上還精心化了妝，就像從前上台之前一樣。她直挺挺地躺在地上，死了，是用剪刀剪開了動脈，鮮血濃濃地流了一地……」

隔壁有人開自來水龍頭，嘩嘩的流水聲聽起來驚心動魄。不言而喻，大家都從這聲音中聯想到那流了一地的女演員的血……

「哦，可怕，太可怕了。」

「聽說外國有專門介紹怎樣自殺的書，我們中國大概沒有翻譯過。看來自殺並不需要指導的，只要你抱定心思想死叫總會想出辦法來。假使把『文革』中自殺的人死法寫成一本書，大概比外國的《自殺指南》還要豐富。是不是啊，你們說呢？」

說這段話的那位想用他的幽默來沖淡屋子裏蕭穆的氣氛，但是沒有人被他的幽默感染。接他話碴兒的那一位語氣依然蕭穆：

「說得不錯，只要想死，總有辦法。我老婆單位裏有一個小青年，不知怎麼成了『現行反革命』，把他關在一間屋子裏審訊了兩天兩夜，不給吃也不給睡，把那小青年弄得精疲力竭。可那幫搞車輪大戰的專案人員有吃有睡，一個個精力充沛，怎麼也不放那小青年過門。好，想出了新花招，用麻繩把小青年兩腳一捆，倒吊在房梁上，叫做『倒掛金鐘』，這倒掛的鐘非響不可。可那小青年偏偏是個強牛，硬是一聲不吭，專案人員把門一關揚長而去，臨走留下

話來：什麼時候招供，什麼時候放你下來！過幾個小時進門一看，那倒掛着的小青年死了，自殺了！他的死法誰也沒有預料到──他的腳吊在房梁上，下垂的雙手正好夠得着地上的一張寫字台，枱面上有一塊玻璃板，他把玻璃板砸碎了，用一塊碎玻璃抹脖子，割斷了氣管……

隔壁的水龍頭依然在嘩嘩地流……

「是呵，那些想自殺的確實有辦法。我們那裏以前有一個黨支部書記……」

「算了，別說了，再說下去，『文革』中屈死的冤魂今晚都要到這屋子裏集會來了！」

「說吧，這是最後一個，到此為止。」

「那個黨支部書記是個血氣很盛的中年漢子，芝麻綠豆官，也算是『死不悔改的走資派』，又是鬥，又是關。這老兄也絕了，隨你怎麼鬥他批他打他折磨他，他就是不說一句話，只是用一雙火冒冒的眼睛瞪你，結果苦頭越吃越大。怕他自殺，那些看守他的人日日夜夜盯着他，不讓他有片刻的自由，連上廁所也有人看着。可他還是自殺了，死了！那天送飯給他吃，看守站在他前面陪着，只見他拿起一雙竹筷子，定定地看了幾秒鐘，突然抽出其中一根，用極快的速度塞進自己的鼻孔，然後猛地將頭重重地向桌面上叩去，只聽『噗』地一聲，長長的竹筷子整個兒戳進了他的鼻孔，戳到了腦子裏！那黨支部書記仰面翻倒在地上，當場就死了，連哼都沒有哼一聲。」

此後，誰也沒有再開口。一切嘈雜的聲音都消遁了，只有深秋的風，哮喘一般在窗外遊蕩。夜幕下的世界和我們一起想着心事。

哦，那些勇敢而又可憐的人！

哦，那些本該燦爛地活下去卻被凶暴無情的狂風吹折了的生命！

死神並沒有點他們的名，他們卻堅定地頑強地攀上了死神的囚車。

他們的生命停止在一個個多麼可怕的符號上！這些符號，至今想起來，依然使人的心靈顫抖。他們死了，含着冤屈，懷着憤怒，憋着滿腔的疑問和哀怨。你們死了，他們冷卻了的軀體曾經被無數相識和不相識的人圍着看着指點着議論着……

也許，無數活着的人曾面對着他們的屍體這樣默默地問過：「為什麼他死了？為什麼他們死了？為什麼有這麼多的人要自己結束自己的生命？為什麼……」

於是，在無聲的黑夜裏，便有了一些迴響，一些閃爍着火星的迴響。

這天夜裏，我再也無法入睡。窗外的夜空上，幾顆稀疏的寒星晶瑩地亮着，應和着我的遐想。不知怎的，我的耳畔老是回旋着聖桑的《死之舞蹈》，音樂的形象，也一遍又一遍在我的眼前重現着——

一群黑影飄然起舞，伏地扭動，舞姿痛苦萬狀。狂風撕裂了黑影，裂成千千萬萬塊碎片，如同一群黑色的烏鴉，沉默着展翅向天空飛去。它們佔據了天空，並且放聲歌唱了，歌聲並不是世間烏鴉

那種令人心煩的聒噪，而是優美平靜的嘆息，像深秋的寒雨，一滴一滴疏朗而又均勻地落下來，落在遍地黃葉的原野上，激起悠長無盡的、激動人心的回聲……

一九八六年十月七日於上海

（選自《作家》，1987 年 1 月號）

秋

豐子愷

　　我的年歲上冠用了「三十」二字，至今已兩年了，不解達觀的我，從這兩個字上受到了不少的暗示與影響。雖然明明覺得自己的體格與精力比二十九歲時全然沒有什麼差異，但「三十」這一個觀念籠在頭上，猶之張了一頂陽傘，使我的全身蒙了一個暗淡色的陰影，又彷彿在日曆上撕過了立秋的一頁以後，雖然太陽的炎威依然沒有減卻，寒暑表上的熱度依然沒有降低，然而只當得餘威與殘暑，或霜降木落的先驅，大地的節候已從今移交於秋了。

　　實際，我兩年來的心情與秋最容易調和而融合。這情形與從前不同。在往年，我只慕春天。我最歡喜楊柳與燕子。尤其歡喜初染鵝黃的嫩柳。我曾經名自己的寓居為「小楊柳屋」，曾經畫了許多楊柳燕子的畫，又曾經摘取秀長的柳葉，在厚紙上裱成各種風調的眉，想像這等眉的所有者的顏貌，而在其下面添描出眼鼻與口。那時候我每逢早春時節，正月二月之交，看見楊柳枝的線條上掛了細珠，帶了隱隱的青色而「遙看近卻無」的時候，我心中便充滿了一種狂喜，這狂喜又立刻變成焦慮，似乎常常在說：「春來了！不要放過！趕快設法招待它，享樂它，永遠留住它。」我讀了「良辰美景奈何天」等句，曾經真心地感動。以為古人都嘆息一春的虛度，前車可鑒！到我手裏決不放它空過了。最是逢到了古人惋惜最深的寒食清明，我心中的焦灼便更甚。那一天我總想有一種足以充分酬

償這佳節的舉行。我準擬作詩、作畫，或痛飲、漫游。雖然大多不被實行；或實行而全無效果，反而中了酒，鬧了事，換得了不快的回憶；但我總不灰心，總覺得春的可戀。我心中似乎只有知道春，別的三季在我都當作春的預備，或待春的休息時間，全然不曾注意到它們的存在與意義。而對於秋，尤無感覺：因為夏連續在春的後面，在我可當作春的過剩；冬先行在春的前面，在我可當作春的準備；獨有與春全無關聯的秋，在我心中一向沒有它的位置。

自從我的年齡告了立秋以後，兩年來的心境完全轉了一個方向，也變成秋天了。然而情形與前不同：並不是在秋日感到像昔日的狂喜與焦灼。我只覺得一到秋天，自己的心境便十分調和。非但沒有那種狂喜與焦灼，且常常被秋風秋雨秋色秋光所吸引而融化在秋中，暫時失卻了自己的所在。而對於春，又並非像昔日對於秋的無感覺。我現在對於春非常厭惡。每當萬象回春的時候，看到群花的鬥豔，蜂蝶的擾攘，以及草木昆蟲等到處爭先恐後地滋生繁殖的狀態，我覺得天地間的凡庸、貪婪、無恥、與愚痴，無過於此了！尤其是在青春的時候，看到柳條上掛了隱隱的綠珠，桃枝上着了點點的紅斑，最使我覺得可笑又可憐。我想喚醒一個花蕊來對它說：「啊！你也來反覆這老調了！我眼看見你的無數的祖先，個個同你一樣地出世，個個努力發展，爭榮競秀；不久沒有一個不憔悴而化泥塵。你何苦也來反覆這老調呢？如今你已長了這孽根，將來看你弄嬌弄豔、裝笑裝顰，招致了蹂躪、摧殘、攀折之苦，而步你的祖先們的後塵！」

實際，迎送了三十幾次的春來春去的人，對於花事早已看得厭倦，感覺已經麻木，熱情已經冷卻，決不會再像初見世面的青年少

女地為花的幻姿所誘惑而讚之、嘆之、憐之、惜之了。況且天地萬物，沒有一件逃得出榮枯、盛衰、生滅、有無之理。過去的歷史昭然地證明着這一點，無須我們再說。古來無數的詩人千篇一律地為傷春惜花費詞，這種效顰也覺得可厭。假如要我對於世間的生榮死滅費一點詞，我覺得生榮不足道，而寧願歡喜讚嘆一切的死滅。對於前者的貪婪、愚昧、與怯弱，後者的態度何等謙遜、悟達、而偉大！我對於春與秋的捨取，也是為了這一點。

夏目漱石三十歲的時候，曾經這樣說：「人生二十而知有生的利益；二十五而知有明之處必有暗；至於三十的今日，更知明多之處暗亦多，歡濃之時愁亦重。」我現在對於這話也深抱同感；有時又覺得三十的特徵不止這一端，其更特殊的是對於死的體感。青年們戀愛不遂的時候慣說生生死死，然而這不過是知有「死」的一回事而已，不是體感。猶之在飲冰揮扇的夏日，不能體感到圍爐擁衾的冬夜的滋味。就是我們閱歷了三十幾度寒暑的人，在前幾天的炎陽之下也無論如何感不到浴日的滋味。圍爐、擁衾、浴日等事，在夏天的人的心中只是一種空虛的知識，不過曉得將來須有這些事而已，但是不能體感它們的滋味。須得入了秋天，炎陽逞盡了威勢而漸漸退卻，汗水浸胖了的肌膚漸漸收縮，身穿單衣似乎要打寒噤，而手觸法蘭絨覺得快適的時候，於是圍爐、擁衾、浴日等知識方能漸漸融入體驗界中而化為體感。我的年齡告了立秋以後，心境中所起的最特殊的狀態便是這對於「死」的體感。以前我的思慮真疏淺！以為春可以常在人間，人可以永在青年，竟完全沒有想到死。又以為人生的意義只在於生，我的一生最有意義，似乎我是不會死的。直到現在，仗了秋的慈光的鑒照，死的靈氣鐘育，才知道生的

甘苦悲歡，是天地間反覆過億萬次的老調，又何足珍惜？我但求此生的平安的度送與脫出而已。猶之罹了瘋狂的人，病中的顛倒迷離何足計較？但求其去病而已。

我正要擱筆，忽然西窗外黑雲彌漫，天際閃出一道電光，發出隱隱的雷聲，驟然灑下一陣夾着冰雹的秋雨。啊！原來立秋過得不多天，秋心稚嫩而未曾老練，不免還有這種不調和的現象，可怕哉！

一九二九年

（選自《緣緣堂隨筆集》，杭州：浙江文藝出版社，1983 年）

中年

俞平伯

　　什麼是中年？不容易說得清楚，只得我暫時見到的罷。

　　當遙指青山是我們的歸路，不免感到輕微的戰栗。（或者不很輕微更是人情。）可是走得近了，空翠漸減，終於到了某一點，不見遙青，只見平淡無奇的道路樹石，憧憬既已銷釋了，我們遂坦然長往。所謂某一點原是很難確定的，假如有，那就是中年。

　　我也是關懷生死頗切的人，直到近年方才漸漸淡漠起來，看看從前的文章，有些覺得已頗渺茫，有隔世之感。莫非就是中年到了的緣故麼？彷彿真有這麼一回事。

　　我感謝造化的主宰，他老人家是有的話。他使我們生於自然，死於自然，這是何等的氣度呢！不能名言，唯有讚嘆；讚嘆不出唯有歡喜。

　　萬想不到當年窮思極想之餘，認為了解不能解決的「謎」、的「障」，直至身臨切近，早已不知不覺的走過去，什麼也沒有看見。今是而昨非呢？昨是而今非呢？二者之間似乎必有一個是非。無奈這個解答，還看你站的地位如何，這並不是「白搭」。以今視昨則昨非；以昨視今，今也有何是處呢。不信麼？我自己確還留得依微的憶念。再不信麼？青年人也許會來麻煩您，他聽不懂我講些什麼。這就是再好沒有的印證了。

再以山作比。上去時興致蓬勃，唯恐山徑雖長不敵腳步之健。事實上呢，好一座大山，且有得走哩。因此凡來遊的都快樂地努力地向前走。及走上山頂，四顧空闊，面前蜿蜒着一條下山的路，若論初心，那時應當感到何等的頹唐呢。但是，不。我們起先認為過健的腳力，與山徑相形而見絀，興致呢，於山尖一望之餘隨煙雲而俱遠；現在只剩得一個意念，逐漸的迫切起來，這就是想回家。下山的路去得疾啊，可是，對於歸人，你得知道，卻別有一般滋味的。

試問下山的與上山的偶然擦肩而過，他們之間有何連屬？點點頭，說幾句話，他們之間又有何理解呢？我們大可不必抱此等期望，這原是不容易的事。至於這兩種各別的情味，在一人心中是否有融會的俄頃，慚愧我不大知道。依我猜，許是在山頂上徘徊這一剎那罷。這或者也就是所謂中年了，依我猜。

「表獨立兮山之上，」可曾留得幾許的徘徊呢。真正的中年只是一點，而一般的說法卻是一段；所以它的另一解釋也就是暮年，至少可以說是傾向於暮年的。

中國文人有「嘆老嗟卑」之癖，的確是很俗氣，無怪青年人看不上眼。以區區之見，因怕被人說「俗」並不敢言「老」，這也未免雅得可以了。所以倚老賣老果然不好，自己嘴裏永遠是「年方二八」也未見得妙。甚矣說之難也，愈檢點愈鬧笑話。

兕竟什麼是中年，姑置不論，話可又說回來了，當時的問題何以不見了呢、當真會跑嗎？未必。找來找去，居然被我找着了：

原來我對於生的趣味漸漸在那邊減少了。這自然不是說馬上想去死，只是說萬一（？）死了也不這麼頂要緊而已。泛言之，漸

漸覺得人生也不過如此。這「不過如此」四個字，我覺得醰醰有餘味。變來變去，看來看去，總不出這幾個花頭。男的愛女的，女的愛小的，小的愛糖，這是一種了。吃窩窩頭的直想吃大米飯洋白麵，而吃飽大米飯洋白麵的人偏有時非吃窩窩頭不行，這又是一種了。冬天生爐子，夏天扇扇子，春天困斯夢東，秋天慘慘戚戚，這又是一種了。你用機關槍打過來，我便用機關槍還敬，沒有，只該先你而烏乎。……這也盡夠了。總而言之，統而言之，不新鮮。不新鮮原不是討厭，所以這種把戲未始不可以看下去；但是在另一方面，說非看不可，或者沒有得看，就要跳腳拍手，以至於投河覓井。這個，我真覺得不必。一不是幽默，二不是吹，識者鑒之。

看戲法不過如此，同時又感覺疲乏，想回家休息，這又是一要點。老是想回家大約就是沒落之兆。（又是它來了，討厭！）「勞我以生，息我以死，」我很喜歡這兩句話。死的確是一種強迫的休息，不愧長眠這個雅號。人人都怕死，我也怕，其實仔細一想，果真天從人願，誰都不死，怎麼得了呢？至少爭奪機變，是非口舌要多到恆河沙數。這真怎麼得了！我總得保留這最後的自由才好。——既然如此說，眼前的夕陽西下，豈不是正好的韶光，絕妙的詩情畫意，而又何嘆惋之有。

他安排得這麼妥當，咱們有得活的時候，他使咱們樂意多活；咱們不大有得活的時候，他使咱們甘心少活。生於自然裏，死於自然裏，咱們的生活，咱們的心情，永遠是平靜的。叫呀跳呀，他果然不怕，讚啊美啊，他也是不懂。「天地不仁」「大慈大悲……」善哉善哉。

好像有一些宗教的心情了，其實並不是。我的中年之感，是不值一笑的平淡呢。——有得活不妨多活幾天，還願意好好的活着；不幸活不下去，算了。

「這用得你說嗎？」

「是，是，就此不說。」

（選自《雜拌兒之二》，南昌：江西人民出版社，1983 年）

中年人

　　接到才見了一面的一位青年的信，中間有「這回認識了你這個中年人」的話。原來是中年人了，至少在寫信給我的青年的眼光裏已經是了。

　　平時偶然遇見舊友，不免說一些根據直覺的話：從前在學校裏年齡最小，體操時候總作「排尾」，現在在常相從過的朋輩中間，以年齡論雖不至於作「排頭」，然而前十名是居之不疑的了。或者說：同輩的喜酒彷彿早已吃完了，除了那好像缺少了什麼的「續弦」的筵席。及至被問到兒女有幾、他們多大了，當不得不據實回答：大的在中學，身子比我高出半個頭，小的幾歲了，已經進了小學。

　　聽了這些話，對方照例說：「時光真快呀。才一眨眼，就有如許不同。我們哪得不老呢！」這是不知多少世代說熟了的爛調。猶如春遊的人一開口就是「桃紅柳綠，水秀山明」似的，在談到年齡呀兒女呀的場合裏，這爛調自然而然脫口而出；同時浮起一種淡淡的傷感心情，自己就玩味這種傷感心情，取得片刻的滿足。我覺得這是中年人的乏味處。聽這麼說，我只好默然不語或者另外引起一個端緒，以便談下去。

中年的文人往往會「悔其少作」。彷彿覺得目前這樣的功力才到了家，夠了格；以今視昔，不知當時的頭腦何以那樣荒唐，當時的手腕何以那樣粗疏。於是對着「少作」顏面就紅起來，一直蔓延到頸根。非文人的中年人也一樣。人家偶爾提起他的少年情事，如抱不平一拳把人打倒在地，與某女郎熱戀於至相約同逃之類，他就現出一副尷尬的神態說：「不用提了，那時候真是胡鬧！」你若再不知趣，他就要怨你有意與他為難了。

大概人到中年，就意識地或非意識地抱着「言為士則，行為世範」的大志。發些議論，寫些文字，總得含有教訓意味。人家受不受教訓當然是另一問題；可是不教訓似乎不過癮，那就只有搭起架子來說話作文了。雖是尋常的一舉一動，也要在舉動之先反省說：「這是不是可以給後輩示範的？」於是步履從容安詳了，態度中正和平了，喜怒哀樂發而皆中節，差不多可以入聖廟的樣子。但是，

個堪為「士則」「世范」的中年人的完成，就是一個天真活潑爽直矯健的青年人的毀滅。一般中年人「悔其少作」，說「那時候真是胡鬧」，彷彿當初曾經做過青年人是他們的絕大不幸；其實，所有的中年人如果都這樣悔恨起來，那才是人間的絕大不幸呢。

在電影院裏，可以看到中年人的另一方面。臂彎裏抱着孩子，後面跟着女人，或者加上一兩個大點兒的孩子，昂起了頭找坐位。牽住了人家的衣襟，踩着了人家的鞋，都不管得，都像沒有這回事。找到坐位了，滿足地坐下來，猶如佔領了一個王國。明明是在稠人廣座之中，而那王國的無形的牆壁障蔽得十分嚴密，使他如入無人之境。所有視聽之娛彷彿完全屬於他那王國的；幾乎忘了同時

還有別人存在。這情形與青年情侶所表現的不同。青年情侶在唧唧噥噥之外，還要看看四周圍，顯示他們在廣眾中享受這份樂趣的歡喜和驕傲。中年人卻同作繭而自居其中的蠶蛹一樣，不論什麼時候只看見他自己的繭子。

　　已經是中年人了，只希望不要走上那些中年人的路。

（選自《葉聖陶散文甲集》，成都：四川人民出版社，1983 年）

秋天的況味

林語堂

　　秋天的黃昏，一人獨坐在沙發上抽煙，看煙頭白灰之下露出紅光，微微透露出暖氣，心頭的情緒便跟着那藍煙繚繞而上，一樣的輕鬆，一樣的自由。不轉眼繚煙變成縷縷的細絲，慢慢不見了，而那雰時，心上的情緒也跟着消沉於大千世界，所以也不講那時的情緒，而只講那時的情緒的況味。待要再劃一根洋火，再點起那已點過三四次的雪茄，卻因白灰已積得太多，點不着，乃輕輕的一彈，煙灰靜悄悄的落在銅爐上，其靜寂如同我此時用手筆寫在中紙上一樣，一點的聲息也沒有。於是再點起來，一口一口的吞雲吐霧，香氣撲鼻，宛如偎紅倚翠溫香在抱情調。於是想到煙，想到這煙一般溫煦的熱氣，想到室中繚繞暗淡的煙霞，想到秋天的意味。這時才憶起，向來詩文上秋的含義，並不是這樣的，使人聯想的是蕭殺、是淒涼、是秋扇、是紅葉、是荒林、是菱草。然而秋確有另一意味，沒有春天的陽氣勃勃，也沒有夏天的炎烈迫人，也不像冬天之全入於枯槁凋零。我所愛的是秋林古氣磅礴氣象。有人以老氣橫秋罵人，可見是不懂得秋林古色之滋味。在四時中，我於秋是有偏愛的，所以不妨說說。秋是代表成熟，對於春天之明媚嬌艷，夏日之茂密濃深，都是過來人，不足為奇了，所以其色淡，葉多黃，有古色蒼蘢之慨，不單以葱翠爭榮了。這是我所謂秋天的意味。大概我所愛的不是晚秋，是初秋，那時暄氣初消，月正圓，蟹正肥，桂花

皎潔，也未陷入凜烈蕭瑟氣態，這是最值得賞樂的。那時的溫和，如我煙上的紅灰，只是一股薰熟的溫香罷了。或如文人已排脫下筆驚人的格調，而漸趨純熟煉達，宏毅堅實，其文讀來有深長意味。這就是莊子所謂「正得秋而萬寶成」結實的意義。在人生上最享樂的就是這一類的事。比如酒以醇以老為佳。煙也有和烈之辨。雪茄之佳者，遠勝於香煙，因其氣味較和。倘是燒得得法，慢慢的吸完一枝，看那紅光炙發，有無窮的意味。鴉片吾不知，然看見人在煙燈上燒，聽那微微嗶剝的聲音，也覺得有一種詩意。大概凡是古老、純熟、薰黃、熟煉的事物，都使我得到同樣的愉快。如一隻薰黑的陶鍋在烘爐上用慢火燉豬肉時所發出的鍋中徐吟的聲調，是使我感到同觀人燒大煙一樣的興趣。或如一本用過二十年而尚未破爛的字典，或是一張用了半世的書桌，或如看見街上一塊薰黑了老氣橫秋的招牌，或是看見書法大家蒼勁雄深的筆跡，都令人有相同的快樂，人生世上如歲月之有四時，必須要經過這純熟時期，如女人發育健全遭遇安順的，亦必有一時徐娘半老的風韻，為二八佳人所絕不可及者。使我最佩服的是鄧肯的佳句：「世人只會吟詠春天與戀愛，真無道理。須知秋天的景色，更華麗，更恢奇，而秋天的快樂有萬倍的雄壯、驚奇、都麗。我真可憐那些婦女識見褊狹，使她們錯過愛之秋天的宏大的贈賜。」若鄧肯者，可謂識趣之人。

（選自《我的話》（下），上海：時代圖書公司，1934 年）

冬天來了

　　哦，風啊，如果冬天來了，春天還會遠嗎？

　　這是雪萊的《西風歌》裏的名句，現代英國小說家赫欽遜曾用這作過書名：《如果冬天來了》。郁達夫先生很賞識這書，十年前曾將這小說推薦給我，我看了一小半，感不到興趣，便將書還了給他，他詫異我看得這樣快，我老實說我看不下去，他點頭嘆息說：

　　「這也難怪，這是你們年輕人所不懂的。這種契呵夫型的憂鬱人生意味，只有我們中年人才能領略。」

　　時間過得快，轉瞬已是十年，而且恰是又到了雪萊所感嘆的這時節。黃花已瘦，園外銀杏樹上的鵲巢從凋零的落葉中逐漸露出來，對面人家已開始裝火爐，這時節不僅是誰都幻想着要過一個舒適的冬天，而且正是在人生上，在一年的生活上，誰都該加以回顧和結算的時候了。

　　我是最討厭契呵夫小說中所描寫的那類典型人物的人，因此便也不大愛看契呵夫的小說，誠如高爾基在回憶中所說：

　　　　讀着安東・契呵夫的小說的時候，人就會感到自己是在晚秋底一個憂鬱的日子裏，空氣是明淨的，裸的樹，狹的房屋，灰色的人們的輪廓是尖銳的。……

人是該生活在光明裏的，每個年輕人都這樣想；但實際上的人生，實在是灰黯和可恥的結合。到了中年，誰都要對契呵夫所描寫的生活在卑俗和醜惡裏的人們表同情，十年前達夫愛讀《如果冬天來了》的理由正是這樣，但那時的我是全然不理解這些的。

十年以前，我喜愛拜倫，喜愛龔定庵。我不僅抹殺了契呵夫，而且還抹殺了人生上許多無可逃避的真理，在當時少年的心中，以為人生即使如夢，那至少也是一個美麗的夢。

今年冬天，如果時間和環境允許我，我要細細的讀一讀契呵夫的小說和劇本，在蒼白的天空和寒冷的空氣中，領略一下這灰黯的人生的滋味。但我並不絕望，因為如果有一陣風掠過窗外光禿的樹枝的時候，我便想起了雪萊的名句：

哦！風啊！如果冬天來了，春天還會遠嗎？

（選自《讀書隨筆》，上海：上海雜誌公司，1936 年）

中年

蘇雪林

　　如果說人的一生，果然像年之四季，那麼除了嬰兒期的頭，斬去了死亡期的尾，人生應該分為四個階段，即青年、壯年、中年、老年是也。自成童至二十五歲為青春期，由此至三十五歲為壯年期，由此至四十五歲為中年期，以後為老年期。但照中國一般習慣，往往將壯年期並入中年，而四十以後，便算入了老年，於是西洋人以四十歲為生命之開始，中國人則以四十為衰老之開始。請一位中國中年，談談他身心兩方面的經驗，也許會涉及老年的範圍，這是我們這未老先衰民族的宿命，言之是頗為可悲的。若其身體強健，可以活到八九十或百歲的話，則上述四期，可以各延長五年十年，反之則縮短幾年。總之這四個階級的短長，隨人體質和心靈的情況分之，不必過於呆板。

　　中年和青年差別的地方，在形體方面也可以顯明地看出。初入中年時，因體內脂肪積蓄過多，而變成肥胖，這就是普通之所謂「發福」。男子「發福」之後，身材更覺魁偉，配上一張紅褐色的臉，兩撇八字鬍，倒也相當的威嚴。在女人，那就成了一個恐慌問題。如名之為「發福」，不如名之為「發禍」。過豐的肌肉，蠶食她原來的嬌美，使她變成一個粗蠢臃腫的「碩人」。許多愛美的婦女，為想瘦，往往厲行減食絕食，或操勞，但長期飢餓辛苦之後，一復食和一休息，反而更肥胖起來。我就看見很多的中年女友，

為了胖之一字，煩惱哭泣，認為那是莫可禳解的災殃。不過平心而論，這可惡的胖，雖然奪去了你那婀娜的腰身、秀媚的臉龐和瑩滑的玉臂，也償還你一部分青春之美。等到你肌肉退潮，臉起皺紋時，你想胖還不可得呢。

四十以後，血氣漸衰，腰酸背痛，各種病痛乘機而起。一葉落而知天下秋，一星白髮，也就是衰老的預告。古人最先發現自己頭上白髮，便不免再三嗟嘆，形之吟詠，誰說這不是發於自然的情感。眼睛逐漸昏花，牙齒也開始動搖，腸胃則有如淤塞的河道，愈來愈窄。食慾不旺，食量自然減少。少年凡是可吃的東西，都吃得很有味，中年則必須比較精美的方能入口，而少年據案時那種狼吞虎咽的豪情壯概，則完全消失了。

對氣候的抗拒力極差。冬天怕冷，夏天又怕熱。以我個人而論，就在樂山這樣不大寒冷的冬天，棉小襖再加皮袍，出門時更要壓上一件厚大衣，晚間兩層棉被，而湯婆子還是少不得。夏天熱到八九十度，便覺胸口閉窒，喘不過氣來。略為大意，就有觸暑發痧之患。假如自己原有點不舒服，再受這蒸鬱氣候壓迫時，便有徘徊於死亡邊沿的感覺。古人目夏為「死季」，大約是專為我們這種孱弱的中年人或老年人而說的吧。

再看那些青年人，大雪天竟有僅穿一件夾袍或一件薄棉袍而挺過的。夏季赤日西窗，揮汗如雨，一樣可以伏案用功。比賽過一場激烈的籃球或足球後，渾身熱汗如漿，又可以立刻跳入冷水池游泳。使我們處這場合，非瘋癱則必罹重感冒了。所以青年在我們眼裏不但懷有辟塵珠而已，他們還有辟寒辟暑珠呢。啊，青年真是活神仙！

記得從前有位長輩，見我常以體弱為憂，便安慰我說，青年人身體裏各種組織都很脆弱，而且空虛，到了中年，骨髓長滿，臟腑的營養功能也完成，體氣自然充強。這話你們或者要認為缺少生理學的根據，而我卻是經驗之談，你將來是可以體會到的，聽了這番話後，我對於將來的健康，果然抱了一種希望。匆匆二十餘年，這話竟無兌現之期，才明白那長輩的經驗只是他個人的經驗而已。不過青年體質雖健旺而神經則似乎比較脆弱，所以青年有許多屬於神經方面的疾病。我少年時，下午喝杯濃茶或咖啡，或偶而構思，或精神受了小小刺激，則非通宵失眠不可。用腦筋不能連續二小時以上，又不能天天按時刻用功。於今這些現象大都不復存在，可見我的神經組織確比以前堅固了。不過這也許是麻木，中年人的喜怒哀樂，都不如青年之易於激動，正是麻木的證據。

　　有人說所謂中年的轉變，與其說它是屬於生理方面，毋寧說它是屬於心理方面。人生到了四十左右，心理每會發生絕大變化，在戀愛上更特別顯明。是以有人定四十歲為人生危險年齡云云。這話我從前也信以為真，而且曾祈禱它趕快實現。因為我久已厭倦於自己這不死不生的精神狀況，若有個改換，哪管它是哪裏來的，我都一樣欣喜地加以接受。然而沒有影響，一點也沒有。也許時候還沒有到，我願意耐心等待。可是我預料它的結局，也將同我那對生理方面的希望一般。要是真來了呢，我當然不願再行接受丘比特的金箭，我只希望文藝之神再一度撥醒我心靈創作之火，使我文思怒放，筆底生花，而將十餘年預定的著作計劃，一一實現。聽說四十左右是人生的成熟期，西洋作家有價值的作品，大都產於此時。誰說我這過奢的期望，不能實現幾分之幾？但回顧自己的身體狀況，又不免灰心，唉，這未老先衰民族的宿命！

中年人所最惱恨自己的，是學習的困難。學習的成績，要一個倉庫去保存它，那倉庫就是記憶力，但人到中年，這份寶貴的天賦，照例要被造物主收回。無論什麼書，你讀過一遍後，可以很清晰的記得其中情節，幾天以後，痕跡便淡了一層，一兩個月後，只留得一點影子，以後連那點影子也模糊了。以起碼的文字而論，幼小時候學會的結構當然不易遺忘，但有些俗體破體先入為主——這都是從油印講義，教員黑板，影印的古書來的——後來想矯正也覺非常之難。我們當國文教師的人，看見學生在作文簿上寫了俗破體的字，有義務替他校正。校過二三回之後，他還再犯，便不免要生氣怪他太不小心，甚至心裏還要罵他幾聲低能。然而說也可憐，有些不大應用的字，自己想寫時，還得查查字典呢。

我有親戚某君，中學卒業後，為生活關係，當了猢猻王。常自恨少時英文沒有學好，四十歲以上，居然下了讀通這門文字的決心。他平日功課太忙，只能利用暑假，取古人三冬文史之意。這樣用了三四個假期的功，英文果大有進步，可以不假字典而讀普通文學書，寫信作文，不但通而且可說好。但後來他還是把這「勞什子」丟開手了。他告訴我們說，中年人想學習一種新才藝，不唯事倍功半，竟可以說不可能，原因就為了記憶力退化得太厲害。以學習生字，幼時學十多個字要費一天半天功夫，於今半小時可以記得四五十個。有時沾沾自喜，以為自己的頭腦比幼時還強。是的，從理解力而論，現在果大勝於幼年時代，這種強記的本領，大半是靠理解力幫忙的。但強記只能收短時期的功效。那些生字好比一群小精靈，非常狡猾，它們被你抓住時，便服服帖帖地服從你指揮，等你一轉背，便一個一個溜之大吉。有人說讀外國文記生字有秘訣，

天天溫習一次，就可以永為己有了。這法子我也曾試過，效果不能說沒有，但生字積上幾百時，每天溫習一次，至少要費上幾小時的時間，所學愈多，擔負愈重，不是經濟辦法，何況擱置一天，仍然遺忘了呢。翻開生字簿個個字認得，在別處遇見時，則有時像有些面善，但倉卒間總喊不出它的名字，有時認得它的頭，忘了它的尾；有時甲的意義會纏到乙上去。你們看見我英文寫讀的能力，以為學到這樣的程度，拋荒可惜。不知那點成績是我在拼命用功之下產生出來的，是努力到爐火純青時，生命錘砧間，敲打出來的幾塊鋼鐵。將書本子擱開三五個月，我還是從前的我。一個人非永遠保有追求時情熱，就維持不住太太的心，那麼她便是天上神仙，也只有不要。我的生活環境既不許我天天捧着英文唸，則我放棄這每天從墜下原處再轉巨石上山的希臘神話裏受罪英雄的苦工，你們該不至批評我無恆吧。

不僅某君如此，大多數中年用功的人都有這經驗。中年人用功往往是「竹籃打水一場空」，照法國俗話，又像是「檀內德的桶」，這頭塞進，那頭立刻脫出。聽說托爾斯泰以八十高齡還能從頭學希臘文，而哈理孫女士七十多歲時也開始學習一種新文字。那是天才的頭腦，非普通人所能企及的。不過中年人也不必因此而灰了做學問的雄心，記憶力仍然強的，當然一樣可以學習。

所以，青年人稟很高的天資，又處優良的環境，而悠悠忽忽不肯用心讀書，或者將難得光陰，虛耗在兒戲的戀愛和無聊的爭逐上，真是莫大的罪過，非常的可惜。

學問既積蓄在記憶的倉庫裏，而中年人的記憶力又如此之壞，那麼你們究竟有些什麼呢？噓，朋友，我告訴你一個秘密，輕輕

地，莫讓別人聽見。我們是空洞的。打開我們的腦殼一看，雖非四壁蕭然，一無所有，卻也寒傖得可以。我們的學問在哪裏，在書卷裏，在筆記簿裏，在卡片裏，在社會裏，在大自然裏，幸而有一條繩索，一頭連結我們的腦筋，一頭連結在這些上，只須一牽動，那些埋伏着的兵，便聽了暗號似的，從四面八方蜂擁出來，排成隊伍，聽我自由調遣。這條繩索，叫做「思想的系統」，是我們中年人修煉多年而成功的法寶。我們可以向青年驕傲的，也許僅僅是這件東西吧。設若不幸，來了一把火，將我們精神的壁壘燒個精光，那我們就立刻窘態畢露了。但是，虧得那件法寶水火都侵害它不得，重掙一份家當還不難，所以中年人雖甚空虛，自己又覺得很富裕。

上文說中年喜怒哀樂都不易激動，不過這是神經麻木而不是感情麻木。中年的感情實比青年深沉，而波瀾則更為闊大。他不容易動情，真動情連自己也怕。所謂「中年傷於哀樂」，所謂「中年不樂」，正指此而言。青年遇小小傷心事，便會號淘泣，中年的眼淚則比金子還貴，然而青年死了父母和愛人，當時雖痛不欲生，過了幾時，也就慢慢忘記了。中年於之生離死別，表面雖似無所感動，而那深刻的悲哀，會嚙蝕你的心靈，鑴削你的肌肉，使你暗中消磨下去。精神的創口，只有時間那一味藥可以治療，然而中年人的心傷也許到死還不能結合。

中年人是頹廢的。到了這樣年齡，什麼都經歷過了，什麼都味嘗過了，什麼都看穿看透了。現在呢，滿足了。希望呢，大半渺茫了。人生的真義，雖不容易了解，中年人卻偏要認為已經了解，不完全至少也了解它大半。世界是苦海，人是生來受罪的，黃連樹下的彈琴，毒蛇猛獸窺伺着的井邊，啜取醨蜜，珍惜人生，享受

人生，所謂人生真義不過是這麼一回事。中年人不容易改變他的習慣，細微如抽煙喝茶，明知其有害身體，也克制不了。勉強改了，不久又犯，也許不是不能改，是懶得改，它是一種享樂呀！女人到了三十以上，自知韶華已謝，紅顏不再，更加着意裝飾。為什麼青年女郎服裝多取素雅，而中年女人反而歡喜濃妝豔抹呢，文人學士則有文人學士的哀樂，「天上一輪好月，一杯得火候好茶，其實珍惜之不盡也」。張宗岱《陶庵夢憶》，就充滿了這種「中年情調」。無怪在這火辣辣戰爭時代裏，有人要罵他為「有閒」。

　　人生至樂是朋友，然而中年人卻不易交到真正朋友，由於世故的深沉，人情的歷煉，相對之際，誰也不能披肝露膽，掏出性靈深處那片真純。少年好友相處，互相爾汝，形影雙忘，吵架時好像其仇不共戴天，轉眼又破涕為歡，言歸於好了。中年人若在方誼上妝生意見，那痕跡便終身拭不去，所以中年人對朋友總客客氣氣的有許多禮貌。有人將上流社會的社交，比做箭豬的團聚：箭豬在冬夜離開太遠苦寒，擠得太緊又刺痛，所以它們總設法永遠保持相當的距離。上流人社交的客氣禮貌，便是這距離的代表。這比喻何等有趣，又何等透徹，有了中年交友經驗的人，想來是不會否認的。不過中年人有時候也可以交到極知心的朋友，這時候將嬉笑浪謔的無聊，化作有益學問的切磋，酒肉爭逐的浪費，變成嚴肅事業的互助。一位學問見識都比你高的人，不但能促進你學業上的進步，更能給你以人格上莫大的潛移默化。開頭時，你倆的意見，一個站在南極的冰峰，一個據於北極的雪嶺，後來慢慢接近了，慢慢同化了。你們辯論時也許還免不了幾場激烈的爭執，然而到後來，還不是九九歸元，折衷於同一的論點。每當久別相逢之際，夜雨四窗，

烹茶剪燭，舉凡讀書的樂趣，藝術的欣賞，變幻無端的世途經歷，生命旅程的甘酸苦辣，都化作娓娓清談，互相勘查，互相印證，結查往往是相視而笑，莫逆於心。其趣味之雋永深厚，決不是少年時代那些浮薄的友誼可比的。

除了獨身主義者，人到中年，誰不有個家庭的組織。不過這時候夫婦間的輕憐密愛，調情打趣都完了，小小離別，萬語千言的情書也完了，鼻涕眼淚也完了，閨闈之中，現在已變得非常平靜，聽不見吵鬧之聲，也聽不見天真孩氣的嬉笑。新婚時的熱戀，好比那春江汹湧的怒潮，於今只是一潭微瀾不生，瑩晶照眼的秋水。夫婦成了名義上的，只合力維持着一個家庭罷了。男子將感情意志，都集中於學問和事業上。假如他官運亨通，一帆風順的話，做官定已做到部長次長，教書，則出洋鍍金以後，也可以做到大學教授；假如他是個作家，則災梨禍棗的文章，至少已印行過三冊五冊；在商界非銀行總理，則必大店的老闆。地位若次了一等或二等呢，那他必定設法向上爬。在山腳望着山頂，也許有懶得上去的時候，既然到半山或離山頂不遠之處，誰也不肯放棄這份「登峰造極」的光榮和陶醉不是？聽說男子到了中年，青年時代強盛的愛慾就變為權勢慾和領袖慾，總想大權獨攬，出人頭地，所以傾軋、排擠、嫉妬、水火，種種手段，在中年社會裏玩得特別多。啊，男子天生個個都是政客！

男子權勢慾領袖慾之發達，即在家庭也有所表現。在家庭，他是丈夫、是父親、是一家之主。許多男子都以家室之累為苦，聽說從前還有人將家庭畫成一部滿裝老小和家具的大車，而將自己畫作一個汗流氣喘拼命向前拉曳的苦力。這當然不錯，當家的人誰不

是活受罪，但是，你應該知道做家主也有做家主的威嚴。奴僕服從你，兒女尊敬你，太太即說是如何的摩登女性，即靠你養活，也不得不委曲自己一點而將就你。若是個舊式太太，那更會將你當作神明供奉。你在外邊受了什麼刺激，或在辦公所受了上司的指斥，憋着一肚皮氣回家，不妨向太太發泄發泄，她除了委曲得哭泣一場之外，是決不敢向你提出離婚的。假如生了一點小病痛，便可以向太太撒撒嬌，你可以安然躺在床上，要她替你按摩，要她奉茶奉水，你平日不常吃到的好菜，也不由她不親下廚房替你燒。撒嬌也是人生快樂之一，一個人若無處撒嬌，那才是人生大不幸哪！

女人結婚之後，一心對着丈夫，若有了孩子，她的戀愛就立刻換了方向。尼采說：「女人種種都是謎，說來說去，只有一個解答，叫做生小孩。」其實這不是女人的謎，是造物主的謎，假如世間沒有母愛，嘻，你這位瘋狂哲學家，也能在這裏搖唇弄筆發表你輕視女性的理論麼？女人對孩子，不但是愛，竟是崇拜，孩子是她的神。不但在養育，也竟在玩弄，孩子是她的消遣品。她愛撫他、引逗他、搖撼他、吻抱他，一縷芳心，時刻縈繞在孩子身上。就在這樣迷醉甜蜜的心情中，才能將孩子一個個從搖籃尿布之中養大。養孩子就是女人一生的事業，就這樣將芳年玉貌，消磨淨盡，而匆匆到了她認為可厭的中年。

青年生活於將來，老年生活於過去，中年則生活於現在。所以中年又大都是實際主義者。人在青年，誰沒有一片雄心壯志，誰沒有一番宏濟蒼生的抱負，誰沒有種種荒唐瑰麗的夢想。青年談戀愛，就要歌哭纏綿，誓生盟死，男以維特為豪，女以綠蒂自命；談探險，就恨不得乘火箭飛入月宮，或到其他星球裏去尋覓殖民地；

話革命，又想赴湯蹈火與惡勢力拼命，披荊斬棘，從赤土上建起他們理想的王國。中年人可不像這麼羅曼諦克，也沒有這股子傻勁。在他看來，美的夢想，不如享受一頓精饌之實在；理想的王國，不如一座安適家園之合乎他的要求；整頓乾坤，安民濟世，自有周公孔聖人在那裏忙，用不着我去插手。帶領着妻兒，安穩住在自己手創的小天地裏，或從事名山勝業，以博身後之虛聲，或絲竹陶情，以為中年之懷抱，或着意安排一個向平事了，五岳畢遊以後的娛老之場。管它世外風雲變幻，潮流撞擊，我在我的小天地裏還一樣優哉遊哉，聊以卒歲。你笑我太頹唐，罵我太庸俗，批評我太自私，我都承認，算了，你不必再尋着我纏了。

不過我以上所說的話，並不認為每個中年人都如此，僅說我所見一部分中年人呈有這種表像而已。希望中年人讀了拙文，不致於對我提起訴訟，以為我在毀壞普天下中年人的名譽。其實中年才是人生的成熟期，談學問則已有相當成就，談經驗則也已相當豐富，叫他去辦一項事業，自然能夠措置有力，精神灌注，把它辦得井井有條。少年是學習時期，壯年是練習時期，中年才是實地應用時期，所以我們求人必求之於中年。

少年讀古人書，於書中所說的一切，不是盲目的信從，就是武斷的抹煞。中年人讀書比較廣博，自然參伍折衷，求出一個比較適當的標準。他不輕信古人，也不瞎詆古人。他決不把嬰兒和浴盆的殘水都潑出。他對於舊殿堂的莊嚴宏麗，能給予適當的讚美和欣賞，若事實上這座殿堂非除去不可時，他寧可一磚一石，一棟一梁，慢慢地拆，材料若有可用的，就保存起來，留作將來新建築之用，決不鹵鹵莽莽地放一把火燒得寸草不留，後來又有無材可用之

嘆。少年時讀古人書，總感覺時代已過，與現代不發生交涉，所以恨不得將所有線裝書一齊拋入毛廁；甚至西洋文藝宗哲之書，也要替它定出主義時代的所屬，如其不屬於他們所信仰的主義和他們所視為神聖的時代，雖莎士比亞、拉辛、貝多芬、羅丹等偉大天才心血的結晶，也恨不得以「過時」、「無用」兩句話輕輕抹煞。中年人則知道這種幼稚狂暴的舉動未免太無意識，對於文化遺產的接受也是太不經濟，況且古人書裏說的話就是古人的人生經驗，少年人還沒有到獲得那種經驗的年齡，所以讀古人書總感覺隔膜，到了中年了解世事漸多，回頭來讀古人書又是一番境界，他對於聖賢的教訓，前哲的遺謨，天才血汗的成績，不像少年人那麼狂妄地鄙棄，反而能夠很虛心地加以承認。

青年最富於感染性，容易接受新的思想。到了中年，則腦筋裏自然築起一千丈銅牆鐵壁，所以中年多不能跟着時代潮流跑。但據此就判定中年「頑固」的罪名，他也不甘伏的。中年涉世較深，人生經驗豐富，判斷力自然比較強。對於一種新學說新主義，總要以批評的態度，將其中利弊，實施以後影響的好壞仔細研究一番。真個合乎需要，他採用它也許比青年更來得堅決。他又明白一個制度的改良，一個理想的實現，不一定需要破壞和流血，難道沒有比較溫和的途徑可以遵循？假如青年多讀歷史，認識歷來那些不合理性革命之恐怖，那些無謂犧牲之悲慘，那些毫無補償的損失之重大，也許他們的態度要穩健些了。何況時髦的東西，不見得真個是美，真個合用，年輕女郎穿了短袖衫，看見別人的長袖，幾乎要視為大逆不道，可是二三年後又流行長袖，她們又要視短袖為異端了。幸而世界是青年與中老年共有的，幸而青年也不久會變成中老

年，否則世界三天就要變換一個新花樣，能叫人活得下去麼，還是
謝謝吧。

踏進秋天園林，只見枝頭累累，都是鮮紅、深紫、或黃金色
的果實，在秋陽裏閃着異樣的光。豐碩、圓滿、清芬撲鼻、蜜汁欲
流，讓你盡情去採擷。但你說想欣賞那榮華絢爛的花時，哎，那就
可惜你來晚了一步，那只是春天的事啊！

（選自《蘇雪林選集》，合肥：安徽文藝出版社，1989 年）

當我老了的時候

蘇雪林

　　我的同學某女士常對人說，她平生最不喜接近的人物為老人，最討厭的事為衰邁，她寧願於紅顏未謝之前，便歸黃土；不願以將來的雞皮鶴髮取憎於人，更取憎於對鏡的自己。女子本以美為第二生命，不幸我那朋友便是一個極端愛美的人。她的話乍聽似乎有點好笑，但我相信是從她靈魂深處發出的。「美人自古如名將，不許人間見白頭」，也許不是天公不許美人老，而是美人自己不願意老，女人殉美的決心，原同烈士殉國一樣悲壯啊！

　　找生來不美，所以也不愛美，為怕老醜而甘心短命，這種念頭從來不曾在我腦筋裏萌生過。況且年歲是學問事業的本錢，要想學問事業的成就較大，就非活得較長不可。世上那些著作等身的學者，功業彪炳的偉人，很少在三四十歲以內的。所以我不怕將來的雞皮鶴髮為人所笑（至於鏡子照不照，更是我的自由），只希望多活幾歲，讓我多讀幾部奇書，多寫幾篇只可自悅的文章，多領略一點人生意義就行。

　　但像我這樣體質，又處於這個時代，也許嘉定的霧季一來，我就會被可怕的瘴氣帶了走，也許幾天裏就恰恰有一顆炸彈落在頭頂上，或一粒機關槍子從胸前穿過，我決沒有勇氣敢同命運打賭，說可以奪取「老」的錦標。然則現在何以忽然用這個題目寫文章呢？原來一則新近替某雜誌寫了篇〈老年〉，有些溢出的材料，不忍拋

棄，借此安插；二則人到中年，離開老也不遠了，自然而然會想到老境的種種。所以虛構空中樓閣，騙騙自己，聊作屠門之快，豈有他哉。

形體龍鍾，精神顛頂，雖說是一般老人的生理現象，但以西洋人體格而論，六十五歲以內的老人如此，便不算正常狀態。我不老則已，老則定然與自然講好「健」的條件，雖不敢希冀那一類步履如飛精神純粹的老神仙的福氣，而半死半活的可憐生命，我是不願意接受的。

老雖有像我那位朋友所說的可厭處，但也有它的可愛處。我以為老人最大的幸福是清閒的享受。真正的清閒。不帶一點雜質的清閒的享受。

這裏要用個譬喻來說明。當學生的人喜愛星期六下午更甚於星期日。普通學校每天都有功課而星期六下午往往無課。六天緊張忙碌的生活，到這時突然鬆弛下來，就好像負重之驢卸去背上擔負而到清池邊喝口水那麼暢快。況且星期六下午自一時到臨睡前十時止，也不過九、十個鐘頭，因其短促，更覺可貴，更要想法子利用。或同朋友作郊外短距離的散步；或將二小時的光陰化費於電影院溜冰場；或上街買買東西；或拜訪親朋。有家的則回家吃一頓母親特為我準備的精美晚餐，與兄弟姊妹歡敍幾天的契闊。晚餐以後的光陰也要將它消磨在愉快的談話與其他娛樂裏，然後帶着甜蜜之感，上床各尋好夢。到了次日，雖說有整天的自由，但想到某先生的國文筆記未記，某先生的算學練習題未演，某先生的英文造句未做，不得不着急，於是只好埋頭用功了。懶惰的學生不願用功，而心裏牽掛這，牽掛那，也不能安靜。老年就是我們一生裏的

星期六。為什麼呢？世界無論進化到何程度，生活總須用血和汗去換來，不過文化進步的社會，人類精力的浪費比較少些罷了，由粗的變成精的，猥賤的變成高尚的罷了。種田的打鐵的以為我們知識分子謀生不需血汗，其實文人寫稿子買米下鍋，藝術家拿他的作品去換麵包，教書匠長年吃粉筆灰，長年絞腦汁讀參考書編講義，無形的血汗也許比他們流得更多。生活的事哪有容易的呢！當少壯中年辛苦奮鬥之後，到老年便是休息的日子來到。少壯和中年不易得到閒暇，即偶爾得點閒暇，心裏還是營營擾擾，割不斷，撥不開。唯有老人，由社會退到家庭裏，換言之，就是由人生的戰場退到後方，塵俗的事，不再來煩擾我，我也不必再去想念它，便真正達到心跡雙清的境界。

「有閒」本來要不得，本來是布爾喬亞的口氣。但不被生活重擔壓得精疲力盡的人，不知閒的快樂；不到自己體力退化而真正來不得的人，也不知閒之重要；不是想利用無多的生命從事心愛的事業——例如文人之於寫作，學者之於研究——而偏不可得的人，也不知閒的可貴。動輒罵人有閒，等自己遇着上述這些情景，也許失了再開口的勇氣呢。

彷彿哈理孫女士曾說她愛老年，老年不但可以獲得一切的尊敬，結交個男朋友，他對你也不致懷抱戒心，社會也不致有所疑議。我讀此言，每發會心的微笑。今日中國社交雖比從前自由，但還未達到絕對公開的地步，事實上男女間友誼與戀愛，也還沒有定出嚴格分別的標準。你若結交一位異性朋友，不但社會要用一隻猜疑的眼在等俟你的破綻；對方非疑你有意於他而不敢親近你，則自己誤墮情網，釀成你許多麻煩。總之，在中國像歐美社會那種異性

間高尚純潔的友誼是很少的，甚至可以說完全沒有。我以為朋友只有人格學問趣味不同，不應有性的分別。為避嫌疑而使異性朋友犧牲其砥礪切磋之樂，究竟是社會的不大方與不聰明。但社會習慣也非一時可改，我們將來若想和異性做朋友，還是借重自己年齡的保障吧。

愛嬌是青年女郎天性，說話的聲氣，要婉轉如出穀新鶯；笑的時候，講究秋波微轉，瓠犀半露，問年齡幾乎每年都是「年方二八」。所以女作家們寫的文章，大都扭扭捏捏，不很自然。不自然是我最引為討厭的，但也許過去的自己也曾犯了這種毛病。到老年時，說話可以隨我的便，愛怎麼說就怎麼說。要罵就擺出老祖母的身份嚴厲給人一頓教訓。要笑就暢快地笑，爽朗地笑，打着哈哈地笑。人家無非批評我倚老賣老，而自己卻解除了捏着腔子說話的不痛快。

人老之後，自己不能作身體的主，免不得要有一個或兩個侍奉她的人。有兒女的使兒女侍奉，沒兒女的就使金錢侍奉。沒兒女而又沒錢，那只好硬撐着老骨頭受苦。年老人身體裏每有許多病痛，如風濕，關節炎，筋骨疼痛，陰雨時便發作，往往通宵達旦不能睡眠。血液循環滯緩，按摩成了老人最大的需要。聽說我的祖母自三十多歲起，便整天躺在床上，要我母親替她捶背，拍膝，拈脊筋。白晝幾百遍，夜晚又幾百遍。我姊妹長大後，代替母親當了這個差使，大姊是個老實女孩，寧可讓祖母丫頭水仙、菊花什麼的，打扮得妖妖氣氣，出去同男僕們廝混，而自己則無日無夜替祖母服勞。我也老實，但有些野。我小時最愛畫馬，常常偷大人的紙筆來畫，或在牆上亂塗亂抹。我替祖母按摩時，便在祖母身上畫馬，幾

拳頭拍成一個馬頭，幾拳頭拍成一根馬尾，又幾拳頭拍成馬的四蹄。本來拍背，會拍到頸上去，本來捶膝，會捶到腰上去，所以祖母最厭我，因此也就豁免我這項苦差。我現在還沒有老，但白晝勞碌筋骨，或用了腦力以後，第二天醒在床上，便渾身酸痛、發脹。很希望有人能替我捶捶拍拍，以便舒暢血液。想到白樂天的「一婢按我腰，一婢捶我股」，對於此公的老福，頗有心嚮往之感。朋友某女士年齡同我差不多，也有了我現在的生理現象，她為對付現在及將來，曾多方設法弄了個小使女，但後來究竟不堪種種淘氣，仍舊送還其家。她說老年圖舒服，不如養個孝順兒女的好，所以她後悔沒有結婚。

聽說中國是個善於養老的國家，聖經賢傳累累數千萬言，大旨只教你一個「孝」字。我不敢輕視那些教訓，但不能不承認它是一部「老人法典」，是老人根據自私自利的心理制定的。照內則及其他事親的規矩，如昏定、晨省、冬溫、夏清、出必告、返必面，父母在不敢遠遊那一套，或扶持搔抑，倒痰盂，滌溺器……兒女簡直成了父母的奴隸。奴隸制度雖不人道，而實為人生安適和幸福所不可無。遊牧民族的階級只有主奴兩層。前清的大官，洗面穿衣抽煙都要「二爺」動手，而古羅馬的文明，據說建築在奴隸身上。現代文明人用機械奴隸，奴隸數目愈多，則愈足為其文明之表示。細微動物如螞蟻也有用奴的發明，奴之不可少也如是夫！但最善於用奴的還是中國人。奴隸被強力壓迫替你服務，心裏總不甘伏。有機會就要反叛。否則他就背後搗你的鬼，使你慪氣無空。至於兒子，既為自己的親骨肉，有感情的維持，當然不愁他反叛，一條「孝」的軟鏈子套在他的頸脖兒上，叫他東不敢西，叫他南不敢北，叫他死也不敢不死，這樣稱心適意的奴隸哪裏去訪求呢？不過叫青年人犧

牲半輩子的勞力和光陰，專來伺候我這個無用老物，像我母親之於我祖母，及世俗相傳的二十四孝之所為，究竟有點說不過去。兒女受父母養育之恩，報答是天經地義，否則就不是人，但父母抱着養兒防老的舊觀念，責報於兒女，就不大應該了。有人說中國當兒女的人能照聖賢教訓行的，一萬人裏也找不出一兩個，大半視為具文，敷衍個面子光就是。真正父子間濃摯的感情似乎還要西洋家庭裏去尋覓，所以你的反對豈非多此一舉？是的，這番話我自己也承認是多餘的，但我平生就憎惡虛偽，與其奉行虛偽的具文，不如完全沒有的好。所以我祈禱大同世界早日實現，有設備完全的養老院讓我們去消磨暮景，遣送殘年。否則我寧可儲蓄一筆錢，到老來雇個妥當女僕招呼我。我不敢奴隸下一代國民——我的兒女，假如我有兒女的話。

婆媳同居的制度更不近人情，不知產生多少悲劇。歐風東漸，大家庭的制度自然破壞，有人以為人心世道之憂，我卻替做媳婦的慶幸，也替做公婆的慶幸，從此再沒有蘭芝和唐氏的痛史；以及胡適先生買肉詩裏的情形，不好嗎？每日兒孫繞膝，這個分給一個梨，那個分給一把棗，當然是老人莫大的樂趣，不能常得，也算了。養一隻好看的小貓，它向你迷嗚迷嗚地叫，同小嘴嬌滴滴喚「奶奶」似乎有同樣的悅耳；當你的手摩撫着它的背毛時，它就咕嚕咕嚕打呼，表示滿腔的感恩和熱愛，也夠動人愛憐。況且畜生們只須你餵養它，便依依不去，從不會嫌憎你的喋喋多言，也不會討厭你那滿臉皺紋的老醜的。

人應該在老得不能動彈之前死掉。中國雖說是個講究養老的國家，其實對於老人常懷迫害之意。原壤老而不死，於孔子甚事，孔

子要拿起手杖來敲他的腳骨，並罵他為「賊」。書傳告訴我們，有將老人供進雞窩的，有送進深山餓死的。活到百歲的人，一般社會稱之為「人瑞」，而在家庭也許被視為妖怪。這裏我想起幾種鄉間流傳的故事，某家有一老婆子活到九十多歲，除聾瞶龍鍾外亦無它異。一日，她的孫媳婦在廚房切肉，忽見一大黃貓躍登肉砧，搶了一塊肉就吃，孫媳婦以刀背猛擊之，倏然不見。俄聞祖婆在家裏喊背痛，刀痕宛然，這才發現她已經成了精怪。又某村小孩多患夜驚之疾，往往不治而死。巫者說看見一老婦騎一大黑貓，手持弓箭，向窗縫飛入射小兒，所以得此病。後來發現作祟者是某家曾祖母與她形影不離的貓。村人聚集要求某家除害，某家因自己家裏小兒也不平安，當然同意。於是假託壽材合成，闔家治筵慶祝，乘老祖母醉飽之際，連她的貓擁之入棺，下文我就不忍言了。宜城方面對於老而不死的婦人，有夜騎掃帚飛上天之傳說，則近於西洋女巫之風，但究竟以與貓的關係為多，也許是因為老婦多喜與貓作伴之故。我最喜養貓，身邊常有一隻，我也最愛飛，希望常常能在青天碧海之間回翔自得，只恨缺乏女琪兒那雙翅膀，如其將來我的愛貓能馱着我滿天空飛，那多有趣；掃帚也行，雖然沒有巨型蓉克機那麼威武，反正不叫你花一文錢。現在飛機票除了達官大賈有誰買得起。

當我死的時候，我要求一個安寧靜謐的環境。像詩人徐志摩所描寫的他祖老太太臨終時那種福氣，我可絲毫不羨。誰也沒有死過來，所以誰也不知死的況味。不過據我猜想，大約不苦，不但不苦，而且很甜。你瞧過臨終人的情況沒有？死前幾天裏呻吟輾轉，渾身筋脈抽搐，似乎痛苦不堪。臨斷氣的一剎那忽然安靜了，黯然的雙眼，放射神輝，晦氣的臉色，轉成紅潤，藹然的微笑，掛於下

垂的口角，普通叫這個為「迴光返照」，我以為這真是一個難以索解的生理現象，安知不是生命自苦至樂，自短促至永久，自不完全投入完全的徵兆？我們為什麼不讓他一點靈光，從容向太虛飛去，而要以江翻海沸的哭聲來打擾他最後的清聽？而要以惡孽般牽纏不解的骨肉恩情來攀挽他永福旅途的第一步？若不信靈魂之說，認定人一死什麼都完了，那麼死是人的休息，永遠的休息，我們一生在死囚牢裏披枷帶鎖，性靈受盡了拘攣，最後一剎那才有自在翱翔的機會，也要將它剝奪，豈非生不自由，死也不自由嗎？做人豈非太苦嗎？

我死時，要在一間光線柔和的屋子裏，瓶中有花，壁上有畫，平日不同居的親人，這時候，該來一兩個坐守榻前。傳湯送藥的人，要悄聲細語，躡着腳尖來去。親友來問候的，叫家人在外接待，垂死的心靈，擔荷不起情誼的重量，他們是應當原諒的。靈魂早洗滌清淨了，一切也更無遺憾，就這樣讓我徐徐化去，像晨曦裏一滴露水的蒸發，像春夜一朵花的萎自枝頭，像夏夜一個夢之淡然消滅其痕跡。

空襲警報又嗚嗚地吼起來了。我摸摸自己的頭，也許今日就要和身體分家。幻想，去你的吧。讓我投下新注，同命運再賭一回看。

（選自《蘇雪林選集》，合肥：安徽文藝出版社，1989 年）

人生之最後

弘一法師

　　歲次壬申十二月，廈門妙釋寺念佛會請余講演，錄寫此稿。於時了識律師卧病不起，日夜愁苦，見此講稿，悲欣交集，遂放下身心，屏棄醫藥，努力念佛。並扶病起，禮大悲懺，吭聲唱誦，長跽經時，勇猛精進，超勝常人。見者聞者，靡不為之驚喜讚嘆，謂感動之力有如是劇且大耶。余因念此稿雖僅數紙，而皆撮錄古今嘉言及自所經驗，樂簡略者或有所取。乃為治定，付刊流布焉。弘一演音記。

第一章　緒言

　　古詩：「我見他人死，我心熱如火，不是熱他人，看看輪到我。」人生最後一段大事，豈可須臾忘耶！今為講述，次分六章，如下所列。

第二章　病重時

　　當病重時，應將一切家事及自己身體悉皆放下。專意念佛，一心希冀往生西方。能如是者，如壽已盡，決定往生。如壽未盡，雖求往生而病反能速癒，因心至專誠，故能滅除宿世惡業也。倘不

如是放下一切專意念佛者，如壽已盡決定不能往生，因自己專求病癒不求往生，無由往生故。如壽未盡，因其一心希望病癒，妄生憂怖，不唯不能速癒，反更增加病苦耳。

病未重時，亦可服藥，但仍須精進念佛，勿作服藥癒病之想。病既重時，可以不服藥也。余昔臥病石室：有勸延醫服藥者，說偈謝云：「阿彌陀佛，無上醫王，捨此大求，是謂痴狂。一句彌陀，阿咖陀藥，捨此不服，是謂大錯。」因平日既信淨土法門，諄諄為人講說。今自患病，何反捨此而求醫藥，可不謂為痴狂大錯耶！

若病重時，痛苦甚劇者，切勿驚惶。因此病苦，乃宿世業障。或亦是轉未來三途惡道之苦，於今生輕受，以速了償也。

自己所有衣服諸物，宜於病重之時，即施他人。若依《地藏菩薩本願經》、《如來讚嘆品》所言供養經像等，則彌善矣。

若病重時，神識猶清，應請善知識為之說法，盡力安慰。舉病者今生所修善業，一一詳言而讚嘆之，令病者心生歡喜，無有疑慮。自知命終之後，承斯善業，決定生西。

第三章　臨終時

臨終之際，切勿詢問遺囑，亦勿閒談雜話。恐彼牽動愛情，貪戀世間，有礙往生耳。若欲留遺囑者，應於康健時書寫，付人保藏。

倘自言欲沐浴更衣者，則可順其所欲而試為之。若言不欲，或噤口不能言者，皆不須強為。因常人命終之前，身體不免痛苦。倘強為移動沐浴更衣，則痛苦將更加劇。世有發願生西之人，臨終為

眷屬等移動擾亂，破壞其正念，遂致不能往生者，甚多甚多。又有臨終可生善道，乃為他人誤觸，遂起瞋心，而牽入惡道者，如經所載阿耆達王死墮蛇身，豈不可畏。

臨終時，或坐或臥，皆隨其意，未宜勉強。若自覺氣力衰弱者，盡可臥床，勿求好看勉力坐起。臥時，本應面西右脅側臥。若因身體痛苦，改為仰臥，或面東左脅側臥者，亦任其自然，不可強制。

大眾助念佛時，應請阿彌陀佛接引像，供於病人臥室，令彼瞻視。

助念之人，多少不拘。人多者，宜輪班唸，相續不斷。或唸六字，或唸四字，或快或慢，皆須預問病人，隨其平日習慣及好樂者唸之，病人乃能相隨默唸。今見助念者皆隨己意，不問病人，既已違其平日習慣及好樂，何能相隨默唸。余願自今以後，凡任助念者，於此一事切宜留意。

又尋常助念者，皆用引磬小木魚。以余經驗言之，神經衰弱者，病時甚畏引磬及小木魚聲，因其聲尖銳，刺激神經，反令心神不寧。若依余意，應免除引磬小木魚，僅用音聲助念，最為妥當。或改為大鐘大磬大木魚，其聲宏壯，聞者能起肅敬之念，實勝於引磬小木魚也。但人之所好，各有不同。此事必須預先向病人詳細問明，隨其所好而試行之。或有未宜，盡可隨時改變，萬勿固執。

第四章　命終後一日

既已命終，最切要者，不可急忙移動。雖身染便穢，亦勿即為洗滌。必須經過八小時後，乃能浴身更衣。常人皆不注意此事，而最要緊。唯望廣勸同人，依此謹慎行之。

命終前後，家人萬不可哭。哭有何益，能盡力幫助念佛乃於亡者有實益耳。若必欲哭者，須俟命終八小時後。

頂門溫暖之說，雖有所據，然亦不可固執。但能平日信願真切，臨終正念分明者，即可證其往生。

命終之後，念佛已畢，即鎖房門。深防他人入內，誤觸亡者。必須經過八小時後，乃能浴身更衣。（前文已言，今再諄囑，切記切記。）因八小時內若移動者，亡人雖不能言，亦覺痛苦。

八小時後着衣，若手足關節硬，不能轉動者，應以熱水淋洗。用布攪熱水，圍於臂肘膝彎。不久即可活動，有如生人。

殮衣宜用舊物，不用新者。其新衣應布施他人，能令亡者獲福。

不宜用好棺木，亦不宜做大墳。此等奢侈事，皆不利於亡人。

第五章　薦亡等事

七七日內，欲延僧眾薦亡，以念佛為主。若誦經拜懺焰口水陸等事，雖有不可思議功德，然現今僧眾視為具文，敷衍了事，不能如法，罕有實益。印光法師文鈔中屢屬斥誡之，謂其唯屬場面，徒作虛套。若專念佛，則人人能念，最為切實，能獲莫大之利矣。

如請僧眾念佛時，家屬亦應隨念。但女眾宜在自室或布帳之內，免生譏議。

凡念佛等一切功德，皆宜回向普及法界眾生，則其功德乃能廣大，而亡者所獲利益亦更因之增長。

開弔時，宜用素齋，萬勿用葷，致殺害生命，大不利於亡人。

出喪儀文，切勿鋪張。毋圖生者好看，應為亡者惜福也。

七七以後，亦應常行追薦，以盡孝思。蓮池大師謂年中常須追薦先亡。不得謂已得解脫，遂不舉行耳。

第六章　勸請發起臨終助念會

此事最為切要。應於城鄉各地，多多設立。《飭終津梁》中有詳細章程，宜檢閱之。

第七章　結語

殘年將盡，不久即是臘月三十日，為一年最後。若未將錢財預備穩妥，則債主紛來，如何抵擋。吾人臨命終時，乃是一生之臘月三十日，為人生最後。若未將往生資糧預備穩妥，必致手忙腳亂呼爺叫娘，多生惡業一齊現前，如何擺脫。臨終雖恃他人助念，諸事如法。但自己亦須平日修持，乃可臨終自在。奉勸諸仁者，總要及早預備才好。

（選自《晚晴老人講演錄》，上海：弘一大師紀念會，1943 年）

老
棕櫚軒詹言之十六

王力

　　什麼是老？這要看人的壽命而定。假使一般人都能像彭祖壽到八百歲，那麼，四百歲也不該稱老。唐以五十五為老，可見中國愈來愈不長壽了。幸虧近年來大家講究衞生，提倡體育，將來即使壽不到八百，至少，二三百歲是有希望的。現代人反對復古，我想這種復古談是不被反對的罷。

　　我三十九歲在越南，被一個越南人稱為「老」，至今還在生氣。現在仔細一想，也許他們真的老人太少了，所以才把四十歲以上認為老的等級。我們中國人的觀念也差不了多少，所以能活上五十歲就可以稱為「享壽」；五十歲以上的人自己也喜歡退休，甘心享受子孫們的奉養。

　　一個人為什麼覺得自己老了？這有生理上的原因，同時也有心理上的原因。韓愈祭十二郎文裏說：「吾年未四十，而視茫茫，而髮蒼蒼，而齒牙動搖。」這種未老先衰的人，怎能不覺得老境已經到達了呢？但是，除此之外，還有一個最大的原因，就是早婚。中國人三十歲就可能有孫子，五十歲便可能有曾孫。等到兒孫滿膝的時候，那怕你頭上沒有一根白髮，身體強壯得像一條牛，你總得承認你是老了！世上沒有不老的祖父和祖母，更沒有不老的曾祖和曾

祖母啊！即使你是一個獨身主義者，你仍舊可以看見你的弟弟妹妹生孫子，甚至看見你的侄兒侄女兒生孫子，而你還是一個未滿五十歲的「中年人（依照西洋的說法）」。祖父既不能不認老，祖父的哥哥更不能不認老；外公既不能不認老，外公的姊姊更不能不認老啊！

我的一位朋友有一首三十自壽詩，其中有一句說：「勉磨圭角入中年。」中年就該磨去圭角，老年豈不該像一隻皮球？事實上，中國的「皮球人」很多；至於到了什麼年齡才肯「勉磨圭角」，那是因人而異的。有些人，直到白髮滿頭，皺紋滿臉，仍舊是「此老倔強猶昔」。這種人是白白活了一輩子，他們永遠與富貴無緣。自己得不到享受，固然是活該，然而連累到子孫翻不得身，卻也太對不起祖宗了。為了避免「老悖不念子孫」的罪名，許多老年人只好平平地做一個「皮球人」！

「老去悲秋強自寬」，這種腐敗思想應該不讓它再存在革命民族的心裏了罷。我們應該計劃一百二十年的長壽，六十歲只算一半的歷程，四十歲更只是三分之一。既不知「老去」，就不必「悲秋」；既不「悲秋」，就無所謂「強自寬」了。老驥伏櫪，志在千里。我以為志在千里的駿馬決不自認為「老驥」，因為有了這「老」之一念就決不能志在千里。有一個六十歲的人自稱為「老少年」，我以為這還不夠：「少年」可矣，何必曰「老」！

一九四四年十一月廿一日昆明《中央日報》增刊

（選自《龍蟲並雕齋瑣語》，北京：中國社會科學出版社，1982 年）

中年

梁實秋

　　鐘錶上的時針是在慢慢的移動着的，移動的如此之慢，使你幾乎不感覺到它的移動，人的年紀也是這樣的，一年又一年，總有一天會驀然一驚，已經到了中年，到這時候大概有兩件事使你不能不注意。訃聞不斷的來，有些性急的朋友已經先走一步，很煞風景，同時又會忽然覺得一大批一大批的青年小夥子在眼前出現，從前也不知是在什麼地方藏着的，如今一齊在你眼前搖晃，磕頭碰腦的盡是些昂然闊步滿面春風的角色，都像是要去吃喜酒的樣子。自己的夥伴一個個的都入蟄了，把世界交給了青年人。所謂「耳畔頻聞故人死，眼前但見少年多，」正是一般人中年的寫照。

　　從前雜誌背面常有「韋廉士紅色補丸」的廣告，畫着一個憔悴的人，弓着身子，手捫在腰上，旁邊注着「圖中寓意」四字。那寓意對於青年人是相當深奧的。可是這幅圖畫卻常在一般中年人的腦裏湧現，雖然他不一定想吃「紅色補丸」，那點寓意他是明白的了。一根黃松的柱子，都有彎曲傾斜的時候，何況是二十六塊碎骨頭拼湊成是一條脊椎？年青人沒有不好照鏡子的，在店舖的大玻璃窗前照一下都是好的，總覺得大致上還有幾分姿色。這顧影自憐的習慣逐漸消失，以至於有一天偶然攬鏡，突然發現額上刻了橫紋，那線條是顯明而有力，像是吳道子的「蒓菜描」，心想那是抬頭紋，可是低頭也還是那樣。再一細看頭頂上的頭髮有搬家到腮旁頜

下的**趨勢**，而最令人怵目驚心的是，鬢角上發現幾根白髮，這一驚非同小可，平凡一毛不拔的人到這時候也不免要狠心的把它拔去，拔毛連茹，頭髮根上還許帶着一顆鮮亮的肉珠。但是沒有用，歲月不饒人！

一般的女人到了中年，更着急。哪個年青女子不是飽滿豐潤得像一顆牛奶葡萄，一彈就破的樣子？哪個年青女子不是玲瓏矯健得像一隻燕子，跳動得那麼輕靈？到了中年，全變了。曲線都還存在，但滿不是那麼回事，該凹入的部分變成了凸出，該凸出的部分變成了凹入，牛奶葡萄要變成為金絲蜜棗，燕子要變鵪鶉。最暴露在外面的是一張臉，從「魚尾」起皺紋撒出一面網，縱橫輻輳，疏而不漏，把臉逐漸織成一幅鐵路線最發達的地圖，臉上的皺紋已經不是熨斗所能燙得平的，同時也不知怎麼在皺紋之外還常常加卜那麼多的蒼蠅屎。所以脂粉不可少。除非糞土之牆，沒有不可圬的道理。在原有的一張臉上再罩上一張臉，本是最簡便的事。不過在上妝之前下妝之後容易令人聯想起《聊齋志異》的那一篇「畫皮」而已。女人的肉好像最禁不起地心的吸力，一到中年便一齊鬆懈下來往下堆攤，成堆的肉掛在臉上，掛在腰邊，掛在踝際。聽說有許多西洋女用趕面杖似的一根棒子早晚混身亂搓，希望把浮腫的肉壓得結實一點，又有些人乾脆忌食脂肪忌食澱粉，扎緊褲帶，活生生的把自己「餓」回青春去。有多少效果，我不知道。

別以為人到中年，就算完事。不。譬如登臨，人到中年像是攀躋到了最高峰。回頭看看，一串串的小夥子正在「頭也不回呀汗也不揩」的往上爬。再仔細看看，路上有好多塊絆腳石，曾把自己磕碰得鼻青臉腫，有好多處陷阱，使自己做了若干年的井底蛙。回想

從前，自己做過撲燈蛾，惹火焚身，自己做過撞窗戶紙的蒼蠅，一心想奔光明，結果落在黏蒼蠅的膠紙上！這種種景象的觀察，只有站在最高峰上才有可能。向前看，前面是下坡路，好走得多。

施耐庵《水滸》序云：「人生三十未娶，不應再娶；四十未仕，不應再仕。」其實「娶」「仕」都是小事，不娶不仕也罷，只是這種說法有點中途棄權的意味，西諺云：「人的生活在四十才開始。」好像四十以前，不過是幾齣配戲，好戲都在後面。我想這與健康有關。吃窩頭米糕長大的人，拖到中年就算不易，生命力已經蒸發殆盡。這樣的人焉能再娶？何必再仕？服「維他賜保命」都嫌來不及了。我看見過一些得天獨厚的男男女女，年青的時候楞頭楞腦的，濃眉大眼，生僵挺硬，像是一些又青又澀的毛桃子，上面還帶着挺長的一層毛。他們是未經琢磨過的璞石。可是到了中年，他們變得潤澤了，容光煥發，腳底下像是有了彈簧，一看就知道是內容充實的。他們的生活像是在飲窖藏多年的陳釀，濃而芳冽！對於他們，中年沒有悲哀。

四十開始生活，不算晚，問題在「生活」二字如何詮釋。如要年屆不惑，再學習溜冰踢毽子放風箏，「偷閒學少年」，那自然有如秋行春令，有點勉強。半老徐娘，留着「瀏海」，躲在茅房裏穿高跟鞋當做踩高蹺般的練習走路，那也是慘事。中年的妙趣，在於相當的認識人生，認識自己，從而作自己所能作的事，享受自己所能享受的生活。科班的童伶宜於唱全本的大武戲，中年的演員才能擔得起大出的軸子戲，只因他到中年才能真懂得戲的內容。

（選自《雅舍小品》，香港：碧輝出版公司，1936）

病

梁實秋

　　魯迅曾幻想到吐半口血扶兩個丫鬟到階前看秋海棠，以為那是雅事。其實天下雅事盡多，唯有生病不能算雅。沒有福分扶丫鬟看秋海棠的人，當然覺得那是可羨的，但是加上「吐半口血」這樣一個條件，那可羨的情形也就不怎樣可羨，似乎還不如獨自一個硬硬朗朗到菜圃看一畦蘿蔔白菜。

　　最近看見有人寫文章，女人懷孕寫做「生理變態」，我覺得這人倒有點「心理變態」。病才是生理變態。病人的　張臉就夠瞧的，有的黃得像訃聞紙，有的青得像新出土的古銅器，比髑髏多一張皮，比面具多幾個眨眼。病是變態，由活人變成死人的一條必經之路。因為病是變態，所以病是醜的。西子捧心蹙顰，人以為美，我想這也是私人癖好，想想海上還有逐臭之夫，這也就不足為奇。

　　我由於一場病，在醫院住了很久。我覺得我們中國人最不適宜於住醫院。在不病的時候，每個人在家裏都可以做土皇帝，傭僕不消說是用錢雇來的奴隸，妻子只是供膳宿的奴隸，父母是志願的奴隸，半日養尊處優慣了，一旦他老人家欠安違和，抬進醫院，恨不得把整個的家（連廚房在內）都搬進去！病人到了醫院，就好像是到了自己的別墅似的，忽而買西瓜，忽而沖藕粉，忽而打洗臉水，忽而灌暖水壺。與其說醫院家庭化，毋寧說醫院旅館化，最像旅館的一點，便是人聲嘈雜，四號病人快要咽氣，這並不妨礙五號病房

的客人的高談闊論；六號病人剛吞下兩包安眠藥，這也不能阻止七號病房裏扯着嗓子喊黃嫂。醫院是生與死的決鬥場，呻吟號咷以及歡呼叫囂之聲，當然都是人情之所不能已，聖人弗禁；所苦者是把醫院當做養病之所的人。

但是有一次我對於我隔壁病房所發的聲音，是能加以原諒的。是夜半，是女人聲音，先是搖鈴隨後是喊「小姐」，然後一聲鈴間一聲喊，由元板到流水板，愈來愈促，愈來愈高，我想醫院裏的人除了住了太平間的之外大概誰都聽到了，然而沒有人送給她所要用的那件東西。呼聲漸變成嚎聲，情急漸變成哀懇，等到那件東西等因奉此的輾轉送到時，已經過了時效，不復成為有用的了。

舊式訃聞喜用「壽終正寢」字樣，不是沒有道理的。在家裏養病，除了病不容易治好之外，不會為病以外的事情着急。如果病重不治必須壽終，則壽終正寢是值得提出來傲人的一件事，表示死者死得舒服。

人在大病時，人生觀都要改變。我在奄奄一息的時候，就感覺得人生無常，對一切不免要多加一些寬恕，例如對於一個冒領米貼的人，平時絕不稍予假借，但在自己連打幾次強心針之後，再看着那個人貿貿然來，也就不禁心軟，認為他究竟也還可以算做一個圓顱方趾的人。魯迅死前遺言「不饒恕人，也不求人饒恕。」那種態度當然也可備一格。不似魯迅那般偉大的人，便在體力不濟時和人類容易妥協。我僵臥了許多天之後，看着每個人都有人性，覺得這世界還是可留戀的。不過我在體溫脈搏都快恢復正常時，又故態復萌，眼睛裏揉不進沙子了。

弱者才需要同情，同情要在人弱時施給，才能容易使人認識那份同情，一個人病得吃東西都需要餵的時候，如果有人來探視，那一點同情就像甘露滴在乾土上一般，立刻被吸收了進去。病人會覺得人類當中彼此還有聯繫，人對人究竟比獸對人要溫和得多。不過探視病人是一種藝術，和新聞記者的訪問不同，和弔喪又不同，我最近一次病，病情相當曲折，敘述起來要半小時，如用歐化語體來說半小時還不夠。而來看我的人是如此誠懇，問起我的病狀便不能不詳為報告，而講述到三十次以上時，便感覺像一位老教授年年在講台上開話匣片子那樣單調而且慚愧。我的辦法是，對於遠路來的人我講得要稍微擴大一些，而且要強調病的危險，為的是叫他感覺此行不虛，不使過於失望。對於鄰近的朋友們則不免一切從簡諸希矜宥！有些異常熱心的人，如果不給我一點什麼幫助，一定不肯走開，即使走開也　定不會愉快，我為使他愉快起見，口雖不渴也要請他倒過一杯水來，自己做「扶起嬌無力」狀。有些道貌岸然的朋友，看見我就要脫離苦海，不免悟出許多佛門大道理，臉上愈發嚴重，一言不發，愁眉苦臉，對於這朋友我將來特別要借重，因為我想他於探病之處還適於守屍。

（選自《雅舍小品》，香港：碧輝出版公司，1936）

孟婆茶
（胡思亂想代序）

楊絳

　　我登上一列露天的火車，但不是車，因為不在地上走；像筏，卻又不在水上行；像飛機，卻沒有機艙，而且是一長列；看來像一條自動化的傳送帶，很長很長，兩側設有欄杆，載滿乘客，在雲海裏馳行。我隨着隊伍上去的時候，隨手領到一個對號入座的牌子，可是牌上的字碼幾經擦改，看不清楚了。我按着模糊的號碼前後找去：一處是教師座，都滿了，沒我的位子；一處是作家座，也滿了，沒我的位子；一處是翻譯者的座，標着英、法、德、日、西等國名，我找了幾處，都沒有我的位子。傳送帶上有好多穿灰色制服的管事員。一個管事員就來問我是不是「尾巴」上的，「尾巴」上沒有定座。可是我手裏卻拿着個座牌呢。他要去查對簿子。另一個管事員說，算了，一會兒就到了。他們在傳送帶的橫側放下一隻凳子，請我坐下。

　　我找座的時候碰到些熟人，可是正忙着對號，傳送帶又不停的運轉，行動不便，沒來得及交談。我坐定了才看到四周秩序井然，不敢再亂跑找人。往前看去，只見灰濛濛一片昏黑。後面雲霧裏隱隱半輪紅日，好像剛從東方升起，又好像正向西方下沉，可是升又不升，落也不落，老是昏騰騰一團紅暈。管事員對着手拿的擴音器只顧喊「往前看！往前看！」他們大多憑欄站在傳送帶兩側。

我悄悄向近旁一個穿灰制服的請教：我們是在什麼地方。他笑說：「老太太翻了一個大筋斗，還沒醒呢！這是西方路上。」他向後指點說：「那邊是紅塵世界，咱們正往西去。」說罷也喊「往前看！往前看！」因為好些乘客頻頻回頭，頻頻拭淚。

　　我又問：「咱們是往哪兒去呀？」

　　他不理睬，只用擴音器向乘客廣播：「乘客們做好準備，前一站是孟婆店；孟婆店快到了，請做好準備！」

　　前前後後傳來紛紛議論。

　　「哦！上孟婆店喝茶去！」

　　孟婆茶可喝不得呀！喝一杯，什麼事都忘得一乾二淨了。」

　　「瞎！喝它一杯孟婆茶，一了百了！」

　　「我可不喝！多大的浪費啊！一杯茶沖掉了一輩子的經驗，一輩子不都是白活了？」

　　「你還想抱住你那套寶貴的經驗，再活一輩子嗎？」

　　「反正我不喝！」

　　「反正也由不得你！」

　　管事員大概聽慣這類議論。有一個就用擴音器耐心介紹孟婆店。

　　「『孟婆店』是習慣的名稱，現在叫『孟大姐茶樓』。孟大姐是最民主的，喝茶決不勉強。孟大姐茶樓是一座現代化大樓。樓下茶座只供清茶；清茶也許苦些。不愛喝清茶，可以上樓。樓上有各種茶；牛奶紅茶，檸檬紅茶，薄荷涼茶，玫瑰茄涼茶，應有盡有；還備有各色茶食，可以隨意取用。哪位對過去一生有什麼意見、什麼

問題、什麼要求、什麼建議，上樓去，可分別向各負責部門提出，一一登記。那兒還有電視室，指頭一按，就能看自己過去的一輩子——各位不必顧慮，電視室是隔離的，不是公演。」

這話激起哄然笑聲。

「平生不作虧心事，我的一生，不妨公演。」這是豪言壯語。

「得有觀眾欣賞呀！除了你自己，還得有別人愛看啊！」這是個冷冷的聲音。

擴音器裏繼續在講解：

「茶樓不是娛樂場，看電視是請喝茶的意思。因為不等看完，就渴不及待，急着要喝茶了。」

我悄悄問近旁那個穿制服的：「為什麼？」

他微微一笑說：「你自己瞧瞧去。」

我說，我喝清茶，不上樓。

他詫怪說：「誰都上樓，看看熱鬧也好啊。」

「看完了可以再下樓喝茶嗎？」

「不用，樓上現成有茶，清茶也有，上去就不再下樓了——只上，不下。」

我忙問：「上樓往哪兒去？不上樓又哪兒去？」

他鼻子裏哼了一聲說：「我只隨着這道帶子轉，不知到哪裏去。你不上樓，得早作準備。樓下只停一忽兒，錯過就上樓了。」

「準備什麼？」

「得輕裝，不准夾帶私貨。」

我前後掃了一眼說：「誰還帶行李嗎？」

他說：「行李當然帶不了，可是，身上、頭裏、心裏、肚裏都不准夾帶私貨。上樓去的呢，提意見啊、提問題啊、提要求啊，提完了，撩不開的也都撩下了。你是想不上樓去呀。」

我笑說：「喝一杯清茶，不都化了嗎？」

他說：「這兒的茶，只管忘記，不管化。上樓的不用檢查。樓下，喝完茶就離站了，夾帶着私貨過不了關。」

他話猶未了，傳送帶已開進孟婆店。樓下陰沉沉、冷清清；樓上卻燈光明亮，熱鬧非常。那道傳送帶好像就要往上開去。我趕忙跨出欄杆，往下就跳。只覺頭重腳輕，一跳，頭落在枕上，睜眼一看，原來安然躺在床上，耳朵裏還能聽到「夾帶私貨過不了關」。

好吧，我夾帶着好些私貨呢，得及早清理。

一九八三年十月底

（選自《將飲茶》，北京：三聯書店，1987 年）

霞

冰心

　　四十年代初期，我在重慶郊外歌樂山閒居的時候，曾看到英文《讀者文摘》上，有個很使我驚心的句子，是：

　　　　May there be enough clouds in your life to make a beautiful sunset.

　　我在一篇短文裏曾把它譯成「願你的生命中有夠多的雲翳，來造成一個美麗的黃昏。」

　　其實，這個 sunset 應當譯成「落照」或「落霞」。

　　霞，是我的老朋友了！我童年在海邊、在山上，她是我的最熟悉最美麗的小夥伴。她每早每晚都在光明中和我説「早上好」或「明天見」。但我直到幾十年以後，才體會到雲彩更多，霞光才愈美麗。從雲翳中外露的霞光，才是璀璨多彩的。

　　生命中不是只有快樂，也不是只有痛苦，快樂和痛苦是相生相成，互相襯托的。

　　快樂是一抹微雲，痛苦是壓城的烏雲，這不同的雲彩，在你生命的天邊重疊着，在「夕陽無限好」的時候，就給你造成一個美麗的黃昏。

一個生命會到了「只是近黃昏」的時節，落霞也許會使人留戀、惆悵，但人類的生命是永不止息的。地球不停地繞得太陽自轉。東方不亮西方亮，我窗前的晚霞，正向美國東岸的慰冰湖上走去……

一九八五年四月廿六日清晨

（選自萬葉散文叢刊《霞》，北京：人民日報出版社，1986 年）

著者簡介

冰心（1900–1999）

福建長樂人，原名為謝婉瑩，筆名冰心取「一片冰心在玉壺」之意。被稱為「世紀老人」。現代著名女作家、兒童文學家、詩人、翻譯家，她歌頌母愛、童真、自然。非常愛小孩，把小孩看作「最神聖的人」。

代表作品：《繁星》、《春水》、《寄小讀者》等。

許地山（1893–1941）

名贊坤，字地山，筆名落華生。出生於台灣台南，成長於閩粵兩地。現代文學史上一位別具一格的小說家、散文家，在學術研究上亦頗有建樹。許地山一生創作的文學作品多以閩、台、粵和東南亞、印度為背景。

代表作品：《危巢墜簡》、《空山靈雨》、《道教史》等。

周作人（1885–1967）

原名櫆壽，字星杓，後改名奎綬，自號起孟、啟明、知堂等。魯迅之弟，周建人之兄。周作人精通日語、古希臘語、英語，並曾自學古英語、世界語。其致力於研究日本文化五十餘年，深得日本文學理念的精髓。其筆觸近似於日本傳統文學，以溫和、沖淡之筆，把玩人生的苦趣。

代表作品：《藝術與生活》、《苦竹雜記》等。

梁遇春（1906-1932）

筆名馭聰、秋心，福建閩侯人。現代散文家、翻譯家。師從葉公超等名師。其散文風格另闢蹊徑，兼有中西方文化特色。在 26 年的人生中撰寫多篇著作，被譽為「中國的伊利亞」。

代表作品：《春醪集》、《淚與笑》等。

何其芳（1912-1977）

重慶萬州人。原名何夜芳。現代詩人、散文家、文學評論家。他的作品雖產量不豐，但具有鮮明的個人特色及藝術價值，文字創造出一種「純粹的柔和、純粹的美麗」，近乎唯美主義傾向。

代表作品：《畫夢錄》、《還鄉日記》等。

陸蠡（1908-1942）

浙江天台人。學名陸聖泉，原名陸考原，現代散文家、革命家、翻譯家。資質聰穎，童年即通詩文，有「神童」之稱。巴金認為他是一位真誠、勇敢、文如其人的作家。

代表作品：《海星》、《竹刀》、《囚綠記》等。

柯靈（1909-2000）

原籍浙江紹興市斗門鎮，生於廣州，原名高季琳，筆名朱梵、木窗。當代著名作家、散文家和電影文學家。最早以散文步入文壇，其成就最大，影響最廣的也是散文。他的散文將古代文人之韻風與現代作家之思察融為一體，詞采飛揚、耐人咀嚼，堪稱散文之大家。

代表作品：《龍山雜記》系列，《柯靈電影劇本選集》等。

唐弢（1913–1992）

原名唐端毅，曾用筆名風子、晦庵等，生於浙江省鎮海縣。著名作家、文學理論家、魯迅研究家和文學史家。所著雜文思想、藝術均深受魯迅影響，針砭時弊，議論激烈，有時也含抒情，意味雋永，社會性、知識性、文藝性兼顧。

代表作品：《推背集》、《海天集》等。

馮至（1905–1993）

原名馮承植，直隸涿州人。詩人、翻譯家、教授。馮至的詩歌、小說與散文均十分出色，魯迅先生曾稱譽他為「中國最為傑出的抒情詩人」。

代表作品：《昨日之歌》、《十四行集》等。

宋雲彬（1897–1979）

著名文史學者、雜文家，浙江海寧人。早年只讀過兩年中學，一貫勤奮自學，在長期編輯工作中深入鑽研，終成名家。他的許多著作深入淺出，思想性、知識性、趣味性兼備，被稱為「大專家寫的普及讀物」。

代表作品：《東漢之宗教》、《紅塵冷眼》等。

蕭乾（1910–1999）

原名蕭秉乾、蕭炳乾。北京人，蒙古族。著名作家、記者和翻譯家。1935 年畢業於燕京大學。曾任職於《大公報》，採訪過歐洲戰場、聯合國成立大會、波茨坦會議、紐倫堡戰犯審判。晚年寫出了三百多萬字的回憶錄、散文、特寫、隨筆及譯作。

代表作品：《籬下集》、《夢之谷》、《人生採訪》等。

胡適（1891–1962）

學者、詩人。安徽徽州績溪人，倡導「白話文」，領導新文化運動。幼年，在家鄉私塾讀書，深受程朱理學影響。求學美國時，師從約翰·杜威，回國後，宣揚思想自由，信奉實用主義哲學。寬容與自由，是其作品中的兩大主旋律。

代表作品：《中國哲學史大綱》、《嘗試集》等。

魯迅（1881–1936）

浙江省紹興人。原名周樹人，字豫才，小名樟壽，至 38 歲，始用魯迅為筆名。文學家、思想家。1918 年發表首篇白話小說《狂人日記》，震動文壇。此後 18 年，筆耕不綴，在小說、散文、雜文、散文詩、舊體詩、外國文學翻譯及古籍校勘等方面貢獻卓著，創作的眾多文學形象深入人心。他的作品有不朽的魅力，直到今人，依然擁有眾多讀者。

代表作品：《朝花夕拾》、《吶喊》、《彷徨》等。

茅盾（1896–1981）

原名沈德鴻，字雁冰，浙江嘉興桐鄉人。中國現代著名作家、文學評論家、文化活動家和社會活動家，五四新文化運動先驅者之一。茅盾用一支筆描繪出舊中國人們的生存狀態，塑造出一個個栩栩如生的人物形象，真實再現了歷史變革時期的社會風貌。他臨終前將 25 萬元稿費捐出設立文學獎，是我國長篇小說創作最具影響力的獎項之一。

代表作品：《子夜》、《風景談》等。

葉聖陶（1894–1988）

原名葉紹鈞，字秉臣，後字聖陶。江蘇蘇州人。著名作家、教育家、文學出版家和社會活動家，有「優秀的語言藝術家」之稱。他的散文或寫世抒情，或狀物記人，或議事說理，一般都有較為深厚的社會人生內容和腳踏實地的精神；藝術上則主要顯示出平淡雋永的情趣和平樸純淨的語言風格。

代表作品：《隔膜》、《腳步集》等。

夏丏尊（1886–1946）

浙江紹興上虞人。名鑄，字勉旃，後改字丏尊，號悶庵。文學家、語文學家、出版家和翻譯家。開明書社創辦人之一，創辦《中學生》雜誌。一生致力於教育，矢志不渝。曾與魯迅先生等參加反對尊孔復古的「木瓜之役」。

代表作品：《白馬湖之冬》、《文藝論 ABC》等。

蘆焚（1910–1988）

原名王長簡，又名師陀，筆名蘆焚，作家，生於河南杞縣。他的作品充滿了對黑暗舊世界的厭惡，文筆優雅、口語犀利、生動活潑，在國內外享有較高的聲譽。

代表作品：《穀》、《果園城記》、《荒野》等。

袁鷹（1924–）

原名田鍾洛，當代著名作家、詩人、兒童文學家、散文家。

代表作品：《白楊》、《筏子》等。

廖沫沙（1907–1991）

原名廖家權，筆名繁星，湖南長沙人，著名作家，雜文家。

代表作品：《鹿馬傳》、《分陰集》等。

周瘦鵑（1895–1968）

名祖福，字國賢，江蘇蘇州人。現代作家，文學翻譯家。曾在上海歷任中華書局、《申報》、《新聞報》等單位的編輯和撰稿人，其間主編《申報》副刊達十餘年之久。還主編過《禮拜六》、《紫羅蘭》、《半月》、《樂觀月刊》等刊。1949 年後，一邊寫作，一邊從事園藝工作。

代表作品：《亡國奴日記》、《祖國之徽》等。

李健吾（1906–1982）

山西運城人。現代作家、戲劇家、翻譯家、文學批評家，筆名劉西渭。中國現代五大評論家之一，國內最早從事法國文學研究的學者之一，譯有莫裏哀、托爾斯泰、高爾基、屠格涅夫等名家的作品，並有研究專著問世。

代表作品：《雨中登泰山》、《草莽》等。

秦牧（1919–1992）

廣東省澄海縣人。現代作家。20 世紀 30 年代末開始發表作品。寫作範圍頗廣，但以散文為主。他的文章搖曳多姿，光彩照人。藝術特徵鮮明，風格獨具，與眾不同。秦牧散文特點之一，是言近旨遠，哲理性強。

代表作品：《土地》、《長河浪花集》等。

梁啟超（1873–1929）

字卓如，一字任甫，號任公，又號飲冰室主人、飲冰子、哀時客、中國之新民、自由齋主人。清朝光緒年間舉人，中國近代思想家、政治家、教育家、史學家、文學家。戊戌變法（百日維新）領袖之一、中國近代維新派、新法家代表人物。

代表作品：《中國近三百年學術史》、《中國歷史研究法》等。

陳天華（1875–1905）

原名顯宿，字星台，亦字過庭，別號思黃，湖南新化人，華興會創始人之一，中國同盟會會員，清末的革命烈士。是辛亥革命時期傑出的鼓動家和宣傳家。所著《猛回頭》和《警世鐘》成為當時宣傳革命的號角和警鐘。

代表作品：《猛回頭》、《絕命書》等。

宋教仁（1882–1913）

字鈍初，號漁父，湖南常德市桃源人。民主革命先行者，與黃興、孫中山並稱，主持國民黨第一次改組。

代表作品：《宋教仁集》、《宋漁父日記》等。

瞿秋白（1899–1935）

江蘇常州人，中國現代文學家、中國共產黨早期主要領導人之一。

代表作品：《赤都心史》、《餓鄉紀程》、《多餘的話》等。

陳獨秀（1879–1942）

原名慶同，官名乾生，字仲甫，號實庵，安徽懷寧（今安慶）人。《新青年》雜誌創始人、「新文化運動」發起者和領導者、「五四運動」主要領導人、中共創始人之一。他是傑出的政論家，其政論文章汪洋恣肆、尖銳犀利，《敬告青年》等很多篇章是中國近現代歷史上少有的、傑出的代表作，晚年進行的文字學研究。

代表作品：《敬告青年》、《辯護狀》等。

李大釗（1889–1927）

字守常，河北樂亭人。中國共產黨創始人之一，同時也是一位詩人。早期詩作多發表在《言治月刊》和《言治季刊》上，1918 年後的新詩發表在《新青年》和《少年中國》上。他的詩文，既是「革命史上的豐碑」（魯迅語），也是文學史上的寶貴文獻。

代表作品：《我的馬克思主義觀》、《庶民的勝利》等。

徐志摩（1897–1931）

浙江海寧人，原名章垿，字槱森，小字又申，赴美留學前改名志摩。現代詩人、散文家，新月社發起人之一，曾任北大教授。除在新詩方面取得卓越成就外，文學創作還涉獵散文、小說、戲劇、翻譯等領域。

代表作品：《再別康橋》、《翡冷翠的一夜》等。

郁達夫（1896–1945）

原名郁文，字達夫，幼名阿鳳，浙江富陽人。中國現代著名小說家、散文家、詩人。他在文學上主張「文學作品，都是作家的自敍傳」，具有濃厚的浪漫主義傾向。

代表作品：《沉淪》、《故都的秋》、《春風沉醉的晚上》等。

靳以（1909–1959）

現代著名作家，原名章方敍，天津人。20 世紀 30 年代寫了許多反映小市民和知識分子生活，描寫青年男女生活和愛情的小說。40 年代目睹國民黨破壞抗戰，思想感情發生變化，作品中出現革命的傾向。新中國成立後熱情參加文化建設工作和各項政治活動。一生共有各種著作三十餘部。

代表作品：《血與火花》、《洪流》等。

聶紺弩（1903–1986）

著名詩人、散文家。原名聶國棪，湖北京山人。在雜文、舊題詩創作和古典文學研究方面成就尤為卓著。他是中國現代雜文史上繼魯迅、瞿秋白之後，在雜文創作上成績卓著、影響很大的戰鬥雜文大家。其風格汪洋恣睢、用筆酣暢、反覆駁難、淋漓盡致，在雄辯中時時呈現出俏皮。

代表作品：《血書》、《寸磔紙老虎》等。

趙麗宏（1952–）

生於上海，作家、散文家、詩人。

代表作品：《珊瑚》、《雲中誰寄錦書來》等。

豐子愷（1898–1975）

浙江嘉興石門鎮人。原名豐潤，又名仁、仍，號子覬，後改為子愷，筆名 TK，以中西融合畫法創作漫畫而著名。其自幼愛好美術，後師從李叔同，也因此結緣佛學，故鄉居所命名「緣緣堂」。「一片片的落英，都含蓄着人間的情味。」（俞平伯評）

代表作品：《緣緣堂隨筆》、《畫中有詩》等。

俞平伯（1900–1990）

原名俞銘衡，浙江德清人。清代樸學大師俞樾曾孫。現代詩人、作家、紅學家。與胡適並稱「新紅學派」的創始人。俞平伯出身名門，早年以新詩人、散文家享譽文壇。

代表作品：《槳聲燈影裏的秦淮河》、《陶然亭的雪》、《西湖的六月十八夜》等。

林語堂（1895–1976）

福建龍溪（漳州）人，原名和樂，後改玉堂，又改語堂。一代國學大師，現代著名作家、學者、翻譯家、語言學家。曾多次獲得諾貝爾文學獎提名的中國作家。將孔孟老莊哲學和陶淵明、李白、蘇東坡、曹雪芹等人的文學作品英譯推介海外，是第一位以英文書寫揚名海外的中國作家。

代表作品：《京華煙雲》、《吾國與吾民》、《生活的藝術》等。

葉靈鳳（1905–1975）

江蘇南京人。原名葉蘊璞，筆名葉林豐、霜崖等。現代著名作家、翻譯家、出版家和藏書家，作品及趣味帶有顯著海派風格。前半生以小說知名於文壇，是新感覺派陣營一員。後半生在香港着力經營隨筆小品，成就斐然。他是有名的藏書家，嘗自稱枵腹讀書的書痴、愛書過溺的「書淫」。

代表作品：《書淫豔異錄》、《香港方物志》等。

蘇雪林（1897–1999）

出生於浙江省瑞安縣縣丞衙門裏，她一生從事教育，先後在東吳大學、滬江大學、武漢大學任教。後到台灣師範大學、成功大學任教。

代表作品：《青鳥集》、《屠龍集》等。

弘一法師（1880–1942）

俗名李叔同，字息霜，別號漱筒。祖籍浙江平湖，生於天津。一生 63 載，半緣藝術半緣佛。在俗 39 年，集詩、詞、書畫、篆刻、音樂、戲劇、文學於一身，在多個領域，開近代文化藝術之先河；在佛 24 年，是佛教律宗的第十一世祖師，享譽海內外。諸多作品經久流傳，深入人心。

代表作品：《送別》、《三寶歌》等。

王力（1900–1986）

字了一，廣西博白人。語言學家、教育家、翻譯家、散文家和詩人。中國現代語言學的奠基人之一，師從梁啟超、王國維、趙元任、陳寅恪等。

代表作品：《漢語詩律學》、《漢語史稿》等。

梁實秋（1903–1987）

原名梁治華，生於北京，浙江杭縣（今餘杭）人。筆名子佳、秋郎等。散文家、文學批評家、翻譯家，國內首個研究莎士比亞的權威，曾與魯迅等左翼作家筆戰不斷。

代表作品：《雅舍小品》、《槐園夢憶》等。

楊絳（1911–2016）

本名楊季康，江蘇無錫人，著名文學家、翻譯家、戲劇家，錢鍾書夫人。一生堅忍於知識分子的良知與操守，堅貞於偉大女性的關懷與慈愛，固守於中國傳統文化的淡泊與堅韌，是丈夫口中「最賢的妻，最才的女」，被譽為「天下最有才情和風骨的女子」。

代表作品：《幹校六記》、《走到人生邊上》、《我們仨》等。

課堂外的讀本系列

陳平原、錢理群、黃子平 編

1. 男男女女　魯　迅、梁實秋、聶紺弩　等　ISBN: 978-962-937-385-6

2. 父父子子　魯　迅、周作人、豐子愷　等　ISBN: 978-962-937-391-7

3. 讀書讀書　周作人、林語堂、老　舍　等　ISBN: 978-962-937-390-0

4. 閒情樂事　梁實秋、周作人、林語堂　等　ISBN: 978-962-937-387-0

5. 世故人情　魯　迅、老　舍、周作人　等　ISBN: 978-962-937-388-7

6. 鄉風市聲　魯　迅、豐子愷、葉聖陶　等　ISBN: 978-962-937-384-9

7. 說東道西　魯　迅、周作人、林語堂　等　ISBN: 978-962-937-389-4

8. 生生死死　周作人、魯　迅、梁實秋　等　ISBN: 978-962-937-382-5

9. 佛佛道道　許地山、周作人、豐子愷　等　ISBN: 978-962-937-383-2

10. 神神鬼鬼　魯　迅、胡　適、老　舍　等　ISBN: 978-962-937-386-3